人民共和國文化與文學叢書

十 二 編

李 怡 主編

第 **8** 冊

湖北地方戲曲與湖北鄉土文化（上）

周 麗 玲 著

花木蘭文化事業有限公司

國家圖書館出版品預行編目資料

湖北地方戲曲與湖北鄉土文化（上）／周麗玲 著 -- 初版 --
新北市：花木蘭文化事業有限公司，2024〔民 113 〕
序 4+ 目 4+162 面；19×26 公分
（人民共和國文化與文學叢書 十二編；第 8 冊）
ISBN 978-626-344-860-5（精裝）
1.CST：地方戲曲 2.CST：鄉土文化 3.CST：劇團
4.CST：湖北省
820.8   113009401

特邀編委（以姓氏筆畫為序）：

吳義勤 孟繁華 張 檸
張志忠 張清華 陳思和
陳曉明 程光煒 劉福春
（臺灣）宋如珊
（日本）岩佐昌暲
（新西蘭）王一燕
（澳大利亞）鄭 怡

人民共和國文化與文學叢書
十二編 第 八 冊   ISBN：978-626-344-860-5

湖北地方戲曲與湖北鄉土文化（上）

作　　者　周麗玲
主　　編　李 怡
企　　劃　四川大學中國詩歌研究院
總 編 輯　杜潔祥
副總編輯　楊嘉樂
編輯主任　許郁翎
編　　輯　潘玟靜、蔡正宣　美術編輯　陳逸婷
出　　版　花木蘭文化事業有限公司
發 行 人　高小娟
聯絡地址　235 新北市中和區中安街七二號十一三樓
　　　　　電話：02-2923-1455／傳真：02-2923-1452
網　　址　http://www.huamulan.tw 信箱 service@huamulans.com
印　　刷　普羅文化出版廣告事業
初　　版　2024 年 9 月
定　　價　十二編 10 冊（精裝）新台幣 26,000 元　　版權所有・請勿翻印

湖北地方戲曲與湖北鄉土文化（上）

周麗玲　著

作者簡介

周麗玲，博士，湖北大學藝術學院教授，碩士導師。擔任湖北省非物質文化遺產研究（湖北大學）中心主任，湖北地方戲曲高校傳播中心主任，湖北大學古琴文化研究中心主任，湖北大學音樂課部主任。曾作為訪問學者赴美國、澳大利亞進行學術交流，並在美國和臺灣多所大學舉辦個人音樂會。受國家文旅部和湖北省文旅廳委託，相繼舉辦四期中國非物質文化遺產傳承人研培項目（楚劇、荊州花鼓戲、漢劇、陽新採茶戲）。出版專著兩部，在國內外刊物發表論文多篇，並主持國家社科基金「湖北地域文化視野下的湖北地方戲曲研究」等多項國家級與省廳級重點項目。

提　　要

　　全書包括七個部分。

　　緒論：作為全書的開篇，對與本書密切相關的「鄉土文化」、「湖北區域社會」和「鄉土文化區」以及「湖北地方戲曲」等概念進行討論。

　　第一章：會聚與輻射，展現湖北地方戲曲形成與向外傳播的歷史軌跡、生成機制。

　　第二章：湖北地方戲曲中的「湖北歷史文化元素」，呈現湖北地方戲曲的獨特文化樣貌。

　　第三章：湖北地方戲曲與鄉土生活日常。以豐富的歷史文獻與現場採訪呈現地方戲曲與鄉土日常生活的血肉聯繫。

　　第四章：湖北民營劇團（戲班）在湖北鄉土文化中的角色，比較國營劇團與民營劇團在基層社會的不同文化功能，揭示民營劇團是鄉土文化中戲曲生生不息的力量源泉。

　　第五章：湖北民營劇團（鄉班）的個案調查。

　　後記：對本書進行理論上的概括和總結。

　　附記：採訪手記，記載在湖北各地對地方戲曲進行調查的日常。

　　本書採取戲曲社會史的視野，將湖北地方戲曲置於湖北鄉土文化的歷史脈絡中加以考察，從湖北地方戲曲與湖北鄉土文化的聯繫中發掘湖北地方戲曲的地方性。既是關於湖北地方戲曲的獨特研究，又是關於湖北鄉土文化、地域文化的獨特研究。在戲曲社會史領域實現了創新和突破。有助於讀者加深對湖北地方戲曲與湖北鄉土文化的認識和瞭解，有助於湖北地方戲曲在自身的創新發展中不離其傳統之根，有助於政府部門在行政決策上對湖北地方戲曲的鄉土文化基礎包括民營劇團（戲班）予以文化關懷和保護。

本專著是 2016 年度國家社科基金藝術學一般項目——「湖北地域文化視野下的湖北地方戲曲研究」（立項批准號：16BB018，結項編號：藝規結字〔2020〕261 號）的最終成果。

文學「地方性」問題的發展——《人民共和國文化與文學叢書・十二編》代序

李 怡

　　文化發展與文學發展的「地方性」話題自古皆然，至今更成為自我凸顯的一種有效的方式，老話題中不斷醞釀出新的動向。近年來持續討論的「新東北文學」與「新南方寫作」就是兩大當代文學批評的熱點。在這裡，本文無意直接加入對「南北文學」的這場討論，倒是覺得可以通過梳理一下這批評新動向的來龍去脈，對由來已久的「地方性」的資源價值再作反思。

一

　　「新東北文學」與「新南方寫作」並不是一種既有的文學史建構工程的全新章節，也就是說，到目前為止，它們都還不是業已成熟的文學傳統的當然的構成，而屬於當下文學發展與批評活動中的一種「潮起潮落」的現象，它們的創作者、闡述者主要都是活躍於文學現場的 80 後一代。這在很大的程度上決定了問題的鮮活性、時代性與理想性，當然，也為我們的進一步追問留下了空間。

　　「新東北文學」是最近四、五年間在東北文學與東北文藝的某種浪潮的基礎上形成的概念。上世紀 30 年代在抗戰文學潮流中出現過「東北作家群」，新時期的東北雖然才俊迭出，但要麼另有旗幟，如名屬「先鋒」的馬原、洪峰、刁斗，要麼鍾情白山黑水卻難成群體陣勢，如遲子建。至新世紀第一個十年行將結束之際，終於在電影、音樂、曲藝和某些文學中湧現出了具有地方個性的新動向，這讓壓抑已久的東北文藝家點燃了希望，「東北文藝復興」與「新東

北作家群」接踵提出。2019 年 11 月 30 日，東北網絡歌手董寶石在《吐槽大會》上，以調侃的方式提出「東北文藝復興」的口號，在媒體發酵中，又連續出現了「東北文藝復興三傑」「東北野生文藝」「東北民間哲學家」等等概念，雖然這些主要由樂隊、脫口秀演員、短視頻博主等為主角的聲音在很大程度上沒有超出自娛自樂的範圍，但卻是呼應了 2003 年國家提出「振興東北老工業基地」戰略，也將一些東北學者「振興東北文化」的願望體現在了大眾文化的層面上。〔註1〕2020 年初，黃平發表《「新東北作家群」論綱》，以「雙雪濤、班宇、鄭執等一批近年來出現的東北青年作家」為中心，鄭重提出了新東北文學作為群體現象的現實。〔註2〕此後，「新東北作家群」「東北文學復興四傑」與「新東北文學」等概念便在批評界傳播開來，成為各種文學批評、學術座談會討論的主題，也引發了不同的意見。

「新南方寫作」，在一開始只是針對某些嶺南作家作品的批評概念，後來隨著範圍不斷擴大，而成為了一個各方關注的文學現象的指稱。2018 年 5 月 27 日在廣東東莞（松山湖）文學創作基地舉行的一個文學活動上，評論家楊慶祥與作家林森、陳崇正、朱山坡等的對話涉及到了「在南方寫作」的問題，林森、陳崇正、朱山坡同時就讀於北京師範大學與魯迅文學院聯辦的文學創作方向研究生班，據說他們也討論過「新南方寫作」作為一種批評概念的意義。當年 11 月 30 日至 12 月 2 日，由《花城》雜誌與潮州市作協、韓山師範學院合辦的「花城筆會暨第三屆韓愈文學月活動」，在廣東潮州舉辦。11 月 30 日文學沙龍的主題之一是「當代文學格局中的地方性寫作」。陳崇正、朱山坡、林森、王威廉與楊慶祥等作家、批評家、編輯聚首，熱烈討論了「新南方寫作」這個概念的學術可能性。11 月 9 日，陳培浩在《文藝報》上發表文章《新南方寫作的可能性——陳崇正的小說之旅》，「希望借助『新南方寫作』這個概念來彰顯陳崇正寫作中的獨特想像力來源」，「新南方寫作」一說正式見諸主流媒體。而與之同時，楊慶祥也在積極籌備相關的學術討論，他的思路也從嶺南延伸到了更遠的地方：「大約是在 2018 年前後，我開始思考『新南方寫作』這個概念。觸發我思考的第一個機緣是當時我閱讀到了一些海外作家的作品，主要

〔註 1〕 2004 至 2012 年間，東北學者邴正、張福貴、逄增玉、谷曼、吉國秀等都撰文論述過「振興東北文化」的可能，刊發於《社會科學戰線》《社會科學輯刊》《長白學刊》《遼寧大學學報》等期刊上。
〔註 2〕 黃平：《「新東北作家群」論綱》，《吉林大學社會科學學報》2020 年第 1 期。

是黃錦樹。」〔註3〕

　　從「南方」的角度來定義文學現象當然不是始於此時，只不過，因為江蘇浙江一代的文學歷來發達，「江南文學」幾乎就被視作「南方文學」的當然代表，今天，「『新南方寫作』是指跟以往以江南作家群為對象的『南方寫作』相對的寫作現象，這個概念既希望使廣大南方以南的寫作被照亮和看見。」〔註4〕換句話說，「新南方」指的不是新的今天的南方，而是「南方之南」的還不曾進入人們視野的那些「南方」。更準確地說，這個概念的提出，原本是提醒一種隨著經濟和文化的發展，而日益重要的「南方之南」的文學存在現象，即在將蘇童、格非、葉兆言等江南區域作家的視作傳統意義的「南方寫作」，而將嶺南等在改革開放時代湧現的區域文學寫作名之為「新南方寫作」。楊慶祥發表於《南方文壇》2021 年 3 期上的《新南方寫作：主體、版圖與漢語書寫的主權》是到目前為止最完整、影響也最大的文章，它和黃平的《「新東北作家群」論綱》遙相呼應，成為新時代中國當代文學「地方性」建構的南北綱要。按照楊慶祥的劃定，「將新南方寫作的地理範圍界定為中國的廣東、廣西、海南、福建、香港、澳門、臺灣等地區以及馬來西亞、新加坡、泰國等東南亞國家。」〔註5〕這已經從陸地伸向了海洋，從中國擴展至了域外，臺灣學者王德威有具體的建議，他認為相關的文學批評可以跨越「閩粵桂瓊作家的點評」範圍：「許假以時日，能有更多發現？如張貴興、李永平的南洋風景，吳明益、夏曼・藍波安的地理、海洋書寫，董啟章、黃碧雲的維多利亞港風雲，極有特色，可作為研究的起點。」〔註6〕也有學者進一步論述了「世界南方」的可能性：「在地域上以兩廣、福建、海南等中國南方沿海省份為主體，同時延伸至臺港澳地區、東南亞的華語文化圈，並不斷向更為廣闊的『世界南方』拓展。」〔註7〕

　　當然，也有學者提出了橫向拓展的設想，即將過去那些身處南方卻不屬於

〔註3〕楊慶祥：《新南方寫作：主體、版圖與漢語書寫的主權》，《南方文壇》2021 年 3 期。

〔註4〕陳培浩：《「新南方寫作」及其可能性》，《韓山師範學院學報》2020 年 4 期。

〔註5〕楊慶祥：《新南方寫作：主體、版圖與漢語書寫的主權》，《南方文壇》2021 年 3 期。

〔註6〕王德威：《寫在南方之南：潮汐、板塊、走廊、風土》，《南方文壇》2023 年 1 期。

〔註7〕盧楨：《行走的詩學與新南方寫作的域外生成》，《南方文壇》2023 年 6 期。

典型南方——江南之外的區域文學現象也一併納入:「從空間上看,以往南方文學主要是江南文學,現在談新南方文學,囊括了廣東、福建、廣西、四川、雲南、海南、江西、貴州等等文化上的邊地,具有更大的空間覆蓋性,因而也有更多文化經驗異質性。」〔註8〕

如今,「新東北文學」與「新南方寫作」的論述和探討早已經超出了本地域發聲的層面,發展成了一種全國性的乃至在一定程度上影響著國際漢學界與華文創作圈的文學動向、批評動向。《文史哲》雜誌與《中華讀書報》聯袂開展的 2022 年度「中國人文學術十大熱點」評選活動中,新「南」「北」寫作的興起成為文學類唯一入選話題。

二

中國文學有南北之議或者說各區域地理的概念,這已經是我們源遠流長的傳統,《詩經》與《楚辭》的差異早就為人們所注目,「辭約而旨豐」的《詩經》,「耀豔而深華」的《楚辭》,都為劉勰所辨明,〔註9〕唐代魏徵在《隋書‧文學傳序》的討論已經出現了「南北」、「江左」、「河朔」等重要的文學地方視野:「江左宮商發越,貴於清綺;河朔詞義貞剛,重乎氣質。氣質則理勝其詞,清綺則文過其意。理深者便於時用,文華者宜於詠歌,此其南北詞人得失之大較也。」〔註10〕《漢書》《隋書》闢有「地理志」,專門概括各地山川形勝、風土人情,是中國文化與中國文學地方性論述的集中表達。近現代以後,引入西方的文學地理學、空間理論,使之論述更上層樓,文學的區域研究、地域考察不斷結出重要的果實。在新時代的今天,東北與南方問題的再度提出,很令人想起一百年前,在中國文學從古典至近現代的歷史轉換之中,一批學者也讓中國文學的南北論隆重出場,即是對文學發展史實的陳述,也包含了自我辨認、清理的思想根脈以激發文化的活力之義,那麼,這一百年以後的議題,都有著什麼樣的思想意義,是不是亦有同樣的歷史效應呢?

對中國現當代文學進行系統的「地方性」的觀察和總結是在 1990 年代中期,嚴家炎先生主編的《二十世紀中國文學與區域文化》叢書於 1995 年開始由湖南教育出版社陸續推出,這是新中國成立後、當然也是百年來第一次系統

〔註8〕陳培浩:《「新南方寫作」及其可能性》,《韓山師範學院學報》2020 年 4 期。
〔註9〕分別見《文心雕龍‧宗經》、《文心雕龍‧辨騷》,范文瀾《文心雕龍注》22、47 頁,人民文學出版社 1958 年。
〔註10〕《隋書》卷 76,中華書局 1973 年版第六冊 1730 頁。

梳理總結中國新文學發展與地方文化內在關係，是文學地方經驗與地方路徑的全面展示和挖掘。值得一提的，這些中國文學的地方性研究幾乎都是各個地方的學者來完成的，絕大多數是當地籍貫的學者，極少數籍貫不在當地卻是生活多年或者已經就是第二故鄉。

著作名	作　者	籍　貫
黑土文化與東北作家群	逄增玉	出生於吉林
江南士風與江蘇文學	費振鍾	出生於江蘇
都市漩流中的海派小說	吳福輝	出生於浙江，在上海度過童年
現代四川文學的巴蜀文化闡釋	李怡	出生於重慶
山藥蛋派與三晉文化	朱曉進	出生於江蘇，從事相關研究
齊魯文化與山東新文學	魏建、賈振勇	出生於山東
雪域文化與西藏文學	馬麗華	生於山東，在藏工作 27 年
「S 會館」與五四新文學的起源	彭曉豐	在杭州讀書和任教
	舒建華	出生於浙江，在杭州讀書和工作
秦地小說與「三秦文化」	李繼凱	出生於江蘇，在陝西讀書和工作
湖南鄉土文學與湘楚文化	劉洪濤	出生於河南，從事相關研究

以上簡表可以看出，《二十世紀中國文學與區域文化》叢書的作者，除了朱曉進、劉洪濤因為前期分別從事山藥蛋派與沈從文研究而參加了相關叢書外，其他所有的學者都可以說具有深刻的「本鄉本土」淵源，他們的研究在很大程度上來源於對「本土文化」的一種自我感受，學術的表達也具有自我開掘、自我說明的鮮明的意圖。在新時期中國現當代文學的實績還有待全面總結和彰顯的時候，這種「地方性」的開掘和展示幾乎也可以說是必然的，他們解釋的是「走向世界」的文學主流敘事所需要的細節，也是對「中國文學」主體敘述所難以顧及的地方內容的放大呈現，除了「地方性」的學者或者對「地方」有特別研究的基礎，似乎也難以熟悉這些特定地域的被遮蔽的陌生的內容。

不過，這樣一來，也為我們提出了一個新的問題：除了對主流文學細節的補充與完善，「地方」究竟還有沒有可能凸顯自己的發現？而且這種發現最後的意義又不僅僅屬於「地方」，而是指向對整個文學格局的再認識？在這個意義上，我認為《二十世紀中國文學與區域文化》叢書的工作屬於中國文學地方性研究的第一階段，它的重要意義就在於為我們展示了百年來中國文學發展的無比豐富的地方性，這些地方性的存在從根本上說就是中國新文學發生發

展的基礎，也是它的歷史實績，因為有了不同地方的文學成果，我們百年文學的建構才是充實的和多樣化的。當然，在大量紮實的奠基性的工作之外，這一階段的努力基本上還沒有展開新的追問，即這些「地方性」的文學有沒有貢獻出一種獨特又具有整體性指向的可能？《二十世紀中國文學與區域文化》叢書對各區域文學的解剖、分析新見迭出，不過似乎都沒有刻意挖掘那些地方性文學創作中蘊含的導向未來文學發展的律動和線索，沒有放大性地揭示「當下地方」中暗藏的「通達中國」、「激活世界」的機緣。

　　《二十世紀中國文學與區域文化》叢書出版至今，二十年的時間過去了，中國學者對文學地方性問題的研究依然在持續推進中。這種推進表現在三個方面，首先是一系列相關理論的引進和運用，例如文化地理學（Cultural geography）、列斐伏爾（Henri.Lefebvre）的空間生產理論（Theory of space production），段義孚的「空間與地方」（Space and Place）、愛德華・雷爾夫（Edward Relph）「地方與無地方性」（Place and Placelessness）、詹明信（Fredric Jameson）的超空間概念（hyperspace）、多琳・馬西（DoreenMassey）的「全球地方感」（A Global sense of place）等等，使得我們的學術視野更為深邃，從過去的感性總結上升到更為理性的概括與分析；其次是對地方性考察邁向更為廣闊的領域，除了對中國現當代文學創作現象的分析，也進一步擴展到了古代文學領域，使之結合中外文學的比較，在世界文學的視野中考察更大範圍中的文學地方性問題，「文學地理學」的充分闡發和廣泛運用就是在我們的中國古代文學研究中進行的；其三是對中國新文學的考察、研究也開始超越了主流思想的「補充」這一層面，努力通過對「地方」獨特文化資源的再發現重新定義現代，洞見中國現代性的自我生成路徑。「地方路徑」概念的提出、闡發和討論可以被看作是這一努力的理論性嘗試，而陳方競教授 1999 年出版的《魯迅與浙東文化》則是學術超越的較早的成果。

　　作為一位浙江籍的學者，陳方競教授致力於魯迅與浙江文化關係的闡發並不奇怪，這十分符合 1990 年代中國文學地方性研究的動向，從總體上說還是屬於「二十世紀中國文學與區域文化研究」的脈絡。但是，陳方競教授卻以自己細膩的梳理和深入的思考展示了地方性研究的新的可能，從而實現了對同一時期的學術模式的某種超越。《魯迅與浙東文化》不是在魯迅的文學中尋找時人關於「浙東文化」常識性概括，從而迅速地總結出魯迅文學中的浙東「基因」或「元素」，最終證明一個不受人質疑卻也並不令人興奮的事實：魯迅的

確屬於浙東文化。這樣的地方性闡發僅僅是對文學史「常識」的一次側面的印證，它本身沒有提出什麼新的問題，或者說根本就沒有能夠發現新問題，因此對學術思想的啟發和推動也十分有限。陳方競教授卻是將對浙東文化傳統的發現與對魯迅內在精神特質的挖掘緊密結合，他不是企圖對盡人皆知的常識展開別樣材料的印證，而是在重新發現魯迅思想構成的意義上挖掘出了被人們所忽視的「浙東文化」的存在，無論是對於魯迅還是對於浙東文化傳統，這裡的發現都是深刻的，也可以說是創造性的，例如著作對魯迅所「復活」的浙東地緣血緣傳統的論述就始終在多層面多維度中展開，不斷作出個體性的比較和時間性追蹤，從而呈現了這種地方性傳統延續承襲的複雜和變異，而所謂文化傳統的影響也從來就不可能是本質化的、理所當然的，它們都得在歷史的轉換中被重新選擇，所以，「發現」傳統絕非易事，「繼承」文化需要付出：

> 魯迅作為破落戶子弟，反叛於他「熟識的本階級」，這樣，血緣性地緣文化在他身上的「復活」又並非是順其自然的。顯然，這裡還存在一個主體意識的「認同」過程，由「認同」而「復活」。〔註11〕

> 魯迅與瞿秋白同為士大夫家族子弟，血緣性的地緣文化，他們身上都表現出某種根深蒂固的「名士氣」。但瞿秋白的「名士氣」表現為「潔身自好」；魯迅則不同，他仰慕浙東先賢而表現出近於「魏晉名士」憤世嫉俗的硬氣與骨氣。〔註12〕

> ……周作人又不得不正視他與乃兄魯迅之間互有濡染又涇渭分明的不同文風……周作人的文風不無「深刻」但更顯「飄逸」，魯迅的文風則是，不無「飄逸」但更顯「深刻」。〔註13〕

這樣的魯迅精神也就是一種前所未有的「再發現」，也可以說是對中國新文學內在精神的創造性提煉，而由此被闡發的「浙東文化」，也就不再屬於歷史的陳跡，它理所當然就是中國現代性的參與者、激發者，這裡的魯迅和浙東既來自浙東，蜿蜒生長在地方性的土壤裏，但又最終超越了具體鄉土的狹隘性，與更為廣大的世界性，和更為深刻的人類性溝通關聯在了一起，從而賦予未來中國文學的發展以啟發。

今天的「新東北文學」與「新南方寫作」，從創作到批評也都呈現了中國

〔註11〕陳方競：《魯迅與浙東文化》58 頁，吉林大學出版社 1999 年。
〔註12〕陳方競：《魯迅與浙東文化》59 頁，吉林大學出版社 1999 年。
〔註13〕陳方競：《魯迅與浙東文化》44、45 頁，吉林大學出版社 1999 年。

文學地方性意識的一種深化。

　　作為創作現象的「新東北文學」與「新南方寫作」已經超過了地方彰顯的意圖，寫作和作家本人的跨區域性向我們表明，地方本身已經不是他們集中表達的內容，超出地方的更深的關切可能是他們更有意包含的主題。有人統計過，這些活躍的「新東北」與「新南方」作家未必都固守在東北和南方，故鄉也並非就是他們唯一關注的焦點，文學的故土更不等於就是現實的刻繪。「被視為東北文藝復興文學代表的「鐵西三劍客」──雙雪濤、班宇、鄭執他們其實是在北京書寫東北」「廣西籍作家林白，她的長居地是武漢和北京，她的寫作很多時候與故鄉和區域並不直接相關。但《北流》卻無疑動用了故鄉的精神文化資源，濃厚的地方性敘事、野氣橫生的方言敘事為人所津津樂道。與林白相近的還有霍香結。桂林人氏，走遍中國，定居京城近二十年的霍香結近年以《靈的編年史》《銅座全集》頗受矚目。霍香結無疑是自覺將「地方性知識」導入當代文學的作家。〔註14〕書寫「新東北」的班宇在南昌市青苑書店書友會上說過：「我覺得我現在寫的東北，其實並不是 90 年代真實存在的那種東北」，他還表示，「即便今天經濟情況不再一樣，但精神困境也許一樣，所以會有感同身受。讀者和我不是尋找記憶，而是對照當下處境」〔註15〕雙雪濤則稱「豔粉街是我虛構的場域」〔註16〕「新南方」的東西表示要拒絕「根據地」般的原鄉、尋根公式，〔註17〕梁曉陽十五年間輾轉於廣西和新疆，沒有新疆這個北方異域的參照也無所謂獨特的廣西，他的長篇小說《出塞書》的主人公梁小羊因為一次次的出塞，才得以從本土的空間中掙脫而出。「新南方」作家朱山坡說得好：「我們只是在南方，寫南方，經營南方，但我們的格局和目標絕對不僅僅是南方。過去不少作家沉迷於地方性寫作，挖掘地方奇特的風土人情，聳人聽聞的怪人怪事。這是偽鄉土寫作。這不是寫作的目的，也不是文學的目的。寫作必然在世界中發生，在世界中進行，在世界中完成，在世界中獲得意義。一個有志向有雄心的作家必須面向世界，是世界性的寫作。」朱山坡自己不僅書寫了「米莊」和「蛋鎮」這樣的南方小鎮，他其實已經走出了國境，荒涼的

〔註14〕陳培浩：《「新南方寫作」與當代漢語寫作的語言危機》，《南方文壇》2023 年 2 期。

〔註15〕班宇：《我不太理解很多人一想到東北就難受》，《城市畫報》，2020 年 7 月 9 日。

〔註16〕雙雪濤：《豔粉街在我心裏是很潔白的》，《三聯生活週刊》，2019 年第 4 期。

〔註17〕東西：《南方「新」起來了》，《南方文壇》2021 年第 3 期。

非洲，索馬里、薩赫勒、尼日爾，在不同文化中探究人性的幽微。「在世界中寫作，為世界而寫，關心的是全人類，為全世界提供有價值的內容和獨特的個人體驗。這才是新南方寫作的意義和使命。」〔註18〕

批評也是如此。與 1990 年代的地方性文學研究不同，參與「新東北文學」與「新南方寫作」研討的批評家相當部分已經不再是「地方的代言人」，「新東北文學」與「新南方寫作」的問題引起的普遍參與的熱忱。黃平是東北人，但長期求學、生活、工作在上海，楊慶祥是安徽人，長期求學、生活、工作在北京，「新南方」只是他遠眺的方向。遠在美國的漢學家王德威原籍福建，生長於臺北，工作於美國哈佛大學，他密切地關注了我們的討論，不僅關切著「新南方」的體驗，更對遙遠的東北充滿興趣，甚至繼續跳出新東北／新南方的二元架構，繼續就「大西北」發聲，激活更多的文學「地方性」話題。〔註19〕這恰恰說明，「新東北」與「新南方」都不再是地方對主流文化發展的一種補充和完善，它們本身的問題已經足以引發全局性的思考。正如黃平對「新東北文學」的一個判斷：「這將不僅僅是『東北文學』的變化，而是從東北開始的文學的變化。」〔註20〕「這批作家不能被簡單理解為東北文學，他們的寫作不是地方的，而是隱藏在地方性懷舊中的階級鄉愁。」〔註21〕「新南方寫作」的提出者也將「以對文明轉型的預判把握『新南方』將為中國當代文學創造的前所未有的『可能性』。」〔註22〕或者云「潛藏其中的由地域詩學向文化詩學、未來詩學的演變，使新南方寫作在世界時空中獲得了新的意義。」〔註23〕曾攀認為，新南方寫作「儘管發軔於地方性書寫，卻具備一種跨區域、跨文化意義上的世界品格」〔註24〕楊慶祥在南方精神的發掘中提出反離散論的問題，「南方的主體在哪裏？它為什麼需要被確認？具體到文學寫作的層面，它是要依附於某種主義或者風格嗎？如果南方主動拒絕這種依附性，那就需要一個新的

〔註18〕朱山坡：《新南方寫作是一種異樣的景觀》，《南方文壇》2021 年 3 期。

〔註19〕參見王德威《文學東北與中國現代性——「東北學」研究芻議》（《小說評論》2021 年 1 期）、《寫在南方之南：潮汐、板塊、走廊、風土》（《南方文壇》2023 年 1 期）及《現代歷史　西北文學》（《大西北文學與文化》2020 年第 1 期）。

〔註20〕行超：《黃平：讓我們破「牆」而出——「新東北文學」現象及其期待》，《文藝報》2023 年 6 月 26 日第 3 版。

〔註21〕黃平：《從東北到宇宙，最後回到情感》，《南方文壇》2020 年 3 期。

〔註22〕陳培浩：《「新南方寫作」及其可能性》，《韓山師範學院學報》2020 年 4 期。

〔註23〕盧楨：《行走的詩學與新南方寫作的域外生成》，《南方文壇》2023 年 6 期。

〔註24〕曾攀：《新南方寫作：經驗、問題與文本》，《廣州文藝》2022 年 1 期。

南方的主體。」〔註25〕

　　與某些地方文學倡導者的「自戀」式地方彰顯有異，「新東北」與「新南方」的論述者都在跳出自設主題的束縛，在更大的框架中建構對中國文學的整體認知，也不無反省，例如黃平就曾以「新東北寫作」為參照，對照性地來討論「新南方寫作」。他認為兩者創作表現的差異有五：第一點是邊界，「新東北寫作」的地域邊界很清晰，但「新南方」指的是哪個「南方」，邊界還不夠清晰，不僅僅是地理意義上的邊界，同一個區域內部也不夠清晰，所以楊慶祥等評論家還在繼續區別「在南方寫作」和「新南方寫作」；第二點是題材，「新東北寫作」普遍以下崗為重要背景，但「新南方寫作」並不共享相近的題材；第三點是形式，「新東北寫作」往往採用「子一代」與「父一代」雙線敘事的結構展開，以此承載兩個時代的對話，但「新南方寫作」在敘述形式上更為繁複多樣；第四點是語言，「新東北寫作」的語言立足於東北話，但「新南方寫作」內部包含著多種甚至彼此無法交流的方言，比如兩廣粵語與福建方言的差異，而且多位作家的寫作沒有任何方言色彩；第五點是傳播，「新東北寫作」依賴於市場出版、新聞報導、社交媒體、短視頻以及影視改編，「新南方寫作」整體上還不夠「破圈」。故而，在思潮的意義上，「新東北寫作」比較清晰，「新南方寫作」還有些模糊〔註26〕。

　　這樣的反省無疑將推動中國文學地方意識的發展。

三

　　從 1990 年代中國文學研究地方視野的系統展現到今天文學批評中南北話題的深化發展，我們可以見出中國文學創作地方意識的興起和自覺，也可以梳理出學術思想日趨成熟的一種態勢。不過，嚴格說來，學術發展和文學創作一樣，歸根結底並不是一種進化式的躍遷，而是在不同的歷史時期盡力表達最獨特感受，或者努力解決這一階段的思想文化問題。它們最終的價值取決於感受的不可替代性或提出問題、解釋問題的深度。在這個意義上，今天我們面對中國文學地方性問題的學術態度又不能與古代中國的「地理志」簡單類比，無法因為數十年前區域研究的簡易而滿懷自信，譯介自西方的各種「空間」理論好

〔註25〕楊慶祥：《新南方寫作：主體、版圖與漢語書寫的主權》，《南方文壇》2021 年
　　　　3 期。
〔註26〕行超：《黃平：讓我們破「牆」而出——「新東北文學」現象及其期待》，《文
　　　　藝報》2023 年 6 月 26 日第 3 版。

像更不能回答我們自己的問題，歸根到底，今天的地方性討論和未來的其他文學討論一樣，都還得通過本時代我們批評的有效性來加以檢驗。

於是，透過當前中國文學批評對「南北」問題的關注，我們都有責任來繼續探討和提高理論的效力。我覺得，這種理論的效力至少還可以體現在兩個方面，一是它捕捉文學現象獨特性的能力，即相關的概念和闡釋是不是切中了相關文學現象的核心和根本，可否在於相似現象的區隔中透視其中最獨有的精神秘密；二是它參與思想文化建設的能力，也就是通過文學批評的理論問題，能否昇華出一種更大的思想文化的啟示。

當代文學的「南北」命名及討論顯然是對文學創作的一種有價值的捕捉和發現。例如「新東北文學」由「下崗」主題而重述文學的「階級」主題，進而引發關於「復興現實主義」的猜想，「新南方寫作」由「一路向南」的版圖的擴展而生出「重構華文文學世界」的可能，即打破長久以來的漢語寫作的國境線，甚至挑戰「華語語系文學」所暗含的文化牴牾……這都是一些令人激動的文學批評的未來前景。不過，平心而論，這樣的前景在目前尚不是觸手可及，我們依然必須面對更為複雜的創作現實：寫作的活力總是體現為不斷變化，這些「狡黠」的媒介時代的精靈並不願意乖乖就範，事實上，「新東北」的幾位作家本來就置身在比過去紙質出版時代更為複雜的傳播環境之中，他們並不甘於受制於某一「古典」的程序，語言和行動上脫離「被定義」，在逃逸批評家指稱的道路上自由而行，同樣是這個時代文學「思潮」的重要特點。正如有評論指出：「這樣立意宏大的批評路徑似乎並未和小說家的自我指認之間達成順滑的對接，在闡釋者一方試圖將「新東北作家群」的寫作圈定在預設的階級話語框架，從而完成對其文學價值的確認之際，創作者一方卻往往不甘於被外界給定的標籤所束縛，不斷尋找著「逃逸」的出口。」〔註27〕在命名的爭論當中，也有以「新東北作家群」人數有限，不足以匹敵歷史上有過的「東北作家群」而頗多質疑，其實，對於一個新興的文學現象，關鍵的問題還不在人數的多寡，而在於它所包含的問題的不可代替性。如果「新東北作家群」揭示的創作問題前所未有，數個作家也值得認真考察。這裡可以深入探究的東西其實不少——無論他們對弱勢群體命運的披露是不是可以歸結為「左翼思想」，也無論「現實主義」的概括還是否恰當，我們都不能否認其中所存在的深刻的左翼

〔註27〕常青：《「新東北作家群」：多元視野中的文學個案新探》，《華夏文化論壇》第二十八輯。

思想背景，還有那種曾經沉淪了的現實批判的追求，當然，就像新時代的中國不會再現 1930 年代的左翼文學與批判現實主義一樣，一種綜合性的全新的底層關懷混雜於新媒介文化的形態正在蓬勃生長，可能是我們既有的文學思潮難以概括的，也亟待我們的批評家認真勘察，準確命名，我們不僅需要流派的命名，也需要藝術形態的命名，一種跨越左／右、主流／邊緣、雅／俗的融媒介式的藝術概括？

「新南方」的跨境向南是鼓舞人心的學術前景。當林森、陳崇正、朱山坡與張貴興、李永平、吳明益、夏曼‧藍波安、董啟章、黃碧雲與黃錦樹都被置放在「南方」的大背景上予以呈現，我們當可以洞悉多少新鮮的景致！不過，在這裡，迫切需要我們思索的可能還在於，當大陸中國的寫作者真的不再「回望」北方，一意南行之時，這種勇往直前的豪邁是否可以類同那些「下南洋」的華人？而黃錦樹回望魯迅的《傷逝》，又有怎樣的心態的距離？林森的《海裏岸上》寫卸甲歸田的一代船長老蘇，「他已經很久沒有機會到海上去了」「一九五〇年之後，老蘇剛剛上船不久，那時基本不去南沙，而隨著船在西沙和中沙捕撈作業。二十多年以後，響應國家戰略的需要，他踏上了前往南沙的征途」，所過之地，木牌上寫下大紅油漆文字：「中國領土不可侵犯。」字裏行間，更傳達了激昂的民族情懷：「我們一個小漁村，這些年就有多少人葬身在這片海裏？我們從這片海裏找吃食，也把那麼多人還給了這片海，那麼多祖宗的魂兒，都游蕩在水裏，這片海不是我們的，是誰的？」〔註28〕在這裡，個人的情感深深地滲透了我們源遠流長的家國意識，一路向南的行旅中清晰迴蕩著來自「北方」的責任和囑託，它和其他的「南方情懷」是否已經消弭了界線？我想，「新南方寫作」的邊界劃定，還可以有更多的追問。

文學的「南北」之論從來都超出了文學批評本身，指向一種更大的思想文化目標。一百年前的 20 世紀之初，中國知識界也有過一次影響深遠的「南北論」，其代表人物包括梁啟超、章太炎、劉師培、王國維等等，他們各具風采的論述開啟了現代中國從南北地理視野入手解釋中國文學、語言及文化的理論時代。梁啟超《中國地理大勢論》、王國維《屈子文學之精神》、章太炎《方言》及劉師培《南北文學不同論》，就是當時傳誦一時的名篇。《中國地理大勢論》從政治、文學、風俗與兵事四個方面入手，論述中國南北文化的差異與互動關係，其目標在於探究歷史上「調和南北之功」，從文化融合的方向上推動

〔註28〕林森：《海裏岸上》，《人民文學》2018 年第 9 期。

社會的發展，他對現代文明的讚賞即導源於此「今日輪船鐵路之力，且將使東西五洲合一爐而共冶之矣，而更何區區南北之足云也」〔註29〕而南北之「合」則是與民族之「合」相契合，所謂「合漢合滿合蒙、合回合苗合藏，組成一大民族，提全球三分有一之人類，以高掌遠跖於五大陸之上」。〔註30〕一句話，南北文化之合與民族文化之合是中國的歷史大趨勢，是中國走向強盛的必由之路。在《屈子文學之精神》中，王國維將情感、想像等西學文學概念引入對中國南北文學的評述，建立了一種嶄新的以情感表達為中心的現代意義的文學觀念。章太炎與劉師培各種劃分南北的標準並不相同，對南北的推崇也剛好相反，但是卻都將他們所崇尚的南北文化當作復興民族生氣的根基。「對於章太炎和劉師培，『南北論』都不是純粹知識性的理論構想，而是在舊學新知中不斷調試以回應時代變局的積極嘗試。如何在現代民族國家的敘事結構內重新凝聚起中華文化的根脈，是章、劉最關鍵的問題意識。」〔註31〕總之，一百年前的文學「南北論」，具有宏大的問題意識和文化理想，其意義遠遠超出了對具體文學現象的是非優劣的辨析，最後都昇華為一種社會文化重建的目標。

世易時移，今天的文學問題當然不可能是清末民初的重複，然而，在一個傳播手段和交流策略逐漸凌駕於內容之上的時期，在許多貌似顯赫的聲浪都可能流於暫時的「話術」的氛圍中，我們也有必要維持一定的理性的堅持，否則就可能如人們的擔憂：「『新南方寫作』作為一種建構意義大於實際影響力的文學現象，它未來的命運是被短暫地討論後就如秋風掃落葉般被人遺忘，還是承擔起豐富當下文學實踐現場這一使命？」〔註32〕而「新東北文學」的前景也可能在戲謔的玩笑中被後人所調侃：「2035年，80後東北作家群體將成為我國文學批評界的重要研究對象，相關學者教授層出不窮，成績斐然。與此同時，瀋陽被聯合國教科文組織命名為文學之都，東北振興，從文學開始。〔註33〕

文學的地方性追求歸根到底並不真正指向地方，而是人自己。漢學家王德

〔註29〕梁啟超：《中國地理大勢論》，《飲冰室合集》第四冊（文集之十），中華書局2015年第945頁。

〔註30〕梁啟超：《政治學大家伯倫知理之學說》，《飲冰室合集》第五冊（文集之十三），中華書局2015年第1194頁。

〔註31〕吳寒：《空間與秩序——章太炎、劉師培「南北論」之比較》，《文學評論》2023年2期。

〔註32〕何心爽：《地方性、媒介屬性、實感經驗——理解新南方寫作的三條路徑》，《創作評譚》2022年5期。

〔註33〕班宇：《未來文學預言》，張悅然主編：《鯉・時間膠囊》，九州出版社2018年。

威來到西安，面對原本與他無甚關係的大西北，也不禁發出了這樣的感歎：

> 當我們行走在土地之上，千百年的歷史就在我們的腳下，只能體會自己的渺小卑微。當土地上的人在思想、信仰、利益之間你爭我奪，土地之下的一切提醒我們生而有涯，蒼茫深邃的大地承載著看不見的一切。這是海德格爾式的思考。如此無限無垠的大地，它名叫「西北」。我們對於西北文學、歷史的理解和深切反省，從這裡開始。」〔註34〕

這其實應該就是一切地方性話題的開始。

〔註34〕王德威：《現代歷史　西北文學》，《大西北文學與文化》2020 年第 1 期。

序：雜花生樹　本固枝榮

周傳家〔註1〕

　　宇宙萬物皆有根可尋，有源可溯，脈絡清晰，斑斑可考。從廣義來說，一切文學藝術皆扎根於人類生活的肥沃土壤，來自積澱深厚的民間鄉土（區域）文化。通俗大眾的草根藝術戲曲，自然更不能例外。地方戲曲從鄉土文化中孕育產生，在其成長壯大過程中又反哺豐富了鄉土文化，增加了鄉土文化的內涵，成為鄉土文化的符號和標配。地方戲曲是鄉土文化的有機組成部分，並與鄉土文化存在著「剪不斷、理還亂」的互動關係。

　　湖北大學藝術學院周麗玲教授的課題組通過反覆的社會調查，認真的比對和推敲，就此立論，由此展開。情繫荊楚大地，神遊江漢平原，深入「九省通衢」的武漢三鎮，圍繞著地方戲曲、鄉土文化兩者之間的辯證關係做文章，

〔註 1〕 周傳家，男，1944 年 12 月 20 日出生，漢族，中共黨員，江蘇沛縣人。中國第一代戲劇戲曲學博士和活躍在第一線的戲劇評論家，曾任中國戲曲學院戲曲文學系主任；北京藝術研究所所長；北京聯合大學應用文理學院人文系副主任兼學術委員會主任、新聞傳播系主任；2004 年獲得北京市「優秀教師」稱號，2006 年獲「北京市名師」稱號。被評為教授、國務院特殊津貼專家，吸收為北京文史館館員。兼任中國戲劇家協會會員、中國戲劇文學學會顧問、中國戲曲學會常務理事、中國崑劇古琴研究會副會長、中華武俠文學會副會長。迄今為止，發表 200 多篇文章，先後集結為《長安菊花》《薊門曲藻》《採菊東籬》三部文集。出版各類著作近 30 種，內容包括戲曲史、戲曲理論、戲曲美學等。由他主持並參與編寫的戲曲教材《戲曲編劇概論》，獲北京市高校優秀教學成果二等獎。專著《中國古代戲曲》獲第六屆國家圖書獎暨暢銷書獎，專著《新花部農譚》、《獨特的魅力》、《北京戲劇通史》（主編）先後獲北京市第三屆、第四屆、第七屆哲學社會科學科優秀成果二等獎。論文《你中有我，我中有你》，獲華北五省市第三屆戲劇評論獎。評論《光輝的形象不朽的精神》獲中國第二屆曹禺戲劇評論獎。

發揮了理論壓艙石的重要作用。洋洋灑灑 26 萬字的結項專著《湖北地方戲曲與湖北鄉土文化》「將湖北地方戲曲置於湖北鄉土文化的歷史脈絡中加以考察，從湖北地方戲曲與湖北鄉土文化的聯繫中發掘湖北地方戲曲的地方性。」（《成果簡介》）一石雙鳥、往復迴環、立意巧妙、主題鮮明、內容豐富、色彩斑斕、樣式新穎，可以說是近年來關於湖北鄉土文化和湖北地方戲曲學術研究領域出現的集大成之作。歷史告訴我們：弘揚傳統，振興戲曲，離不開正確理論的指導。處理好地方戲曲和鄉土文化的關係至關重要，抓住這個結穴，不僅有利於學術研究及歷史經驗的回顧和總結，而且可以在城市文化依託和鄉土文化背景下，找到地方戲曲和鄉土文化之間隱秘的精神聯繫，找到兩者共同發展繁榮的路徑和突破口。

地方戲曲是人類戲劇史上的獨特景觀，是鄉土文化、鄉村生活、鄉村社會的窗口，是對外交流的橋樑。地方戲曲接地氣，述民生，抒民意，古時就運用驅儺、敬儺、祭儺儀式，上演祈福納吉的太平還願戲，祝福四季靜好，風調雨順，五穀豐登，六畜興旺，平平安安，多子多福，成為寶貴的文化精神食糧。地方戲和社會各階層特別是鄉村民眾有著血肉聯繫，形成多樣包容、和而不同的複雜價值系統。地方戲具有開放性、流動性、多樣性特徵，以及教化、啟蒙、提高、昇華等社會功能，蘊含著頑強的生命力，體現出生生不已的生存邏輯。

專著在緒論中縱覽了湖北地方戲曲的孕育、形成、發生流變概況，辨析、闡述了幾個攸關全局的重要概念。第一章「匯聚與輻射」勾勒出湖北戲碼頭八音繁會、南北交融、四方輻射、吞吐雲夢的氣勢。第二章介紹了斑斕多彩的包括歷史、人物、事件、風物、方言、音樂在內的「湖北地方戲曲中的湖北歷史文化元素」；第三章展示出「湖北地方戲曲與湖北民眾生活的日常狀態」，情趣愛好。專著特別關注「本地人的觀點」、「本地人的解釋」、「本地性知識」，得以捕捉觀察到千姿百態、豐富細膩，難以與外人道哉，甚至是帶有某種隱私性質的眾生相和浮世繪，觸摸到人生的痛點和人性的底線，如打破陰陽界限鬼使神差的生命禮儀、神秘幽暗的宗教信仰，乃至走火入魔的賭博習俗。專著極力擺脫一般性介紹、籠統性敘述、大而化之的推想，積極開展坊間追尋、田野考察、跟蹤陪伴、感同身受，通過文獻研究、經典解讀、文物挖掘、考證還原、細節解剖、微觀透視，綜合運用社會學、人類學、文化學、藝術學、民俗學等學科交叉的方法，解剖破譯湖北地方戲曲和鄉土文化之間此

起彼伏、複雜微妙的關係，有分有合地進行全景式掃描和記述，獲得了關於民間戲曲和鄉村文化極為豐富的發展信息。

創造、傳播、接受是文化的三大環節，演員藝人是重要的傳播渠道和傳播載體。聖人云：「惟楚有才，於斯為盛」〔語出《左傳·襄公二十六年》、《論語·泰伯》。〕，湖北一帶人傑地靈、藏龍臥虎，演藝界人才濟濟、群星璀璨。專著給了演出主體——演員以大量的篇幅。第四章、第五章從宏觀縱論到個案調查，撩開面紗，露出真容，掰開揉碎地述說了從過往到當下演藝界的真實生活，披露出少為人知的一面。人們往往只看到演員們陶醉在鮮花美酒掌聲之中，在名利面前變態醜陋的一面，而不知曉他們成功背後付出的血汗、眼淚和辛酸。尤其是他（她）們目前的從藝現狀、艱辛程度實在令人焦慮揪心。從傳播學的角度來看，地方戲曲、鄉土文化都亟需傳播和繼承。專業文藝團體固應當仁不讓，城鄉民營劇團亦不可或缺，並早已佔據了演藝天地的半壁江山，滿足著絕大多數國民們的藝術需求。專著作者率團隊以振興地方戲曲和鄉土文化為己任，分門別類地反覆進行深入的田野考察。努力貫徹「百花齊放，百家爭鳴」的方針。將各種類型的民間劇團、家庭戲班、代表人物、有名藝人悉數納入。案頭準備比較充分，具體考察嚴肅認真，坦誠大膽，不設條條，不劃框框，更沒有迴避和忌諱，譬如如何積極評價民間戲班中富有創造精神的老藝人在舞臺上的「浩水」「發條」等即興創造？如何看待民營劇團紅白喜事中的「哭靈」？是暫求生存的權宜之計無奈之舉，還是金錢至上，不擇手段，對演員人格和尊嚴的侮辱？如何看待地方戲曲的商品屬性？如何評價形形色色的「打彩」活動？如何點戲？舞臺上誰說了算？怎樣培養合格的新型經紀人？劇目如何管理？如何防止「一放就亂」，「一統就死」的現象發生？怎樣揚長避短，不斷增容生存空間？怎樣聯合起來實現資源共享和有效的市場競爭？怎樣克服政策的搖擺性和短視的功利性，避免一刀切和一勺燴？凡此種種，牽涉面甚廣，政策性很強。需要在專著基礎上深入調查，總結經驗和教訓，由政府文化管理部門立法號令，並輔以科學、民主的管理細則。

令人欣喜的是課題團隊群賢畢至，少長咸宜（集）。負責人專業幹練，敬業有加。初來乍到的青年學子，紛紛參與田野考察小組。他（她）們英姿勃發，激情似火，眼界開闊，風趣幽默。生逢開放時代，智商與情商並駕齊驅，理性和感性相輔相成，審視環境，反觀自我，善於自嘲，勇於揚棄，充滿青春的活力，富有探索的勇氣。作為專著附錄的《訪談日誌摘選》即出自他（她）

們的手筆，得到課題項目負責人的讚譽，也給筆者留下很深的印象。讀其文，思其人，音容笑貌如在眼前，倍感真實親切，增加了現場感。他（她）們原本對地方戲曲並不熟悉，保持著相當的距離。但在四處尋寶田野考察的耳濡目染中，既陶醉於湖北江山之美，更為地方戲曲之美所震驚所折服，並逐漸培養起興趣。通過「身體民俗學」所倡導的親身體驗和身體記憶，開始與地方戲曲和鄉土文化拉近距離，並喜結良緣。《訪談日誌摘選》記錄了這群年輕人接觸地方戲曲的心理歷程，也記錄了一代地方戲曲熱愛者前進的足跡和成長的年輪。真沒想到《訪談日誌摘選》竟為專著增彩添趣！真沒想到地方戲曲包蘊著如此巨大的魅力，竟吸引了一代精英！這也是專著附加取得的可喜成果啊！

從國務院剛剛發布的建設中國社會主義新農村重頭文件可知，我國社會主義新農村建設方興未艾，前途無量。未來的農村將成為億萬國民趨之若鶩的宜居之處。如何適應呼嘯而來的新時代？如何不斷涵養、優化地方戲曲和鄉土文化的生態環境？乃是萬年基礎之功。即便不是當務之急，也應該提到議事日程上來了，不然就來不及了。筆者正是從這本專著中體悟到文化界、藝術界、學術界，特別是演藝界時不我待的使命感和強烈的現實價值。

綜觀匯覽，專著《湖北地方戲曲與湖北鄉土文化》已經成型，基礎紮實，規模龐大，內容硬核，宏闊厚重，但尚需立於本書制高點，上上下下、左左右右、前前後後，反覆關照，悉心琢磨，整體調試：或增或減，或修或補，或顯或露，或肥或廋。清代鄭板橋題書齋聯《贈君謀父子》云：「多讀古書開眼界，少管閒事養精神。過眼寸陰求日益，關心萬姓祝年豐。階下青松留玉節，夜來風雨作秋聲。刪繁就簡三秋樹，領異標新二月花。」謹以鄭板橋的名言與專著作者共勉。

周傳家
二零二三年三月八日於北京

目

次

前　言

　　本書是社科基金項目「湖北地域文化視野下的湖北地方戲曲」的最終成果〔註1〕。本項目的關懷在於，如何從戲曲史的一般敘述轉向發掘和辨識湖北地方戲曲的地方性，而這種地方性必須到歷史積澱豐厚的鄉土文化中去尋找。

　　為了完成本項研究，筆者除了進行充分的案頭準備，查閱了各種戲曲志以及出版的、未出版的文獻資料，更重要的是多次深入實地進行調查。在三年時間之內，筆者遠赴鄖陽、竹溪、竹山、老河口、穀城、襄樊、隨州、仙桃、天門、潛江、咸寧、崇陽、武穴、黃州、黃梅、大冶、漢川、孝感、沙市、鶴峰、恩施、巴東、咸豐、來鳳等地進行調查，對專業劇團、民營劇團、地方文化部門以及當地民眾進行大量訪談與跟蹤觀察。在這個過程中，筆者尤其關注「本地人的觀點」和「本地人的解釋」。這種「本地人的觀點」和「本地人的解釋」，構成了關於地方戲曲的「地方性知識」，也使筆者得以觀察到細膩豐富而又很難為外人知曉的鄉土生活百態及民眾的所知所感。沒有這樣一種對戲曲和鄉土社會的微觀透視、抵近觀察，本項目是無法完成的。需要強調的是，這些來自於微觀透視和抵近觀察的訪談，是極為珍貴的第一手資料，筆者在本書採用這些採訪記錄時，除了在語氣詞上略作處理外，儘量保持原貌，以最大限度保持鮮活性，復原當時的語境。

　　本課題內容宏大，由此決定完成這個課題，不僅需要藝術史的視野，更需要綜合運用社會學、人類學、文化學、民俗學的方法。只有在這樣一種學科交叉的視野下，才能對湖北地方戲曲和鄉土社會的複雜關係進行具有深度的全

〔註1〕國家社科基金藝術學一般項目——「湖北地域文化視野下的湖北地方戲曲研究」（立項批准號：16BB018，結項編號：藝規結字〔2020〕261號）。

景式的觀察和描述。有幸的是，筆者長期從事藝術學的教學和科研，又在武漢大學社會學系民俗學方向得到系統的社會學、民俗學訓練，從而得以勉力完成這一課題。

基於本課題的問題意識，全書在結構上設計為六個部分。

緒論：作為全書的開章，本部分對與本書密切相關的「鄉土文化」、「湖北區域社會」、「鄉土文化區」以及「湖北地方戲曲」等概念進行了討論。本書認為，「鄉土文化」是中國社會和文化之根，地方戲曲就是從「鄉土文化」的地域性中產生。鄉土文化也同樣是地方戲曲的母體文化和文化密碼，如果不從鄉土文化入手，地方戲曲的文化底蘊不可能得到揭示。本書分析湖北區域社會，認為文化的區域和行政的區域不是同一個概念。雖然，作為行政區域的湖北，與湖南、河南以及其他省份的文化具有不同的樣態、不同的特徵。但是，在「鄉土文化」的視域下，湖北境內存在著複雜多樣的「鄉土文化區」。這種「鄉土文化區」既因地形多樣，生活環境不一，衣食住行方式不一，風俗習慣不一而存在，更因湖北與多省相鄰，遠離行政區域中心的省際邊界地區無論是生活還是民俗，都與鄰省邊界地區渾然一體。因此，深入湖北區域文化內部，發現「鄉土文化區」的多樣性和複雜性，比起泛泛而談以行政區劃為單位的地域文化更有意義。這種複雜性和多樣性，就是湖北地方戲曲生長的豐饒土壤。關於「湖北地方戲曲」，本書首先討論了湖北地方戲曲劇種的命名，指出儘管湖北地方戲曲劇種的命名，出自不同時代和不同命名者，但其間都包含不同程度的建構地方社會的地域意識。其次，本書展示了建國以來湖北地方戲曲劇種的空間變遷，這個空間變遷，是當代湖北地方戲曲演變的歷史縮影。

第一章：「會聚與輻射」。湖北位居「九省通衢」，明清以來，商家會聚，移民頻仍，成為外來戲曲進入湖北的載體，各方聲腔紛至沓來，它們與本土聲腔融合，經過本土化的改造，奠定了湖北地方戲曲的宏大格局。而得益於外來戲曲滋養的湖北地方戲曲，又借助各種媒介，對外輻射、傳播，對中華戲曲做出了重要貢獻。故本章以「會聚與輻射」為中心詞，敘湖北地方戲曲的形成與向外傳播的歷史軌跡，呈現其大張大合、包容並蓄的歷史精神與文化貢獻。

第二章：湖北地方戲曲中的「湖北歷史文化元素」。「地方性」是地方戲曲的靈魂，缺乏地方性也就稱不上「地方戲曲」。筆者深入湖北地方戲曲內部，從本地題材（歷史事件、傳奇故事、神話傳說、主家事蹟）、本地方言、習俗、地理、風物以及本地音樂諸多方面，發掘出湖北地方戲曲的「湖北元素」。正

是這些元素，把湖北地方戲曲和其他地區的地方戲曲區分開來。

第三章：湖北地方戲曲與湖北民眾生活的日常。本章討論湖北地方戲曲在湖北民眾生活中的參與，以豐富的歷史文獻和田野訪談，揭示了湖北地方戲曲在民眾生活中的深度參與，對於湖北鄉土民眾來說，戲曲根本不是一個外在的東西，它不僅是婚喪嫁娶、民間信仰、時令節日、民情風俗、社會交往、廣場娛樂不可缺少的儀式和內容，而且是一種特殊形態的精神食糧。「**聽了喲哎喲，害病不吃藥**」。「**演戲的瘋子，看戲的傻子**」。在傳統鄉土社會，從未有過其他力量能像戲曲這樣，讓民眾如癡如醉，喜怒哀樂。它本身就是湖北民眾生活、鄉土文化不可分割的一部分。因此，研究鄉土文化，研究草根基層的文化心態、生活圖景，絕不可缺少對於地方戲曲在鄉土社會活動的觀察。

第四章：湖北民營劇團（戲班）：湖北地方戲曲與鄉土文化互滲的樣本分析。在當前戲曲演出市場，存在兩種文化形態。一種是以弘揚主旋律和惠民為主要任務的國家編制專業劇團，一種是以演出為經營或個人謀生方式的民營劇團、戲班以及演出個體戶。前者以城市文化為依託，後者以鄉土文化為生存背景。兩者比較起來，民營劇團（戲班）在演技上不如專業劇團，在布景、燈光上不如專業劇團，在演出場面的宏大華麗上不如專業劇團，但它們從鄉土文化中生長，又活躍在鄉土之中，足跡遍及鄉土各個角落，和鄉土文化有最直接的聯繫。正是這些民營劇團（戲班）的演員，在民間社會傳播傳統倫理和通俗歷史，為民眾提供最能滿足他們精神和情感需要的戲曲，他們因此深受鄉土民眾喜愛。他們雖然是非正統的，但在他們內心深處，也有正統的來歷和譜系。他們活躍於當代，但在他們身上還保留著上古巫師驅邪納吉的角色痕跡。他們是地方戲曲在鄉間生生不息、薪火相傳的動力，在鄉土文化深厚的土壤中扮演重要的角色。從一定意義上說，鄉間戲班與民營劇團是湖北地方戲曲與鄉土文化互滲的中介和樣本。本章首先討論民營劇團（戲班）在鄉土文化中的角色，繼之以隨團跟蹤採訪的調查，進行個案研究，呈現荊州花鼓戲和崇陽提琴戲兩個劇種的民營劇團、家庭戲班、演出個體戶的當代生存狀態，抉發其間蘊含的鄉土文化信息。

結論：本章從方法論上總結和概說完成本課題的研究心得，指出雖然歲月更替，物換星移，在中國鄉村的大地上，政權和政策更迭，江山變遷，但是，戲曲和承載戲曲演出的劇團（戲班）始終活躍，有著雋永的生命力。因此，僅僅把地方戲曲視為一種藝術樣式來理解是遠遠不夠的。它扎根於鄉土，從鄉土

自有邏輯產生，是鄉土文化的有機部分。因此，討論鄉土文化和地方戲曲的關係，首先必須打破二元觀念，不能置地方戲曲於鄉土文化之外。討論鄉土文化和地方戲曲的關係，還必須觀照兩者之間的互動，地方戲曲從鄉土文化中產生，它的成長、壯大，又反過來豐富了鄉土文化，擴張鄉土文化的內涵，成為鄉土文化的符號。地方戲曲也是一個複雜的文化價值系統。在這個系統內，儒家思想、宗教信仰、民間倫理爭相表達和競爭。從某種意義上說，它比儒學更能呈現鄉村意識形態的複雜性。與此同時，地方戲曲在歷史進程中的形塑，其背後是社會文化的演遷，是國家對地域社會的滲透支配過程。從地方戲曲入手研究鄉土文化，對於鄉土社會的複雜和多元將有更為深刻的瞭解。筆者最後呼吁，戲曲參與鄉土社會生活，成為鄉土社會——文化秩序的有機部分，鄉土的歷史和傳統也藉由戲曲而得到延續，而民營劇團（戲班）以及演出個體戶則是鄉土文化中戲曲生生不息的最重要力量。因此，對地方戲曲的保護，不是僅僅在保護文化遺產，也是在保護鄉村傳統，保護鄉土文化的自在邏輯。關注和保護民營劇團、戲班以及演出個體戶的生存空間，也就是關注和保護鄉土文化，維繫湖北文化之根。衷心希望各級政府在制定和實施文化政策時能對他們給予必要的文化關懷。

在完成本項目的過程中，筆者率領由武漢大學、湖北大學博士生與碩士生組成的團隊，多次深入湖北各地進行調研，深入鄉間、深入劇團，參與調研的同學每天都會寫下採訪日誌，記下一天的活動、所見所聞和內心的感受，這些日誌不僅內容生動活潑細緻，而且也是對所到之處鄉土文化的素描，對本書的內容有所補益，有其獨特的價值。筆者從這些日誌中摘出數篇，作為附錄，並藉此機會，向協助調研訪談的趙淑紅、李環、黃樹強、楊宇婷、孫炎晨、張夢夢等同學致以謝意。

緒　論

　　本書題為《湖北地方戲曲與鄉土文化》，其間所涉關鍵概念，需要加以詮釋。

一、鄉土文化與地方戲曲

　　中國古代早有「鄉土」一詞。它的含義有二：一是指家鄉、故土。如《列子·天瑞》：「有人去鄉土，離六親，廢家業。」《琴操》卷下：「心思不樂，心念鄉土」。唐封演《封氏聞見記·銓曹》：「貞觀中，天下豐饒，士子皆樂鄉土，不窺仕進。」二是指地方、區域。如曹操的《碣石篇》中：「鄉土不同，河朔隆寒。」和「鄉土」比較，「鄉土文化」則是後起概念。其起始雖然難以考證，但和費孝通的《鄉土中國》不無關係。《鄉土中國》是費孝通先生的社會學經典之作，此書開篇第一句就言明：「從基層上看去，中國社會是鄉土性的。」在費先生影響下，大凡提及農村文化都離不開談論「鄉土性」。自十九大將鄉村振興作為戰略目標，「鄉土文化」更成為一個熱門概念。

　　「鄉土文化」雖然是一個流行概念，但是，「鄉土文化」概念的內涵卻眾說不一。索曉霞認為：「什麼是鄉土文化？鄉土文化是地方性的人群，以村寨、村落為社會單位，以血緣地緣為紐帶，在長期的生產生活實踐中處理人與自然的關係、人與人的關係、人的物質需求與精神需求的關係而創造出來和總結出來的生產和生活方式。既包括由生態景觀、生計景觀和生命景觀所組成的有形的可觀的文化遺產，也包括村民們與主觀體驗和社會共同經驗緊密相連的對天、地、人關係的認知等無形的文化遺產，既有世代累積和總結的與滿足生存需要的系統性的地方性知識，也有滿足精神需求的文化活動，更有實

現地方自治的一系列制度的安排和文化的傳統。」〔註1〕營山鄉土文化網編輯部認為:「鄉土文化,又可稱為鄉村文化、農村文化和村落文化。」「鄉土文化是指與一個人出生地相關的歷史地理、民俗風情、傳說故事、古建遺存、名人傳記、村規民約、家族族譜、傳統技藝、古樹名木等相關方面的一種物質或非物質的表現形式。」〔註2〕陳鐵梅說,她一直想弄清楚「鄉土文化」究竟該怎樣定義,於是便上網搜索,發現最具普遍性的「百度名片」沒有解釋,下面的文章也沒有給出答案,於是借用陳尚榮老師的一段闡述,對鄉土文化作出定義說:迪格爾印第安人有一條著名的箴言:「開始,上帝就給每一個民族一隻陶杯,從杯中,人們飲入了他們的生活。」「『鄉土文化』,就是在時間的長河中,人們從生活中擷取和養成的,具有鮮明地域特徵和民族特徵的文化生活。」〔註3〕這些定義雖然論述不盡相同,但從不同的角度對「鄉土社會」進行了有價值的描述。無論如何,「鄉土文化」是「一個社會的地理位置、環境、傳統、習俗、經驗、行為、交流方式、言語乃至服飾、宴請、婚嫁、喪葬、祭祀、團聚等方面的日常生活的集體性凝結」。〔註4〕這種鄉土文化是中國社會和中國文化之根,中國歷史與中國社會就是從這種鄉土文化中生長出來。

「鄉土社會的生活是富於地方性的。」所謂一方水土養一方人,地方戲曲是地方的文化樣式之一,其土壤當然也就是當地的鄉土生活。不同地域的鄉土生活,養育了千姿萬態的地方戲曲,清麗柔婉的崑曲、高亢粗獷的秦腔、激昂慷慨的梆子戲、活潑輕快的花鼓戲,每一種地方戲曲,都是當地民俗風情、音樂方言的凝結,鄉土文化是這些地方戲曲的文化密碼和靈魂,如果不深入鄉土文化,所有對地方戲曲的讀解,都只能是淺嘗輒止。本書的立足點則正在於此。

二、湖北區域社會與「鄉土文化區」

湖北區域社會是中國社會的地域性表現之一。區域社會是地理的概念,鄉土社會是文化的概念。因此,湖北區域社會和湖北鄉土社會並不是完全同

〔註1〕 索曉霞,〈鄉村振興戰略下的鄉土文化價值再認識〉〔J〕,《貴州社會科學》,2018年第1期,第4～10頁。

〔註2〕 駱殿兵,〈基於鄉土文化的價值教育實踐〉〔J〕,《教育(綜合視線)》(上旬),2014年第7期,第58～59頁。

〔註3〕 陳鐵梅,鄉土文化的概念,http://www.doc88.com/p-996319420816.html。

〔註4〕 牟利成著,《「中國問題」、現代性與法律的文化社會學解讀》〔M〕,濟南:山東人民出版社,2016年。

一的概念。

　　湖北鄉土社會擁有中國鄉土社會的基本特徵，家族、人情、面子、人倫編織成鄉土社會之關係網絡。但是，研究湖北鄉土社會，必須特別關注它的「鄉土文化區」。所謂「鄉土文化區」是指居住於某一地區的居民的思想感情上有一種共同的區域自我意識。這種「鄉土文化區」在湖北區域社會的地理範圍內具有多樣性和複雜性。

　　首先，湖北地形多樣，西、北、東三面被武陵山、巫山、大巴山、武當山、桐柏山、大別山、幕阜山等山地環繞，山前丘陵崗地廣布，中南部為江漢平原，與湖南省洞庭湖平原連成一片，地勢平坦。山地居民和平原居民，生活環境不一，衣食住行方式不一，風俗習慣不一，因此，在湖北境內，南北東西的鄉土文化的相異性要大於相似性。換句話說，湖北東西南北居民意識中的「鄉土文化區」絕不會如出一轍。

　　其次，湖北地處中國中部，號稱九省通衢，東鄰安徽，西連重慶，西北與陝西接壤，南接江西、湖南，北與河南毗鄰。毫無疑問，對於清代以後的中央政府和地方政府來說，「湖北」是一個有明確邊界的區域，此界之內是湖北，此界之外是鄰省，但是，對於身處省際交界的民眾而言，這一行政分界並無實際意義。他們與省際交界另一側的民眾朝夕相處，結成親朋，享有共同的生活習慣和語言。雖然，這些生活在省際邊界線的人群與生活在中心區域的人群同屬湖北人，但他們的文化慣習，與其說與湖北中心區域人群的文化慣習同質，毋寧說是與省際邊界另一側屬於不同省份的人群同質。更何況，有些區域本來就是從外省劃歸而來。如建始縣於明代屬四川，清代改隸湖北。英山縣一直隸屬安徽，1932 年始劃歸湖北。〔註5〕黃梅縣分路、新開及小池口、孔壟部分地區，民國二十四年（1935）以前歸九江縣轄。湖北沙市和湖南澧州唐代同為荊南轄境，宋代同處荊湖北路，明代習稱「湖湘地方」，直到清康熙三年（1664）才分屬湖北、湖南兩省。類似於「湖湘地方」這樣的跨省際的邊界板塊，在當地居民的意識中才是他們實際歸屬的「地域」，也就是所謂「鄉土文化區」。它是當地居民在意識中對於文化區域的一種體認，是一個比「湖北」更有限定性的區域。如鄂東，俗稱「吳頭楚尾」，吳楚文化在這裡交匯；鄂西，西接巴渝，和巴蜀文化相互交融；鄂南，與洞庭平原相通，其文化糅雜湖湘文

〔註 5〕張偉然著，《湖北歷史文化地理研究》〔M〕，武漢：湖北教育出版社，2000 年，第 15 頁。

化成分；鄂北，襄樊地區與河南文化互為交通，鄖陽地區經丹江水路、古驛道和漢水，通往秦地，歐陽修說，襄陽的「語言輕清微帶秦」。〔註6〕祝穆記均州之地，「民多秦音」。〔註7〕清代鄖陽也是「民多秦音，俗尚楚歌」〔註8〕。竹山文化局局長薛鋼形象的說：「我們縣翻過一座山去就是秦國，翻過另一座山，巫山，是巴蜀地帶。也就是往這邊走，開車 3 個小時可以到蜀國。往那邊走，開車 3 個小時可以到秦國了。我們這個地方是秦國、蜀國、楚國交匯的地方。」〔註9〕再如黃梅，與九江相鄰，清代至民國年間，黃梅人大批流入九江經商、做工、讀書，到九江賣菜買商品，兩地歲時風俗完全相同。黃梅獨山鎮的東觀頭，縱貫村莊的是一條不過三米寬的馬路。這條馬路就是湖北與安徽兩省的分界線。街東邊是安宿松縣佐壩鄉村，街西邊則是黃梅縣獨山鎮東觀村。兩邊房屋相對，居民對門談笑風生。無論生活民俗，皆是渾然一體。這些遠離行政區域中心的省際邊界地區，和鄰省邊界地區的文化相似性要遠遠大於和中心文化區的相似性。這種「鄉土文化區」是我們研究湖北區域文化不能不加充分考量的文化單位。

「鄉土文化區」不僅存在於湖北的省際邊界地區，而且還以流域為中心存在。復旦大學張曉虹教授研究漢水流域的音樂文化，發現漢水流域雖地跨湖北、陝西、河南三省地域，但其「區域內部的傳統音樂文化卻有共同特色，一致性較強。」這種一致性「是以南北過渡或南北兼融的音樂文化為特色」。〔註10〕她的貢獻是打破省際界限，發掘出漢水流域文化共同體。這個文化共同體也就是「鄉土文化區」。她的研究對我們泛泛而談以行政區劃為單位的地域文化是一個重要啟示。

湖北地方戲曲的分布和湖北境內的「鄉土文化區」有極為密切的關係。豫劇不是湖北的，但在與河南交界的地區襄樊、隨縣、棗陽等，豫劇是當地流行的劇種。秦腔不是湖北的，但是，鄂西北鄖陽深受秦腔影響。文曲戲是湖北的

〔註6〕 （宋）歐陽修撰，《歐陽修集 7 卷‧居士集 7 卷》〔M〕，四部備要排印本。

〔註7〕 （宋）祝穆撰，《方輿勝覽‧中》〔M〕，北京：中華書局，2003 年，引《圖經》，第 593 頁。

〔註8〕 （明）徐學漢等撰；潘彥文等校注，《鄖陽府志》〔M〕，北京：長江出版社，2007 年，卷九《風俗》。

〔註9〕 2017 年 8 月 8 日下午 6 點 06 分的調研訪談記錄。本書中訪談內容均採用不同字體顯示。

〔註10〕 張曉虹，〈漢水流域傳統音樂文化形成的歷史地理背景〉〔J〕，《黃鐘》（武漢音樂學院學報），2016 年第 1 期，第 24～35 頁。

地方劇種之一，但是，實際上它源於鄂東武穴市和黃梅縣交界的太白湖區，流行於鄂、皖、贛三省毗鄰縣市。荊州的荊河戲更非湖北獨有，而是和湖南澧縣共享。因此，本書不能不對「鄉土文化區」予以特別重視，以打破就地域論地域的湖北區域文化研究模式。

三、湖北地方戲曲劇種的命名與空間分布

關於地方戲，通常的定義是「流行於一定地區，具有地方特色的戲曲劇種的通稱」。「是同流行全國的劇種（如京劇）相對的。」這一定義其實並不準確。王夔認為，聯繫整個中國戲曲發展史來看，每一戲曲類型都是先從其原生地形成、壯大，再流播到其他地區，均有鮮明的地域性特色，均可視為某種地方戲曲。因此。他把地方戲分為廣義和狹義兩個範疇。「廣義的地方戲，指中國歷史上形成的所有戲曲類型，包括永嘉雜劇、北曲雜劇、各種戲曲聲腔以及乾隆、嘉慶以來新興的花部戲曲。狹義的地方戲，是對近現代以來流行於一定區域，具有濃鬱地方特色的戲曲劇種的通稱。其劃分的依據是起源地點、流行區域及影響力之大小，其對舉的概念是流行區域更廣、影響更大的崑曲和京劇」。〔註11〕筆者深為贊同這一論說。

（一）「地方戲」與「劇種」

地方戲的概念早在民國即已出現。佟晶心在 1934 年第 3 卷第 9 期的《劇學月刊》發表《八百年來地方劇的鳥瞰》，文章中，佟晶心不但提出地方劇的概念，把其歷史追溯到八百年之前，而且展示了一副廣闊的地方戲地圖：「設如以漢口為中心，就有湖北的漢調，湖南的祁陽戲，再往南就有廣東、廣西的梆子。往西就有四川戲。往東南就有閩劇。往北就有河南梆子。往西北有山西、陝西和甘肅的秦腔。往東北有安徽、河北、山東的梆子，北平的皮黃。往東三省就有奉天落子。還有其他不甚顯著的地方小戲。」繼佟晶心之後，馬彥祥的《論地方劇：中國地方劇史之一》，對全國各地方戲劇的論述又有新的推進。馬彥祥指出：「就目前所存的地方劇而言，名稱之多，範圍之廣，殆難盡述。只因用的方言不同，遂使其流行的地域各受了很大的限制，例如潮州的潮州戲，寧波的四明文戲，紹興的越劇，因方音過於特殊，其流行區域即不出潮州寧紹一帶（今泰國曼就盛行潮州戲，亦無非因該地華僑多係潮州籍之故）；有的雖也用的方言，但其方音的特殊性較少，其流行區域便較為廣大，例如

〔註11〕王夔，〈地方戲研究的主流範式與新路徑〉〔J〕，《戲曲研究》，2017 年第 1 期。

四川的川劇，湖南的湘劇，湖北的楚劇，廣東的粵劇，福建的閩劇，安徽的徽劇，東三省的蹦蹦戲，以至山西、陝西、河南、河北、山東各省的梆子等，則無異已成為某一省的戲劇。其中尤以皮黃劇（即京劇）最為普遍。」〔註12〕而1944 年第 363 期的《國訊旬刊》發表洪深的《民間的戲劇藝術：地方戲劇的研究》，把地方戲定位為「民間的戲劇藝術」、「富有地方性的戲劇」，突出其「民間性」、「地方性」特徵。這些論述都開啟了地方戲研究的大門。

與地方戲密切相關，「劇種」的概念也開始出現，以區分各地方戲曲的稱謂。

最初的區分是根據語音腔調的不同加以命名。這種區分方法在明初就開始出現。如崑曲又稱崑腔。京劇在晚清時，多被稱為「皮黃」。其原因在於它在聲腔上具備以西皮、二黃為主的音樂屬性。正因為如此，焦菊隱強調「有地方調，無地方戲」。

另一種方法就是用地名冠以「戲」或「劇」的方式。如「粵劇」、「湘劇」、「漢劇」、「楚劇」。

正如傅謹指出，雖然以聲腔的不同對戲曲加以命名，更能符合戲曲的藝術特徵，但由於戲曲聲腔的內在關係複雜，同名異實、異名同實的現象時有發生，地名＋戲曲的方法更容易為大眾（尤其是異地的）媒體的編輯、記者和讀者們所認知和把握。所以，後一種對地方戲的命名方式更為普遍。〔註13〕

20 世紀 50 年代，中央決定「各地戲改工作以對於各地群眾影響最大的劇種為主要改革對象」，〔註14〕「劇種」這一範疇術語，開始在公開發行的報刊雜誌和文化部門的正式文件裏被普遍使用。1953 年，文化部開始全面部署並強化全國性的劇團登記和整編，劇團登記表上出現「劇種」之欄目。與此同時，劇種的命名也隨之並行。由於掌握劇種、劇團命名權的相當大比例的戲改幹部，身份複雜，對戲曲的瞭解程度參差不齊，並往往有太過強烈的主體意識。對於他們來說，選擇用地名作為劇種命名的工具，顯然比起揭示各劇種藝術上的特質更為方便，也更契合於他們的工作性質與「規範化」的喜好。在

〔註12〕馬彥祥，〈論地方劇：中國地方劇史之一〉〔J〕，《文藝先鋒》，1943 年第 2 卷第 4 期。

〔註13〕傅謹，〈戲曲「劇種」的名與實〉〔J〕，《戲劇》（中央戲劇學院學報），2015 年第 4 期，第 59～70 頁。

〔註14〕田漢，《為愛國主義的人民新戲曲而奮鬥》，《在全國戲曲工作會議上的報告摘要》〔R〕，1950 年 12 月 1 日。

國家力量的干預下,民國以來地方戲各種不同稱謂並存的現象被終結,取而代之的是統一的以「地方＋劇」的方式為地方戲劇種命名。〔註15〕

（二）湖北地方戲曲
1. 湖北地方戲曲劇種的命名及其文化建構

傅謹指出的「地方戲」命名的演變過程亦可見於湖北。據《中國戲曲志‧湖北志》:乾隆年間,湖北地方戲曲聲腔見諸文獻資料者有襄陽腔、湖廣腔、楚腔、楚調、羅羅腔等。這些戲曲,都是依據聲腔的不同來加以劃分。此後,又有各自聲腔興起,如皮黃腔、打鑼腔、大筒腔。至民國年間,以地方命名戲種開始出現,如漢劇、楚劇、南劇、上河戲等。1953 年,湖北省戲曲改進委員會成立,對具有獨特藝術特徵的劇種加以識別,流行於天門、沔陽、潛江一帶的沔陽花鼓戲被命名為「天沔花鼓戲」。1981 年更改成為「荊州花鼓戲」。陽新採茶戲舊稱南河腔,所謂南河,即陽新富水。1965 年陽新縣採茶戲劇團成立,唱南河腔,劇種定名為陽新採茶戲。隨縣（今隨州市）花鼓戲兼唱打鑼腔和大筒腔,1956 年隨縣建立專業劇團,定名為隨縣花鼓戲。流行於鄂東廣濟、黃梅一帶的文曲戲,始稱調兒戲,1956 年參加黃岡專區戲曲觀摩會演時改成今名。

當然,湖北地方戲曲的劇種命名,並非皆採取地名＋戲曲名模式。如清戲,其名稱來自清李調元乾隆四十年（1775）左右成書的《劇話》:「弋腔始弋陽,即今之高腔……楚蜀之間謂之清戲」。梁山調因唱腔為「梁山調」而得名。柳子戲因唱腔通稱「楊花柳」或「柳子腔」而得名。這都仍然是依聲腔而定劇種名。此外,如「燈戲」是因鄂西玩燈習俗而得名。堂戲是因多在堂屋演出而得名,這又和演出形態相關了。

儘管湖北地方戲曲劇種的命名,出自於不同時期和不同命名者,但其背後隱藏著命名者不約而同的文化建構。

漢劇的前身是楚調,又稱漢調、湖廣調。1912 年,楊鐸著《漢劇叢談》,漢調自此稱為「漢劇」。劉小中言:漢調（漢劇）之名應來自漢水。〔註16〕但是,由於漢劇在湖北省的中心城市「漢口」最為流行,人們往往把它解釋為漢口的戲。2009 年元月 7 日的《長江商報》上刊載的《民國漢口興衰晴雨表:漢劇》一文,引用湖北省藝術研究所一級編劇、有著 50 年漢劇從業史的胡漢寧的

〔註15〕傅謹,〈戲曲「劇種」的名與實〉〔J〕,《戲劇》（中央戲劇學院學報）,2015 年第 4 期,第 59～70 頁。
〔註16〕劉小中、郭賢棟著,《漢劇史研究》〔M〕,武漢市藝術研究所,1989 年,第 5 頁。

評論，「1930年代前後，漢劇就是武漢的流行歌」。由此可見漢劇與武漢，與漢口的血肉關係。最早為「漢劇」命名的楊鐸在《漢劇六十年在武漢》中，對漢劇加以定位：「漢劇為湖北省的省粹」。〔註17〕如果說，漢水的「漢」是指的「漢水」，那麼「湖北省的省粹」就清晰的賦予漢劇表徵湖北的文化符號的特徵。

同樣的情形還有楚劇。

楚劇的前身是湖北黃陂、孝感一帶的地方花鼓戲，舊稱「哦呵腔」、西路花鼓戲和黃孝花鼓戲。1926年9月10日，在湖北劇學會總會籌備會上，黃孝花鼓戲在漢劇藝人傅心一的提議下，正式定名為「楚劇」。為什麼叫楚劇？楚劇著名藝人王若愚在《楚劇奮鬥史》中追溯道：「湖北戲劇界同仁經過研討，以湖北古名楚國為依據，將這種湖北花鼓戲改稱為『楚劇』。」〔註18〕這又是一個重要的文化建構。湖北本是楚國的發祥地。楚文化光輝璀璨，為湖北的地域文化奠定了豐厚的根基。將「哦呵腔」、西路花鼓戲、黃孝花鼓戲改稱為「楚劇」，直接上接楚文化脈流。因此，無論是「漢劇」還是「楚劇」的命名，並非簡單的意味著舊戲新劇名，而是一個複雜的社會文化過程，表達了強烈的地域文化的觀念。

同樣，建國後的劇種命名，也是一種文化建構。

誠如前文所說，建國後的劇種命名，存在著簡單粗疏的一方面，對戲曲的獨特藝術形態和特徵缺乏關注和把握。比如荊州花鼓戲，由原來的天沔花鼓戲更名而來，其依據是仙桃、天門、潛江都屬於荊州地區範圍。但是，作為行政區劃的荊州市，實際上長期流行的是漢劇，地方努力扶植的地方劇種是荊河戲。人們因此笑稱「荊州花鼓戲無荊州」。但是，這一類的命名，也產生了特定的文化建構功能。根據1951年政務院關於戲曲改革著名的「五‧五指示」：「今後各地戲曲改進工作應以對當地群眾影響最大的劇種為主要改革與發展對象。」對這一指示的通常理解，就是要求各地選擇一個重點改革發展的劇種。在一個地區多種戲曲並存的情況下，如何把這些戲曲包容起來，作為一個整體，納入重點發展的規劃，成了地方政府費心考慮的問題。如襄陽地區有多種花鼓戲流行，1949年後分別定名為襄陽花鼓戲、棗陽花鼓戲、宜城花鼓戲等，雖然語音有差異，但唱腔、劇目大致相趨同。1980年統一定名為襄

〔註17〕湖北省戲劇工作室編，〈戲劇研究資料〉〔J〕，第10期，1984年，第62頁。
〔註18〕王若愚，〈楚劇奮鬥史〉〔J〕，湖北省戲劇工作室編，《戲劇研究資料》第4期，1982年11月。

陽花鼓戲，在省政府的重點支持下，棗陽花鼓戲和宜城花鼓戲也得到發展的空間。再如鄂西北地區長期以來沒有代表性劇種，但有多種小的劇種、聲腔、曲種，毫無疑問，這些小的劇種、聲腔、曲種是無法得到政府的資助的。2000 年以後，鄖陽地區的文化部門嘗試將鄖陽地方小戲曲（鄖陽琴子戲、鄖陽八岔戲）、鄖陽皮影戲、鄖陽曲藝（鄖陽三弦）及鄖陽民歌（樂）等幾種藝術樣式加以融合，打造成新型地方劇種「鄖劇」。2017 年 8 月 7 日下午，筆者在十堰市鄖劇團採訪十堰市藝術科曾梅時，她簡潔的闡述說：「我們十堰地方戲劇的特點是什麼？其實它最大的特點就是同質化和兼容性。同質化就是指我們這一塊語言相近，然後風俗也是很近的。演出的劇目也差不多都是通用的。從解放前到現在不管是叫八岔子也好，山二黃也好，它演出的劇目都差不多，包括民間戲社和國有院團演出的，還有表演樣式也是相近的，還有聲腔的基因。」「從 2013 年到 2014 年，我們開始做一些工作，就是把我們十堰的地方戲曲，那些小而散的劇種，把它們融在一起，弄成一個拳頭，它就更完整，更有實力了」。曾梅還回憶了鄖劇的命名過程，「我們把高腔的、二棚子的、八岔子的各種資料都收集後，做了這麼一個戲。最後要往上報的時候怎麼辦？總得要取個名字吧，那是 2014 年二月份的時候，我們到武漢去跟陳受新和程彩萍老師一起商量，先想著『鄖陽花鼓戲』，後來一想，不行，全國叫花鼓戲的太多了，有點小了。最後陳受新老師說，咱們要起就起大點，乾脆就叫鄖劇。」〔註 19〕鄖劇就這樣誕生了。正如漢劇、楚劇的命名一樣，我們絕不要輕易的把鄖劇的命名看成陳受新老師的心血來潮。這個命名，既符合從中央到地方重點支持一個有代表性的劇種的精神，又包含了地域文化的建構。因此，《十堰地方戲曲鄖劇申報文本》（送審稿）在論證「鄖劇形成的歷史意義」時，指出鄖劇產生的第一個意義就是「填補鄂西北地區沒有代表性劇種的空白」。〔註 20〕

2. 湖北地方戲曲劇種的空間布局

據《湖北地方戲曲志》（湖北卷），湖北現存劇種，除文曲戲是 1924 年由坐唱搬上舞臺外，道光年間，大、小劇種均已形成。〔註 21〕但晚清到民國，社會動盪和不間斷的戰亂，有如巨大的陰影，籠蓋著地方戲曲的發展，使它們備

〔註 19〕2017 年 8 月 7 日下午在十堰文化局的調研訪談記錄。

〔註 20〕《十堰地方戲曲鄖劇申報文本》（送審稿），第 7 頁。

〔註 21〕中國戲曲志編輯委員會編，《中國戲曲志·湖北卷》〔M〕，北京：文化藝術出版社，1993 年，第 8、11 頁。

受摧殘。至 19 世紀 40 年代，「湖北戲曲瀕臨滅亡」。〔註 22〕

中華人民共和國建立後，從中央到地方，對地方戲曲的重建給予了高度關注。

1949 年 6 月 16 日，武漢市剛剛解放一個月，陳荒煤就代表武漢軍事管制委員會文教接管部文藝處與湖北戲曲界知名人士會面。

1951 年元月，中國人民政治協商會議代表，中國戲劇家協會常務委員、京劇演員程硯秋來到武漢調查地方戲情況。

1952 年 9 月，中南軍政委員會文化部在武漢舉辦「中南地區戲曲觀摩會演」。1953 年 3 月由中南軍政委員會文化部編輯出版的《第一屆戲曲觀摩會演大會專集》介紹，湖北劇種可分為兩類。一類為「大戲」，包括漢劇和南劇；一類為「小戲」，包括楚劇、沔陽花鼓、雲夢花鼓和黃梅戲。專集中同時載有「中南地方戲曲分布圖」。其中湖北地方戲曲的分布如下〔註 23〕：

表 1　湖北地方戲曲的分布

區　　域	流行戲曲
黃岡地區	漢劇、楚劇、黃梅戲
咸寧、大冶	鄂南花鼓
武漢、黃孝地區	漢劇、楚劇、京劇
沙市、天門、沔陽等江漢平原地區	漢劇、天沔花鼓、楚劇
鄂西南	南劇
宜昌	漢劇、楚劇
襄陽、老河口	漢劇、越調、曲子（曲劇）
鄂西北	曲子（曲劇）、越調

1953 年，湖北省民間藝術會演在武昌舉行。來省城參加會演的有湖北越調、梁山調、遠安花鼓戲、二棚子、天沔花鼓戲、襄陽花鼓戲的劇（節）目。這是湖北地方戲的一次大展示、大檢閱。

1955 年 5 月，湖北省文化局開展民間職業劇團登記。是年，有 66 個民間劇團登記入冊。建國前聚散無常的天沔花鼓戲、襄陽花鼓戲、東路子花鼓戲、

〔註 22〕中國戲曲志編輯委員會編，《中國戲曲志·湖北卷》〔M〕，北京：文化藝術出版社，1993 年，第 18 頁。

〔註 23〕龔戰，〈淺析湖北地區戲曲劇種的流佈現狀〉〔J〕，《戲曲研究》，2003 年第 3 期，第 157～169 頁。

遠安花鼓戲、黃梅採茶戲等劇種班社紛紛組建職業劇團後，又促使建國後流動不定的荊河戲、巴陵漢戲、常德漢戲、河南越調、高臺曲、隨縣花鼓戲、陽新採茶戲、文曲戲等劇種班社分別在石首、通城、公安、光化（今老河口市）、襄樊、宜城、隨縣（今隨州市）、陽新、廣濟（今武穴市）建團。為湖北地方戲曲劇種的分布格局打下了基礎。〔註24〕

　　1956年11月20日，湖北省第一屆戲曲觀摩演出大會開幕，參加演出的有27個劇種，119個劇目。龔戰〔註25〕把參加演出的27個劇種分為三類。一類為本省參賽劇種，包括漢劇、楚劇、荊州花鼓（天沔花鼓）、應山花鼓、荊河戲、襄陽花鼓、南劇、黃梅戲、東路子花鼓、遠安花鼓等；二類是本省地方劇種聲腔的展覽演出，它們是提琴戲、二棚子、良善調、燈戲、高腔、湖北越調、文曲、儺戲等八種；第三類屬外省市傳入我省的聲腔劇種：京劇、常德湘劇、豫劇、評劇、越劇、河南曲子（曲劇）、河南越調、川劇、巴陵戲等九種，〔註26〕展現出湖北地方戲曲的欣欣向榮。

　　1957年，湖北省戲曲研究所編纂《中國地方戲曲集成‧湖北省卷》，田漢為之撰寫序言。對地方戲曲進行系統的調查、搜集、整理和研究，是認識地方戲曲、重建地方戲曲的重要工作。

　　1958年5月，毛澤東同志在武漢時，中共湖北省委調黃梅採茶戲《過界嶺》到武昌洪山賓館為毛澤東主席、周恩來總理演出。毛澤東主席看後評論說：「《邊界嶺》有鄉土風味，有親切感，各地要演自己的土戲，地方之間也要交流。」毛澤東說的「土戲」即地方戲，他說的「有鄉土風味、有親切感」正是地方戲的特色。最高領導人的意向，對於地方戲曲的振興意義重大。

　　1959年7月，湖北省第三屆戲劇（優秀劇目）會演，歷時二十三天，檢閱十年成就。參加演出的有漢劇、楚劇、京劇、天沔花鼓戲、遠安花鼓戲、南劇、湖北高腔、巴陵漢劇、曲劇、評劇、豫劇等十四個劇種，展示了湖北地方戲曲當年的陣容。

　　「文化大革命」期間，湖北地方戲曲遭到嚴重破壞。1978年2月，第五屆全國人民代表大會在北京召開。華國鋒在《政府工作報告》中指示：要「恢

〔註24〕龔戰，〈淺析湖北地區戲曲劇種的流佈現狀〉〔J〕，《戲曲研究》，2003年第3期，第157～169頁。
〔註25〕原湖北省藝術研究所黨委書記。
〔註26〕龔戰，〈淺析湖北地區戲曲劇種的流佈現狀〉〔J〕，《戲曲研究》，2003年第3期，第157～169頁。

復地方劇種，發展各民族具有獨特風格的文藝」。

1978 年中共湖北省文化局臨時委員會向省委宣傳部報告：「我省地方劇種較多，『文化革命』前，全省有十四種地方劇種」。文化大革命中，由於「四人幫」的瘋狂扼殺，「現在僅剩下九種地方劇種」。

1979 年 3 月 18 日，湖北省革命委員會文化局向省委上級報告，自五屆全國人民代表大會提出「恢復地方劇種以來」，全省共恢復二十四個地方劇種的劇團。〔註27〕

1979 年，根據文化部的部署，湖北省文化廳組織了專家對全省地方戲曲進行了一次大普查。這次普查十分深入。1985 年，王俊、方光誠在彙集大量聲腔、劇目、班社和藝人的歷史資料的基礎上，經過比照、研究，辨認出花鼓戲、採茶戲劇種的聲腔系統，弄清了湖北除儺戲、湖北越調外，其他劇種分屬打鑼腔、大筒腔、皮簧、高腔四個聲腔系統，並會同省內各地戲曲專業人員，以獨立劇種、獨立聲腔、獨立戲班子為基本條件，對湖北地方戲曲進行確認。〔註28〕最後，認定了湖北自有戲曲以來出現、存在的 22 個地方戲種。即清戲、漢劇、南劇、荊河戲、山二黃、湖北越調、楚劇、荊州花鼓戲、東路花鼓戲、黃梅採茶戲、陽新採茶戲、襄陽花鼓戲、遠安花鼓戲、隨縣花鼓戲、鄖陽花鼓戲、文曲戲、梁山調、提琴戲、柳子戲、燈戲、堂戲、儺戲。其地區分布情況如下〔註29〕：

表 2　湖北地方戲曲的分布

分布地區	劇　種
湖北全省	漢劇、楚劇
恩施地區（今恩施市）	南劇、燈戲、堂戲、柳子戲、儺戲
鄖陽地區（今十堰市）	山二黃、鄖陽花鼓戲（二棚子）
襄樊市（原襄陽地區）	清戲（即湖北高腔，黃岡、孝感、荊州、咸寧地區也曾流行）湖北越調、襄陽花鼓戲、隨州花鼓戲
宜昌地區（今宜昌市）	遠安花鼓戲（有些地方也流行柳戲、堂戲、越調）

〔註27〕以上材料依據：中國戲曲志編輯委員會編，《中國戲曲志·湖北卷》〔M〕，北京：文化藝術出版社，1993 年。大事年表、附錄，其間評論為筆者參入。

〔註28〕參考綜合：中國戲曲志編輯委員會編，《中國戲曲志·湖北卷》〔M〕，北京：文化藝術出版社，1993 年，後記及 2018 年 3 月 16 日上午對方光誠先生的訪談。

〔註29〕參考綜合：張葆華、王俊、方光誠彙編，《湖北地方戲曲劇種專輯》。

黃岡地區（今黃岡市）	東路花鼓戲、黃梅採茶戲、文曲戲
荊州地區（今荊州市及潛江、天門、仙桃等市）	荊州花鼓戲，原名天沔花鼓戲、荊河戲、梁山調
咸寧地區（今咸寧市）	陽新採茶戲、提琴戲
孝感地區（今孝感市）	楚劇集中流行區。

2002 年，龔戰對湖北地方戲曲劇種的分布進行研究，其情況如下表〔註30〕：

表 3　湖北地方戲曲的分布

劇種名稱		主要分布地區	專業劇團數	備　註
本省戲曲劇種	漢劇	武漢市、崇陽縣	3	原黃石、沙市漢劇劇團已併入其他院團
	楚劇	武漢市、孝感市及黃岡、咸寧、大冶地	13	
	荊州花鼓	荊州市及天門、潛江、仙桃、荊門等地	6	
	遠安花鼓	宜昌市遠安縣	1	
	陽新採茶	黃石市陽新縣	1	
	隨州花鼓	隨州市	1	
	山二黃	十堰市竹溪縣	1	
	南劇	恩施地區來鳳、咸豐兩縣	2	
外省傳入劇種	通城花鼓	咸寧市通城縣	1	由原湖南花鼓和巴陵戲改為現名
	京劇	武漢、襄樊、宜昌、部州松滋等市縣	6	原沙市、黃石京劇團已併入其他院團
	豫劇	十堰市、襄樊市	5	
	黃梅戲	黃岡市	6	黃梅戲雖起源於湖北黃梅採茶，但卻是在安徽發展成熟為黃梅戲後回到湖北
	曲劇	襄樊市	2	

和王俊、方光誠 1985 年的調查研究比較，龔戰研究結果中的湖北省戲曲劇種分布情況以及專業劇團數出現了諸多變化。

〔註30〕 龔戰，〈淺析湖北地區戲曲劇種的流佈現狀〉〔J〕，《戲曲研究》，2003 年第 3 期，第 157～169 頁。

（1）漢劇從 1985 年時的全省流行，萎縮到主要流行於武漢市及崇陽縣。專業劇團數也從 1965 年的 20 個，1982 年的 10 個，1990 年的 6 個，減少到 2002 年的 3 個。而 3 個專業劇團中，尚有一個劇團的實際演出多以其他藝術種類為主。

（2）楚劇從 1985 年時主要流行於鄂東南、鄂中、鄂東北，萎縮到主要流行於武漢、孝感、大冶等地，專業劇團也從 1965 年的 18 個，1982 年的 24 個，1990 年的 20 個，減少到 2002 年的 13 個。

（3）荊州花鼓的情況基本持平，1985 年的主要流行地區是荊州、咸寧地區，2002 年的主要流行地區是荊州市及荊門、天門、潛江、仙桃等地。專業劇團 1965 年是 4 個，1982 年是 5 個，1990 年是 7 個，2002 年是 6 個。

（4）荊河戲主要流行地區為荊江段西岸，從 1985 年到 2002 年沒有大的變化，但是，專業劇團從 1965 年的 1 個，1982 年的 1 個，到完全消失。唯有業餘班社仍在演出。

（5）東路花鼓子、襄陽花鼓、陽新採茶、文曲戲、提琴戲，2002 年時也不再有專業劇團存在。〔註31〕

龔戰根據其調查和研究得出兩個結論：

第一，建國初期，以「一清二黃三越調」為標誌的湖北古老的聲腔劇種，除漢劇仍具有較大活力外，「清戲」和「越調」基本上處於失傳或偶有業餘演唱的狀況。

第二，從二十世紀五十年代到本世紀初，以漢劇、楚劇為主的湖北劇種文化圈已基本消解或萎縮，形成了以各地戲曲劇種為主的多元的劇種文化圈。〔註32〕

2016 年 2 月，湖北省再次啟動湖北省地方戲曲劇種普查工作，歷時近一年。這次普查，「既是全國地方戲曲劇種普查的一部分，也是新世紀以來湖北開展的規格最高、範圍最廣、相關信息採集最為細緻的一次重大文化普查」。〔註33〕這次普查，結論如下：

〔註31〕龔戰，〈淺析湖北地區戲曲劇種的流佈現狀〉〔J〕，《戲曲研究》，2003 年第 3 期，第 157～169 頁。筆者參照總結。

〔註32〕龔戰，〈淺析湖北地區戲曲劇種的流佈現狀〉〔J〕，《戲曲研究》，2003 年第 3 期，第 157～169 頁。

〔註33〕湖北省文化廳關於報送，〈湖北地方戲曲劇種普查報告〉〔R〕，2017 年 6 月 30 日。

　　第一，確認《中國戲曲志・湖北卷》記載的湖北地方戲曲還有 22 個，分別為漢劇、南劇、荊河戲、山二黃、湖北越調、楚劇、荊州花鼓戲、東路花鼓戲、黃梅採茶戲、陽新採茶戲、襄陽花鼓戲、遠安花鼓戲、隨州花鼓戲、鄖陽花鼓戲、文曲戲、鍾祥梁山調、提琴戲、柳子戲、恩施燈戲、堂戲、恩施儺戲。和《中國戲曲志・湖北卷》的記載比較，新的湖北地方戲曲名錄發生變化。一是去掉了清戲，去掉的原因是因為「清戲部分聲腔被楚劇吸收」。二是把《中國戲曲志・湖北卷》未納入湖北地方戲曲 22 種之內的京劇，加入了名列。三是把以前屬地不明確的梁山調、燈戲、堂戲、儺戲更改為：鍾祥梁山調、恩施燈戲、恩施儺戲，更加突出地方屬性。

　　第二，在外省形成後流傳到湖北的跨省劇種 3 個，分別為豫劇、曲劇、川劇。

　　第三，《中國戲曲志・湖北卷》沒有收錄但被列入省級以上非遺戲劇項目的劇種 5 個，分別為英山採茶戲、武當神戲、大悟北路子花鼓戲、通城燈鑼戲、秭歸建東花鼓戲。

　　第四，皮影戲和木偶戲各一個。

　　報告在列出 32 個劇種後，又補充道：此外，還有本次提交申報材料的劇種新名稱 1 個，為鄖劇。〔註34〕

表4　湖北地方戲曲劇種主要聲腔和流佈區域情況表

劇種名稱		別　名	主要聲腔構成	當前流佈地區
本省劇種	漢劇	楚腔、楚調、漢調、漢戲、二黃	以「皮黃」為主的板腔體聲腔，兼有崑曲、小調等。	湖北省境內長江、漢水流域，以及湖南、四川、陝西和廣東部分地區。
	南劇	南戲、施南調、人大戲、高臺戲	南路、北路、上路，另有少量崑曲、高腔和雜腔、小調。其中南北路屬皮黃聲腔，或稱漢調，用胡琴伴奏；上路屬梆子腔系，又名川梆子，用蓋板胡琴伴奏。	鄂西南思施地區
	荊河戲	上河戲	包括彈腔、高腔和崑腔，以彈腔為主。彈腔	荊河（即荊江，為長江自宜都到城陵磯兩岸，

〔註34〕湖北省文化廳關於報送，〈湖北地方戲曲劇種普查報告〉〔R〕，2017 年 6 月 30日。

		分南路、北路和特色腔調如「南反北」(定南路弦唱北路腔)。	以及四川和貴州部分地區。活動中心為湖北沙市和湖南澧州。
山二黃	漢調二黃、靠山黃	西皮、二黃、嗩吶二黃、漢二黃、反二黃、四平調等，兼唱唱吹腔、小調，少數崑曲。	鄂西北(十堰)地區
湖北越調	鄂西北(十堰)地區	主腔名越調，兼唱吹腔(又名潼關調)、崑曲及小調。	主要流佈於鄂北襄陽、穀城一帶，還曾流行於十堰、荊州、宜昌的部分地區和河南南部部分地區。
楚劇	黃孝花鼓戲、西路花鼓戲	主腔為迓腔(迓腔是在流行於鄂東地區的哦可可腔的基礎上，用黃皮、孝感一帶的語音演唱，逐步發展而成)，兼唱仙腔悲腔、四平、十枝梅和小調等。	以黃陂、孝感、武漢為中、心，流傳於湖北的大部分地區。
荊州花鼓戲	花鼓子、沔陽花鼓、天沔花鼓戲	高腔、折水、四平、打鑼等幾支聲腔和豐富的小調組成。	湖北省全境及與湖北毗鄰的河南、湖南周邊，重點在潛江、仙桃、天門、荊州、監利、洪湖、荊門、京山、鍾祥、石首等江漢平原一帶。
東路花鼓戲	東腔、東路子	東腔(俗稱哦呵腔，哦呵腔既是劇種名稱，又是鄂東一帶花鼓戲主腔的泛稱)、二高腔、二行、對腔、歎腔和小調等	以湖北新洲舉水河為界，形成並流行於舉水以東麻城、羅田、英山、浠水等地，後復流傳至黃岡、紅安、黃石、大治、鄂城等地。
黃梅採茶戲(黃梅戲)	黃梅調、採茶戲	平詞、彩腔、花腔等	在湖北境內大部分地區都有流佈，尤其是靠近安徽、江西的黃岡市等鄂東地區
陽新採茶戲	南河腔、採茶調	北腔、四平、漢腔、歎腔和彩腔小調。	湖北陽新縣富水以南及通山一帶。
襄陽花鼓戲	花鼓子、北路花鼓戲	桃(套)腔、漢腔、四平、彩腔。	主要流佈於湖湖溯北襄舊地區及豫南部分地區。

遠安花鼓戲	花鼓子	陶（套）腔、漢腔、南腔、四平（四平又分為上四平、中四平和下四平）以及小調等。	湖北省遠安縣
隨州花鼓戲	花鼓戲、隨縣花鼓戲	以蠻調（打鑼腔）為主，兼有奤調、梁山調、彩調等。	以隨州為中心的北地區及周邊近鄰的河南桐柏、信陽等地區。
鄖陽花鼓戲（鄖劇）	二棚子	琴子腔腔（梁山調）、八岔腔（打鑼腔）、彩腔。	鄂西北的鄖縣、均縣（現丹江口市）鄖西縣、竹山縣、房縣以及與之此鄰的陝西安康、商洛、漢中和河南南陽、淅川、西峽縣等。
文曲戲	調兒戲、清音	文詞調	湖北省的武穴市（原廣濟縣）、黃梅縣、蘄春縣、英山縣；東至安慶，西至漢口，南至南昌，北至信陽。
鍾祥梁山調	良善調（實為訛稱）	鍾祥梁山調既是劇種名，也是唱腔名。鍾祥梁山調正腔為「咿咿腔」。板式有趔八板、橫橫板、大字板、小字板。	湖北鍾祥、荊門等地，以及襄陽、十堰、荊州部分地區。
提琴戲	（無）	唱腔屬梁山調，主要腔調有正調、哀調、一字調、夢調、陰調。	鄂東南的崇陽、通城等地。
柳子戲	楊花柳、陽戲	柳子戲唱腔通稱楊花柳或柳子腔，即梁山調，以大筒子胡琴伴奏。	湖北五峰、鶴峰以及湖南大庸、桑植、永順等地。
恩施燈戲	（無）	梁山調（本腔、七句半、四平等），唱幫結合，有濃鬱的鄂西民歌風味。	鄂西的恩施市、利川、宣恩、咸豐、建始、來鳳一帶。
堂戲	（無）	梁山調和皮黃腔，以及雜腔小調。	鄂西南巴東、建始、五峰、興山、秭歸、神農架與川東巫山等縣的大山區。
恩施儺戲	儺願戲、壇儺、姜女戲、土戲、土地戲	依情感表現有高腔、平腔、哀腔，以及花鼓腔和山歌。	鄂西南鶴峰、五峰、來鳳、咸豐、宣恩、恩施、巴東、建始等縣市。

	京劇	平劇（舊稱）、皮黃等	西皮、二黃	在湖北境內大部分地區都有流佈，武漢市京劇活動的大碼頭，目前有專業京劇劇團的地區有武漢市、鄂州市、襄陽市、宜昌市、荊州市、孝感市等。
	豫劇	河南梆子、高調、河南謳、靠山吼、土梆戲	梆子聲腔體系，板式變化體，主要聲腔板式有二八板、慢板、流水板、散板。	在湖北境內主要流佈於靠近河南的襄陽市、十堰市等鄂北、鄂西北地區。
	曲劇	高臺曲、曲子戲	曲牌連綴體，主要有【陽調】【銀紐絲】【剪剪花】【漢江】【詩篇】【慢垛】等等曲牌	在湖北境內主要流佈於靠近河南的襄陽等鄂北地區。
	川劇	川戲	崑曲、高腔、胡琴、彈戲、燈調	在湖北境內主要流佈於靠近四川的恩施州利川市等地。
申報劇種新名稱	鄖劇	筒子戲、八岔戲、兩竹高腔	主腔：平腔、苦平、漢調、三弦調、八岔腔、筒子調；輔腔：雜腔、小調	十堰市（丹江口市、鄖陽區、鄖西縣、房縣、竹山縣、竹溪縣）及周邊地區。

　　和 2002 年湖北地方戲曲格局比較，2016 年湖北全省的地方戲曲以京劇、漢劇、楚劇、荊州花鼓戲、黃梅戲、豫劇為主要劇種，這些劇種加上其他幾個地域性很強的如山二黃、隨州花鼓戲等劇種形成多元分布的新格局。如果不計京劇在內，則湖北最有代表性的劇種在其影響範圍內形成六大戲曲文化圈：（一）以武漢及周邊地區為地域範圍的漢劇文化圈；（二）以孝感和武漢及周邊地區為範圍的楚劇文化圈；（三）以鄂東黃岡地區為範圍的黃梅戲文化圈；（四）以江漢平原的荊州、荊門、潛江、天門、仙桃等地區為範圍的荊州花鼓戲文化圈；（五）以鄂西北的襄樊、十堰地區為範圍的豫劇、曲劇文化圈；（六）以鄂西南的恩施地區為範圍的南劇文化圈。〔註35〕六大戲曲文化圈的形成，生動彰顯了湖北作為戲曲文化大省的力量和內涵。

〔註35〕參考：湖北省文化廳關於報送，〈湖北地方戲曲劇種普查報告〉〔R〕，2017 年 6 月 30 日。

圖 1　湖北省地方戲曲分布狀況圖

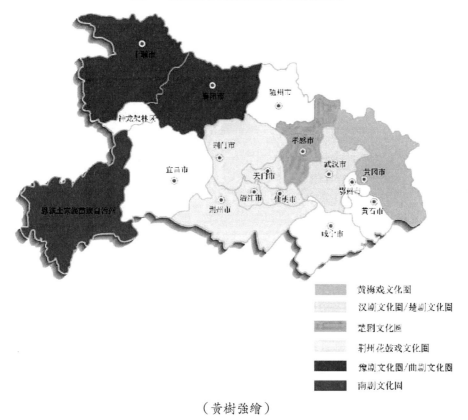

黃梅戲文化圈
漢劇文化圈/楚劇文化圈
楚劇文化區
荊州花鼓戲文化圈
豫劇文化圈/曲劇文化圈
南劇文化圈

（黃樹強繪）

第一章 會聚與輻射：湖北地方戲曲的
歷史運動

　　湖北地方戲曲自古就十分活躍。《中國戲曲志・湖北卷》的「綜述」對於湖北古代的歌舞百戲、宋元明時期的湖北戲曲、清代的湖北戲曲、中華民國時期的湖北戲曲有詳細介紹，本書不再贅述。本書關注的是，湖北地方戲曲是如何借助外力而形成，又如何向其他省份輻射其文化影響。

第一節　外來聲腔劇種在湖北的會聚

　　《中國大百科全書・戲曲曲藝》指出：戲曲聲腔劇種的流傳「有賴於戲班或藝人的流動」。「它的繁衍發展，有賴於戲班各藝人在新的地區安居和培養出當地的人才」。湖北地方戲曲發展的脈絡同樣如此。

　　湖北地處華中腹地，長江橫貫，漢水北來，九省通衢，四通八達。得益於地理優勢，外來聲腔劇種沿旱道水路，會聚於湖北，為湖北地方戲曲提供了充分的營養。

　　元明時期，元雜劇在湖北流行。成書於元至正十五年（1355）的夏庭芝《青樓記》記名優「小春宴」從武昌到浙西，「天性聰慧，記性最高。勾闌中作場，常寫其名目，貼於四周遭梁上，任看官選揀需索。」名優簾前秀「雜劇甚妙」，武昌、湖南等處多敬愛之。「劉婆惜，樂人李四之妻也。天性聰慧，善歌舞，馳名湖湘間」。「金獸頭，湖廣名妓。兼演雜劇」。「張玉梅：其女關關。

謂之『小婆兒』。七八歲已得名湘湖間。」〔註1〕從這些關於名優的記載，可見元雜劇在湖北活躍的情況。王葆心著《羅田風俗志》，其《嘉靖志》記述有嘉靖時雜劇在鄂東的活動。直到清同治年間，在鄂西北的大山中，雜劇上演仍是「賓客滿座」。〔註2〕

晚明到清乾嘉年間，崑曲大盛於湖北。「公安三袁」之一的袁小修，萬曆四十三年（1615）在沙市觀看崑班吳伶演唱《幽閨》；袁宏道於萬曆三十年（1602）作沙市《竹枝詞》，有「一片春煙剪縠羅，吳聲軟媚似吳娥」之句。清初，江蘇吳縣人袁于令授荊州太守。袁于令精音律，著有傳奇《西樓記》、《金鎖記》、《玉符記》、《珍珠記》、《肅霜裘》、《長生樂》、《瑞玉記》、雜劇《雙鶯傳》等，並為李卓吾批《西遊記》題詞，為著名戲曲劇作家。袁于令任荊州太守十餘年。「某日，監司謂於令云：『聞君署中有三聲，弈棋聲，唱曲聲，和骰子聲』。於令遽答云：『聞公署中亦有三聲，天秤聲，算盤聲，和板子聲』。監司大怒，立免其官。」於令之署常聞唱曲聲，戲曲活動之活躍可以想見。康熙十一年（1672），被後世譽為「中國戲劇理論始祖」、「東方莎士比亞」的李漁（1611～1680）率家庭戲班來到漢陽。李漁的家班，演的是崑劇折子戲。他自任教習和導演，上演的劇本都是自己所創作和改編。文學家顧景星有《月湖答李漁》以記其事。詩中詠唱李漁戲班中的家姬：「新圖十樣四雙眉，不惜尊前舞柘枝。」「唱到李漁新樂府，水仙山鬼盡含愁」。〔註3〕女樂演出的《明珠記·煎茶》、《琵琶記·剪髮》諸劇，在漢陽、武昌、漢口大受歡迎，夜間上演，曲未終而東方已白，人皆謂曠代奇觀。李漁有詩記之：「更衣正待演無雙（《明珠記》劇中人），報導新曦映綠窗。佳興未闌憎夜短，教人飲恨撲殘缸。」李漁有七絕《堵天柱、熊苟叔、熊元獻、李仁熟四君子攜酒過寓，觀小鬟演劇，元獻贈詩四絕，倚韻和之》，記述了堵天柱等友人到李漁的漢陽臨時寓所觀看家姬演劇的情景。而李漁友人周伯衡則有《漢陽遇李笠翁兼紀諸姬之盛》絕句二首，對李漁及其家班女樂讚賞有加。康熙四十年（1701），容美土司（治所在今湖北鶴峰）宣慰使田舜年派唐柱臣入京找孔尚任的新劇本《桃花扇》，聘請吳腔、蘇腔藝人，置裝扮演。康熙四十二年，經孔尚任介紹，戲曲作家顧彩往容美宣撫司治地（今湖北省鶴峰縣及湖南省慈利縣、石門縣一帶）遊歷半

〔註1〕 （元）夏庭芝著；孫崇濤、徐宏圖箋注，《青樓集箋注》〔M〕，北京：中國戲劇出版社，1990年。
〔註2〕 （清）顧景星撰，《白茅堂集》〔M〕。
〔註3〕 （清）顧景星撰，《白茅堂集》16〔M〕。

載。田舜年每宴請顧彩，「必命家姬奏桃花扇，亦復旖旎可賞」。顧彩曾作《客容陽席上觀女優演孔東塘戶部〈桃花扇〉新劇》一詩：「魯有東塘楚九峰，詞壇今代兩人龍。寧知一曲《桃花扇》，正在桃花洞裏逢。」把孔尚任和田舜年相提並論，稱他們為「今代兩人龍」。顧彩又以《南桃花扇》傳奇相傳授，田舜年聚家班上演。鄂西南大山竟成崑曲大本營。據《中國戲曲志·湖北卷》記載，崑曲《義俠記》、《水滸記》、《曇花記》、《明珠記》、《千金記》、《南西廂記·傳柬·拷紅》等劇目均曾在湖北演出。〔註4〕

康乾年間，又有秦腔隨山陝幫南下湖北。其時傳入湖北的秦地聲腔名目有秦腔、亂彈、梆子腔。康熙間劉獻庭《廣陽札記》記有在湖廣聽到「秦優新聲」，「有名亂彈者，其音甚散而哀」。康熙四十三年（1704）顧彩在容美土司遊歷，親眼見到田舜年家班「男優皆秦腔」。焦海民所著《秦腔》一書認為，「這是秦腔第一次見諸文獻」。〔註5〕但蔣星煜先生指出：早在崇禎二年，客居武昌的張正聲曾作《永安王宮人梨園行》一文，中有「漢儀秦聲君須識」之句，而此處的「秦聲」就是剛剛從陝西傳入湖北的秦腔。〔註6〕

商路即戲路。外來戲曲在湖北的交匯，重要的推動力是來來往往的商人。這些商人來自四面八方，紛紛駐足於位處交通樞紐的隨州、襄樊、沙市、漢口，以致這些地方行幫紛呈，會館林立。

古代隨北，有兩條驛馬大道，一條是經殷店、草店、忤水關、小林，沿正北方向可到河南信陽。一條是經厲山、青苔、萬和、解家河、新城、沿西北方向可到河南的南陽，另外還有一條經青苔、九里可達河南桐柏的佛山溝，這幾條商路，為河南的戲班來隨北走店串鄉提供了有利條件。隨州因而戲曲活動活躍，戲臺眾多。1984 年調查，尚存殷店東嶽廟古戲臺，謝家河天齊廟古戲臺，青苔九里灣東嶽廟古樓等。三座古戲臺距今皆有二百多年的歷史。天齊廟古戲臺和九里灣東嶽廟古樓樓內的樑柱上，皆刻有不少戲班子在這裡演出的記事殘文，最早的可以追溯到清代嘉慶年間。〔註7〕

〔註4〕中國戲曲志編輯委員會編，《中國戲曲志·湖北卷》〔M〕，北京：文化藝術出版社，1993 年，第 7 頁。

〔註5〕焦海民著，《秦腔》〔M〕，陝西師範大學出版總社，2014 年，第 2 頁。

〔註6〕蔣星煜，〈永安王宮人梨園行〉，《考中國戲曲史鉤沉》全 2 冊〔M〕，上海：上海人民出版社，2010 年，第 550 頁。

〔註7〕劉開芳整理，〈隨州沙市襄樊的古戲樓〉〔J〕，湖北省戲劇工作室編，《戲劇研究資料》第 12 期，1984 年 8 月。

　　襄陽「漢晉以來，代為重鎮」。「北通汝洛，西帶秦蜀。南遮湖廣，東瞰吳越」，「南北通衢，水陸交會」，是南北交通主動脈的孔道。清人范祖禹把它比喻為「天下之腰腎」，「中原有之可以並東南，東南得之可以圖西北」。〔註8〕故「舟車往來無不投憩」，而經商、服賈、謀業於其地者不計其數。來自各地的客商紛紛建立會館，「所以敦梓誼、睦同人也」。〔註9〕據統計，襄陽轄區內（含樊城）會館共 113 座。「烏鎮只有兩萬多人，就有六個會館。」〔註10〕而所有會館，幾幾皆建有戲樓。現存襄陽會館碑刻保存了襄樊會館的戲臺建築歷史。《初建山陝廟碑記》記：「因建正殿一座，殿之前曰拜殿，拜殿前建立戲樓。」〔註11〕《重修中州會館□□碑序》描述新修中州會館殿宇巍巍、歌樓層疊。〔註12〕《樊城湖南賓館記》記：「越丙寅，而殿宇、廳事、戲臺、門樓、廚舍輝煌壯麗可觀。」〔註13〕會館戲樓的功能是「酬神燕會」，舒鄉愁，祈福庇。為此，有的會館甚至常駐戲班演出。這些戲班和演出，對襄陽戲曲的活躍起到重要作用。

　　沙市古稱江津和沙頭。昔日為荊州古城之外港，自漢代開通至沙洋的大漕河後，江津成為江南數省向洛陽進貢財物和運送漕糧的樞紐。「蜀舶吳船欲上下者。必於此，以故萬舫櫛比，百貨燈聚」，〔註14〕，商業從此大盛，取代荊州古城，成為著名的商業都會，是湖北僅次於漢口的重要市場。來自各省的客商先後在沙市組織行幫，建立會館。據研究，光緒年間，沙市的商人會館已有 15 處之多，分別為：金龍寺（山陝幫）；涇太會館（安徽幫）；川主宮（四川幫）；禹王宮（湖南幫）；孤龐會館（浙江幫）；旃檀庵（十三幫總會館）；帝王宮（黃州幫）；廣東會館（廣東幫）；天后宮（福建幫）；中州會館（河南幫）；晴川書院（漢陽幫）；鄂城書院（武昌幫）；萬壽宮（江西幫）；金陵會館（南

〔註8〕（清）顧祖禹撰，湖廣總部，《讀史方輿紀要》卷七十五〔M〕，中華書局，2005年，第3484頁。

〔註9〕張平樂、李秀樺，《重修山陝會館並初建樊惑宮碑記·襄陽會館》〔M〕，中國文史出版社，2015年，第394頁。

〔註10〕2017年8月1日下午在襄樊的調研訪談記錄。

〔註11〕張平樂、李秀樺，《初建山陝廟碑記·襄陽會館》〔M〕，中國文史出版社，2015年，第357頁。

〔註12〕張平樂、李秀樺，《重修中州會館□□碑序·襄陽會館》〔M〕，中國文史出版社，2015年，第443頁。

〔註13〕張平樂、李秀樺，《樊城湖南賓館記·襄陽會館》〔M〕，中國文史出版社，2015年，第445頁。

〔註14〕畢阮著，《續資治通鑒》12〔M〕，北京：中華書局，1957年，第4956頁。

京幫）；財神殿（各省錢鋪公館）。各商幫每逢議事洽談、聯絡感情、節會喜慶、官場應酬、酬神祈福，必邀請戲班前來演出，各劇種的戲班因此在荊沙一帶十分活躍。沙市各商業會館的戲班演出場所有「九宮十八廟」之說。九宮為川主宮、赤地宮、帝王宮、老天后宮、禹王宮、老文昌宮、萬壽宮、江瀆宮、玉清宮；十八廟是三義廟、東嶽廟、老楊泗廟、老郎廟、南嶽廟、靈官廟、泰山廟、城隍廟、莊王廟、東關帝廟、西龍廟、藥王廟、五顯廟、七里廟、大王廟、晏公廟、馬王廟、王爺廟。每處或有一戲臺，或有內外兩戲臺。〔註15〕民國初年，各行幫又陸續改建劇場十三座。清代沙市詩人劉竹蓀在《沙津竹枝詞》裏記敘說：「各邦會館盡堂皇，演戲偏多是武昌。」清代《沙市志略》載：「自正月起，各會館碼頭皆釀錢競賽，百戲雜呈。」位於襄陽西30里的牛首鎮江西會館古戲樓，樑柱上殘留的紀事殘文，呈現出曾有十二個戲班在此舞臺上演出，最早為乾隆四十年的德勝班，其次為乾隆四十六年的永盛班，不僅戲臺歷史悠久，而且該鎮的戲曲活動也十分活躍。沙市之所以成為清末民初湖北境內聚集戲班最多的商埠之一，以致人稱「戲迷城」，和客商會館的推動，大有關係。

　　至於漢口，「不特為楚省咽喉」，「而雲、貴、四川、湖南、廣西、陝西、河南、江西之貨，皆於此轉輸，雖欲不雄予天下不可得也。」〔註16〕外來商賈雲集漢口，結成湖南幫、寧波幫、四川幫、廣東幫、江西福建幫、山西陝西幫、徽州幫、藥幫、錢幫等。葉調元《漢口竹枝詞》稱當時的漢口，「本鄉人少異鄉多」，「九分商賈一分民」，可見外來商人之盛。各地商幫在漢口建起會館，其建築互競豪侈，以顯示本幫的實力和地位，葉調元《漢口竹枝詞》曰：一鎮商人各省通，各幫會館競豪雄。石樑透白陽明院，瓷瓦描青萬壽宮。」陽明書院即紹興會館，萬壽宮是江西會館。葉調元在自注中，有「漢口會館如林」之語，「如林」二字可呈現其時漢口會館之盛景。據1920年《夏口縣志》的統計，漢口各會館、公所約200處。經1912年成立的漢口各會館、公所聯合會會長江順成、余士熙調查統計，漢口一帶會館公所確有建設年代者有123所，年代不詳者56所。在這些會館公所中，有以地區劃分者，如山陝會館（西關帝

〔註15〕沙市「九宮十八廟」的戲臺中，唯一一座保存至今的是四川會館川主宮的戲臺，位於沙市區碧波路，現為荊州藝術劇院的辦公地點，館內舞臺還繼續承擔著本土傳統劇目的演出與傳承。

〔註16〕（清）劉獻廷撰；汪北平、夏志和點校，《廣陽雜記》〔M〕，北京：中華書局，1957年。

廟）、湖南會館、徽州會館、中州會館、齊魯公所，江蘇會館、江西會館（萬壽宮）、福建會館（天啟宮）、廣東會館、長郡會館（禹王宮）、太平會館、香山會館、黃州會館、紹興會館等；有以行幫劃分者，為錢幫公所、米市公所、茶葉公所、牛皮公所、山貨公所、藥王廟（河南藥材幫）、雷神殿（典當業）、三元殿（綢緞業）、仁壽宮（江西藥材幫）、淮鹽公所等，還有社廟性質者，在前花樓有小關帝廟，在黃陂街有四宮殿，在漢正街有沈家廟，在利濟巷口有東嶽廟，在張美之巷的有陶聖庵等。漢口的會館、公所均建有戲臺。規模較大者，有外臺、內臺之分。外臺稱為「萬年臺」，臺前面為一露天廣場，大小不一。臺的正面任人立觀，兩旁有以賃高板凳為業的，可以出錢坐看。再較大的會館兩旁有走馬樓，有固定的座位，上面為正殿，供其所供奉之神像或牌位，表示完全為演戲祀神之意。內臺則是一個矮臺，臺前僅有個小小露天天井，正面為一大廳，專為各幫會首或請客設宴觀劇之用，如有貴賓到來，除開鑼已經跳了加官，還另跳一個加官，照例有賞；臺上由宮娥、門子之類的小角穿著紅褶子執帖高喊謝某大人或某會首的賞，甚至有旦角貼化妝行酒。因為禁止閒人隨便入內看戲，故稱內臺。漢口以西關帝廟為最大，除萬年臺外，尚有幾個內臺，能夠三臺或五臺同時演出。可見其規模之大。會館公所常常有會戲。會戲每每在正午十二點鐘前後開鑼，到下午四、五點鐘完戲。而社戲每每有早臺。〔註17〕民國年間，中國有「戲窩子」之稱的城市有三個：北京、上海、漢口，並有「貨到漢口活，戲到漢口紅」的說法。會館的戲曲活動對漢口戲曲的繁榮貢獻極大。

即使位於鄂西大山中的縣城，只要商業足跡所到，戲曲活動也緊隨而來。

房縣地處鄂西北大山區，土特產資源豐富，如銀耳、桐油、生漆、香菌、獸皮等，外商蜂擁而至，會館也應運而生。清中葉以來，房縣相繼建立了江西會館、武昌會館、山陝會館、黃州會館，民初又建立了河南會館。各會館均建有戲樓，僅房縣城關就有近十處規模較大的戲樓。由於有固定的演出場地，外地的戲班子紛至沓來。先後來房縣演出的劇種有秦腔、漢調（漢劇）、二棚子、川劇、越調、豫劇、曲劇（高臺曲）、京劇、八岔子等。會館戲樓的興起，影響推動了當地戲曲活動的發展，「本地人原不唱戲」，會館戲樓興起後，四鄉的紳士均蓄養戲班。民國三十年以後，黃陂花鼓在房縣城鄉演出很受歡迎，一個

〔註17〕揚鐸著；揚宗琪整理，《漢劇在武漢六十年》〔M〕，北京：中國檔案出版社，2001年。

戲班可唱幾個月，驚動周圍幾十里。〔註18〕穀城的三神殿有個戲臺，「到三月三，或五月端午，或者什麼時候，邀請他的同鄉，邀請其他的會館的人，其他的商業合作夥伴，或者群眾，過來看戲」。〔註19〕宜城情況同樣如此。宜城群藝館彭館長介紹說：「過去水運是非常便宜的，我們這裡的交通主要靠漢江的水運。有水運就有船，就有碼頭，有碼頭，有水運，就有人，有人就出現了文化交流。很多商人要從這裡過，在這個地方做生意，商人開業，就請來花鼓，唱幾天幾夜」，〔註20〕戲曲市場就熱鬧起來。

位於鄂西南的恩施，戲曲的發達也與商業息息相關。改土歸流後，恩施的商業經濟發達起來。川商來到恩施城，設立會館，並帶來自己的川班子。〔註21〕二十世紀八十年代初調查，恩施城內共有 24 個廟祠，26 個戲臺。有臺必有戲，沒有戲班演戲就不會修臺。因此，戲臺的多寡可以說明戲曲的活躍程度。這些戲臺大多修建於清代咸豐年間，而修建戲臺的廟祠又大多帶有行幫性質，由此可見商人和戲劇的關聯。〔註22〕又如，來鳳 1949 年前因為是川鹽銷往南方各地的通道，在城鎮興起一條鹽街，有鹽商 36 家。再加棉花、鴉片經營，商業繁榮，人稱「小南京」，戲曲活動也因此活躍，演戲的場所有城隍廟、禹王宮、萬壽宮（一作許真君廟）、武聖宮、川主宮五處。真是凡有商家處，便有戲曲聲。

當然，外來戲曲進入湖北，並非以商幫為唯一途徑。其他各種類型的移民也都發揮類似的作用。據說，明末李自成屯聚襄河一帶，屬下秦隴子弟演唱同州梆子軍戲，後義軍敗亡，該戲留傳下來，演化形成越調。在漢水流域廣泛分布的山二黃，是乾隆、嘉慶年間隨荊襄移民帶進該地區的楚調與鄂西北方言語音、民間音樂逐漸形成。〔註23〕鄖陽地區幅員遼闊、人煙稀少，山高林密，歷來是移民遷徙之地。明成化二年（1466），鄖陽流民達 160 萬人以上。明成

〔註18〕霍中南，〈房縣會館、戲樓、戲曲活動一瞥〉〔J〕，湖北省戲劇工作室編，《戲劇研究資料》第 12 期，1984 年 8 月。

〔註19〕2017 年 8 月 4 日上午在穀城文化館的調研訪談記錄。

〔註20〕2017 年 8 月 3 日上午在宜城群藝館的調研訪談記錄。

〔註21〕羅西，〈南劇若干資料〉〔J〕，湖北省戲劇工作室編，《戲劇研究資料》第 12 期，1984 年 8 月。

〔註22〕羅西，〈南劇若干資料〉〔J〕，湖北省戲劇工作室編，《戲劇研究資料》第 12 期，1984 年 8 月。

〔註23〕《中國戲曲音樂集成》編輯委員會編，《中國戲曲音樂集成·湖北卷·上》〔M〕，北京：中國 ISBN 中心，1998 年，第 610 頁。

化六年（1470），進入鄖陽的流民達 90 萬人。據清同治《鄖縣志》載：清朝時期，「入鄖流民共 123371 戶，係山東、山西、陝西、河南、湖南、江西、湖北、四川及南北直隸附衛軍民等籍。最終附籍的流民計 96654 戶，人口計 272752 人」。據清嘉慶《大清一統志‧鄖陽府》載：鄖陽「流寓多而土著少」，居民 80% 是移民。襄樊地方戲曲研究專家董治平用「集五湖四海為一郡」一語來描述外來移民的情形。他回憶說：「我的老家，就住在樊城這個地方，我家的對面是黃陂人，我家的左手是河南人，我家的右手是咸寧人，對門、隔壁都不是一個地方的。」〔註24〕穀城也是如此，穀城文化局局長陳波向筆者介紹說：「在古代全縣也就幾萬人吧，現在穀城是六十萬人，二十一個民族。你問穀城好多老百姓祖上是哪的，他說是山西大槐樹的，河南的。」「穀城回族也多，元朝的時候，回族人大量地在我們鄉這個地方聚居，現在穀城回族人都兩三千人。」〔註25〕隨著移民流寓，各地戲班子也接踵而至。以房縣為例，「清初來房的有秦腔戲、漢劇（陝二黃）戲班和皮影戲班，清道光年間有由鄖縣、均縣、襄陽、穀城等地流入的『二棚子』，光緒年間從河南南陽來過漢劇和越調戲班。民國時期有國民黨部隊帶來的京戲和八叉子戲，以及河南流動戲班帶來的梆子戲（豫劇）。抗日戰爭時期又流入高臺曲（即河南曲劇）。」〔註26〕「湖南幫」是沙市十三幫之一，湖南的戲班因此在沙市十分活躍，有「湖南組班，沙市唱戲；湖南坐科，沙市成名」的說法。恩施來鳳地理位置接近湖南，「有條河幾分鐘就可以到湖南去了」。「南劇班子有一個說法，叫『離了湖南人不成班』。意思就是，管你草臺班子十幾個二十幾個人，必須有幾個湖南人。如果是四五十個人的大班子，那湖南人更多」。〔註27〕

外來戲曲進入湖北，和本土戲曲傳統發生碰撞。袁宏道在沙市觀劇，給友人沈朝煥寫信說「歌兒皆青陽過江，字眼既訛，音復乾音」。又作詩批評：「楚妃不解調吳肉，硬字乾音信口訛。」〔註28〕青陽腔來自江西，是弋陽腔流入皖南池州府的青陽縣一帶，與當地語言、民間戲曲（崑山腔、餘姚腔等）、九華

〔註24〕2017 年 8 月 1 日下午在襄樊的調研訪談記錄。
〔註25〕2017 年 8 月 4 日上午在穀城文化館的調研訪談記錄。
〔註26〕房縣文化局文化志編輯組，〈湖北房縣戲曲活動情況〉〔J〕，湖北省戲劇工作室編，《戲劇研究資料》第 7 期，1983 年 9 月。
〔註27〕2017 年 8 月 21 日在恩施來鳳對南劇省級傳承人吳兆雲老師的調研訪談記錄。
〔註28〕（明）袁宏道著；錢伯城箋校，《袁宏道集箋校》（全 3 冊）〔M〕，上海古籍出版社，2008 年。

山佛俗說唱、大型宗教戲劇、「目連」還有民歌小調相結合而產生。楚地歌者學唱青陽腔，「字眼既訛，音復乾音」。可見十分生硬。顧彩《容美紀遊》也記載：田舜年的戲班，「女優十七、八，聲色俱佳，初學吳腔，終帶楚調」。這是外來戲曲與本地戲曲發生碰撞但尚未融洽合一的生澀狀態。但是，這種狀態經過在地化的改造，終於奏響湖北地方戲曲的前奏。鄖陽文化館館長楊淑慧生動詮釋這樣一種「在地化」的過程：「外來戲曲傳過來後，老百姓想著我怎麼改一下，怎麼更好聽，加上自己的個人色彩，把一些勞動啊生活啊的東西加進去，然後大家都能接受，慢慢就繼承下來。」〔註29〕襄樊地方戲曲研究專家董治平從另一個角度來描述多元文化融合中的戲曲新變，這就是「雜院文化效應」。董治平詮釋說：「這個雜院效應它一個很重要的特點，包容，包容性，創造性。因為它一融合就自然創造了新的東西了，具有創造性。」〔註30〕這樣一種雜院效應，這樣一種創造性，在湖北每一個劇種中都可以尋覓。

興起於南方的二黃腔〔註31〕進入湖北，融入當地語音，冠上「漢調」二字，成為漢調二黃。漢調二黃進而與從山陝梆子傳入湖北襄陽流變成的西皮腔於乾隆中期在湖北合流，〔註32〕至嘉慶末，漢口的漢調已有十多個戲班，既唱西皮又唱二黃，形成一個聲腔完備的劇種，亦即漢劇前身。在漢劇現存的六百六十多個傳統劇目中，有二簧戲一百五十多出，西皮戲三百三十多出，兼唱西皮、二簧的七十多出。董治平指出西皮、二黃對漢劇形成的關鍵意義說：「過去老叫二黃，沒有把西皮腔加進來，加進西皮腔以後，融合了，才成了漢劇。」〔註33〕

湖北越調是曾盛行於湖北文化史上的戲曲大劇種，是湖北地方戲曲音樂由曲牌體向板腔體轉化的標誌性劇種。然而，湖北越調並非土生土長，而是西秦腔和同州梆子沿丹江水路南下在襄陽一帶流變而成。董治平回答筆者提問

〔註29〕2017 年 8 月 7 日的調研訪談記錄。
〔註30〕2017 年 8 月 1 日下午在襄樊的調研訪談記錄。
〔註31〕二簧起源地說法紛紜，或云本於弋腔，出自安徽；或云起於江右；或云出自湖北黃岡黃安，至今無定論。
〔註32〕關於「皮黃合流」學界多有分歧，分歧集中在合流的時間和地點上，大約有：明末清初、武漢說；康熙、襄樊說；乾隆、揚州說；乾隆、襄陽說；乾隆、武漢說；嘉慶、漢口說；乾隆、漢口說；道光、北京說。（參見陳志勇著，《廣東漢劇研究》〔M〕，廣州：中山大學出版社，2009 年，第 20 頁。）本文依陳志勇「乾隆、漢口」說（陳志勇，《廣東漢劇研究》，第 23 頁。）
〔註33〕2017 年 8 月 1 日的調研訪談記錄。

說：「從劇本上看，越調跟西秦腔、同州梆子相同的劇目就有一百多個」。「西秦腔、梆子傳到襄陽之後，受襄陽文化薰陶，加了新的東西，就成了越調，這就是它的淵源」。〔註34〕

來自川東、川東北的燈戲腔經川東北梁山縣（治所在今梁平）形成梁山調，〔註35〕進而沿漢水傳入湖北荊門、鍾祥，與當地的民歌和戲曲聲腔相融合，又受到湖北越調和清戲的影響，不僅發展成較為完備的板腔體，生、旦、淨、丑各有自己的「行當腔」，劇目也多為傳奇本的散折戲。〔註36〕形成了行當較為完整、獨具聲腔特色、自成體系的新型地方戲曲劇種。

沙市的荊河戲分南北兩路，南路由徽班傳入，北路由陝西漢中的「秦腔」傳入，兩者與本地的「漢調」結合，形成荊河戲彈腔的「南北路」。

武穴文曲戲的重要成分文曲，據說來自蘇州一帶的灘簧。著名劇作家沈虹光曾在《坐唱文曲》一文中，細膩描寫她聽文曲的感受：

接過一張節目單來看，南文詞、平文詞、丑文詞、秋江調、尺文詞，曲牌名稱都很清雅：

聽了一會兒，朱老師問我怎麼樣。

我說，好聽，比較秀氣，有點下江的婉約。

朱先生說，正是，文曲也叫做南詞，就是來自蘇州一帶的灘簧，曲調很抒情很優美的。

武穴處於鄂贛皖交界點，方言複雜，文曲的「曲」，念「求〔qiú〕」；父親，叫「父，崖〔yá〕」，夜晚的夜，念「呀〔yǎ〕」；妻子，叫「馬馬」；尋找的「找」，念「勤〔qín〕」，諸如此類，聽起來很耳熟，就像小時候聽外婆嘴裏的江蘇南通話。想必湖北江蘇都傍著長江，我居中，他居尾，武穴又正在江邊，舟楫往來，五方雜厝，熙熙攘攘地混合了方言口音，也交融了音樂聲腔。〔註37〕

而文曲戲早期的「高臺椅座」的演唱形式，據湖北省戲曲專家評說，與「蘇州評彈」頗為近似。

漢調二黃形成後，進入鄂西北，與楚調以及當地的方音、民間音樂結合，

〔註34〕2017年8月1日的調研訪談記錄。

〔註35〕咸豐二年《長樂縣志》記：「演戲多唱楊花柳戲，其音節出於四川梁山縣，又曰梁山調。」可見燈戲腔並非僅僅途經梁山縣，也在當地發生了新變。

〔註36〕韓殿，〈梁山調〉〔J〕，湖北省戲劇工作室編，《戲劇研究資料》第5期，1982年12月，第127頁。

〔註37〕沈虹光，《坐唱文曲》〔N〕，《湖北日報》，2014年6月28日第005版。

形成流行於鄂西北（舊稱郎陽府）的地方戲曲山二黃。十堰市文化局藝術科分管非遺工作的主任曾梅說：「山二黃在陝西那邊叫漢調二黃，我們本地的地方戲曲把周圍的很多陝西的河南的很多相近的東西都吸納過來了。」〔註38〕

隨州花鼓藝術劇院國家二級編劇李永朝概說隨州戲曲：「隨州市南北交匯，曲劇、豫劇唱到隨州就為止了，漢劇、楚劇唱到隨州也就到頭了。所以老藝人可以學習很多劇種。」「北方的梆子，南方的打鑼戲，很多地方的東西都融入到這裡，成了一個新的品種。」〔註39〕

恩施的堂戲以花鼓戲為基礎，「吸收，融合了大筒子的梁山調，再就是南調和太和調，集嗩吶，高腔，雜腔小調以及漢劇，川劇戲劇的腔調，曲牌，唱念和表演程序，自成體系。」〔註40〕

來鳳的南劇，成分更為多元。榮樹傑《南劇情況調查》一文綜合調查所得，作出結論說，「可以斷定，南劇即湘西漢戲，與川劇在藝術上有過交流」。〔註41〕「南劇藝人胡雲霞是來鳳雲慶科班出生，這個科班的教師如張玉福、李玉龍等，全係湖南人。」〔註42〕「南劇」之所以被稱為「南劇」，「其含義是，從湖南傳來，又盛行在施南府」。〔註43〕來鳳縣南劇省級傳承人吳兆雲、秦唯正、徐釗元三位老師也分別向筆者介紹說：「漢劇流到荊門，融合地方特色，形成了荊河戲。然後荊河戲流到我們這個地方又和我們這個地方的特色融合」。「又融合了常德的戲」。「我們還把很多川劇的東西學過來了。南劇最出名的上路聲腔，這個上路聲腔就是川劇裏面的。南劇有一個移植戲叫《傻狗景氣》，但是我們不用南北調演唱，而是用他們的川梆子。這個上路聲腔實際上就是川梆子。」「我們的唱腔裏面，也帶著楚劇的味道，但它不是整段。」總之，「楚劇、漢劇、荊河戲、山二黃這些劇種來到來鳳以後就和本地的南劇融

〔註38〕2017 年 8 月 7 日下午的調研訪談記錄。

〔註39〕2017 年 8 月 10 日上午在隨州花鼓藝術劇院的調研訪談記錄。

〔註40〕2017 年 8 月 19 日在巴東對省級傳承人譚少康的調研訪談記錄。

〔註41〕榮樹傑，〈南劇情況調查〉〔J〕，湖北省戲劇工作室編，《戲劇研究資料》第12期，1984 年 8 月文章指出：「從 1917 年以來，在恩施地區演唱『人大戲』（南戲的前名）的有名演員，多為湘西漢劇藝人」；「南戲的劇目與湘西漢劇的劇目完全相同」；「南戲的分行與湘西漢戲的分行完全相同」；「唱腔、曲牌、鑼鼓經均同」。

〔註42〕羅西，〈南劇若干資料〉〔J〕，湖北省戲劇工作室編，《戲劇研究資料》第12期，1984 年 8 月。

〔註43〕杜勉，〈南劇概況〉〔J〕，湖北省戲劇工作室編，《戲劇研究資料》第 12 期，1984 年 8 月。

成一體了。所以，南劇的大戲裏面既有皮黃劇種的唱腔，又有其他的。內容是非常豐富的。」〔註44〕咸豐南劇編劇顏惠老師也強調說：「我個人認為南劇是土漢融合的產物。當時一些藝人，有從湖南來的，有從湖北來的，北方，四川，幾路的藝人都來這搭班，就融合了。在把我們少數民族地方的民歌小調加進來，就形成了南劇。」〔註45〕

恩施三岔鄉的儺戲傳承人孟永香特別提醒，在戲曲的源流上，切切不要糾結是不是土生土長這個問題。「比如我們恩施的國家級非遺項目——恩施揚琴，所有的唱腔裏面都有恩施話，你說它是不是土生土長的呢？它是。但是它不是從什麼遠古時候就在這裡形成的，它是移民帶到這個地方，據說是一個揚州的商人在這裡唱，恩施的一些文人雅士就跟著學，結合當地的特色，山歌，民族音樂，因此，它是一個交流融合的過程。」〔註46〕這是一段十分精彩的論述。這樣的戲曲形成，正是董治平所說的「文化雜院效應」。

值得關注的是湖北地方戲曲發展過程中的「多元同根」的情況。比如，在打鑼腔系統內，無論黃梅採茶的七板、東路花鼓的東腔、陽新採茶的北腔，襄陽花鼓的桃腔，隨縣花鼓的蠻調，遠安花鼓的陶腔，早期都是一唱眾和（幫腔），鑼鼓伴奏，唱詞是七字句或十字句，唱腔結構以上下句為基本形式，由起板、正板、落板、麼板組成。鄂東南的三個劇種共同之處，男女分腔，男宮女徵；鄂西北的三個劇種共同之處，則是男女不分，上勾句落1音，下句落5音。此外，它們之間有的開唱是頂板，有的開唱則是漏板（消板），以及有一、二道起腔，或用三、四道起腔之別。在劇目上，早期唱打鑼腔的劇目大多相同。比如都唱小調的獨角戲《恨大腳》等，二小的戲如《紡棉紗》、《賣棉紗》等。至於張德和、於老四、李廣大等角色的戲皆是常演劇目，而且主要人物的唱詞「表家鄉」都是鄂東地區等等。〔註47〕董治平說：「過去根本沒有地域概念，就叫花鼓戲。1952年省裏面匯演，才開始把地域冠到前面。」〔註48〕又如鄖陽花鼓戲的腔調與流行於荊門、鍾祥一帶的梁山調劇種所唱大同小異。《中國戲曲集成》（湖北卷）稱它「實為鍾祥一帶盛行的梁山調在鄂西北的

〔註44〕2017年8月21日在來鳳的調研訪談記錄。
〔註45〕2017年8月25日在咸豐的調研訪談記錄。
〔註46〕2017年8月24日在恩施三岔鄉的調研訪談記錄。
〔註47〕孫家兆，〈記湖北省打鑼腔劇種座談調查會〉〔J〕，湖北省戲劇工作室編，《戲劇研究資料》第12期，1984年8月。
〔註48〕2017年8月1日在襄樊的調研訪談記錄。

流變」。〔註49〕如果進一步加以追究，鄖陽花鼓戲又與主要流行在漢水中游的
襄陽、宜城、南漳、穀城、保康、老河口、棗陽等地的襄陽花鼓戲有一定的親
緣關係。其他在該地區流行的戲種，也能發現彼此之間的淵源。十堰市文化局
藝術科負責人曾梅談到十堰地區戲劇特點時指出：「我們十堰市地方戲劇的特
點是什麼？其實它最大的特點就是同質化。同質化就是指我們這一塊語言相
近，然後風俗也是很近的。演出的節目也差不多是通用的。從解放前到現在，
不管是叫八岔子也好，山二黃也好，演出的劇目都差不多，表演樣式也是相
近，還有聲腔的基因。比如武當神戲，它其實就是八岔子，八岔子又和二棚子
極其接近，可以說它倆差不多都是一回事。」〔註50〕竹溪劇團板鼓老師楊振武
說，湖北地方戲劇之間，往往是「到你這個地方你就會說是我這的，到我這個
地方，我就說是我的」。〔註51〕董治平談到花鼓戲時也說「各地都認為自己是
正的。你認為我曲不正，我也認為你詞不正」。〔註52〕這樣的情況之所以會出
現，正是因為「多元同根」、一花多枝，絕不是畛域分明的彼疆我界，難以追
尋絕對的惟其獨有的源頭。

第二節　湖北地方戲曲的外輻射

　　逐漸成熟的湖北地方戲曲，在接受外來戲曲補益的同時，也往省外輻射
自己的能量。

　　乾隆末至咸豐年間（1790～1860）先後進京的徽漢兩調長期同臺共藝，
孕育出以皮黃腔為主而吸收諸調眾藝為一體的京劇，早期京劇也叫做「皮黃
戲」，正是皮黃合流影響京劇的歷史軌跡。因此，民國時有文章宣稱：「漢劇絕
不是地方戲劇，實在是京劇的開山鼻祖。」〔註53〕

　　黃梅採茶戲形成於鄂東黃梅。道光九年（1829），湖北天門的別霽林作
《黃梅竹枝詞》，有「聲聲齊唱採茶歌」之詞。由於黃梅「背山面湖」、「水患

〔註49〕《中國戲曲音樂集成》編輯委員會編，《中國戲曲音樂集成・湖北卷・下》〔M〕，
　　　　北京：中國 ISBN 中心，1998 年，第 1315 頁。
〔註50〕2017 年 8 月 7 日下午在十堰市文化局的調研訪談記錄。
〔註51〕2017 年 8 月 9 日上午在竹溪的調研訪談記錄。
〔註52〕2017 年 8 月 1 日在襄樊的調研訪談記錄。
〔註53〕1929 年 12 月 14 日，上海《申報》刊載了以《為什麼要在上海開演漢劇》為
　　　　題的「演出宣言」。當然，依照這個邏輯，也有學者宣稱：秦腔是京劇鼻祖。
　　　　（焦海民《秦腔》）

歲有」，每逢災荒，逃荒藝人遠走外省賣藝，黃梅採茶戲隨之遠傳，尤以皖西南所受影響最深。同治九年（1870）江西樂平人何元炳有七絕：「揀得新茶綺綠窗，下河調子賽無雙。如何不唱江南曲，都作黃梅縣裏腔。」民國九年版的《宿松縣志》載：「邑西南與黃梅接壤，梅俗好演採茶小戲，亦稱黃梅戲，其實則為誨淫劇品。邑青年子弟，亦或有習之者，然父詔兄勉，取締極為嚴厲。」黃梅戲在當地的影響之大可見一斑。黃梅戲傳入安徽懷寧縣等地區後，與當地民間藝術結合，並用安慶方言歌唱和念白，逐漸發展為一個新的戲曲劇種，當時稱為懷腔或懷調，這就是早期的黃梅戲。其後黃梅戲又借鑒吸收了青陽腔和徽調的音樂、表演和劇目，開始演出「本戲」。經過一百多年的發展，黃梅戲成為安徽主要的地方戲曲劇種和全國知名的大劇種。但是，其湖北地域文化的根基仍然保存。《安徽戲劇》1959 年 11 月號上發表的由丁永泉（1892～1969）口述、車明整理的《丁老縱談黃梅戲》一文中，丁永泉老先生說：「黃梅戲是從湖北傳到我們安慶地區來的。老黃梅調還是按湖北音咬字，曲調跟語言走，也是湖北鄉音。」〔註 54〕

天沔花鼓戲從天門、沔陽一帶逐漸推向鄰近的鍾祥、荊門、江陵、雲夢、應城、漢陽，以至於湘北的岳陽、華容、南縣、澧縣、常德，對當地的地方戲曲產生重要影響。《湖南地方戲曲史料》中的「岳陽花鼓戲」條便記載：同治年間，岳陽花鼓戲在發展過程中，「受巴陵戲和湖北天沔花鼓戲的影響較大」。「在唱腔和表演藝術上，還能看到天沔花鼓戲的色彩」。洞庭湖澧水流域的荊河戲，娘家在荊州。湖南臨澧縣的荊河戲名藝人瞿翠菊在一次訪談中介紹說：「荊河戲來自湖北漢劇。據老輩所傳，明末清初，荊州有位將軍從湖北帶了一個戲班子到澧縣。將軍走後，戲班子也隨之而垮。班中藝人為了謀生，手拿兩塊竹板四處賣唱，當地群眾很喜歡聽他們演唱的曲調。後來，不少人向他們學戲，並且組織班子在南縣、華容、澧縣、安鄉一帶演出，人們稱這些班子叫『荊河班』。解放前，我們荊河班到荊州城內演出，第一天非演《大回荊州》不可，不然，觀眾不看你們的戲。」〔註 55〕以岳陽為中心的巴陵戲，源於湖北荊河派的「楚調」，與漢劇的漢河派也有密切交流。巴陵戲老藝人許升雲說：「我們與漢劇、荊河戲都是同飲一湖水，同唱一個調的兄弟劇

〔註 54〕桂遇秋、黃梅縣文化局，《湖北省地方戲曲研究叢書·黃梅採茶戲志》〔M〕，北京：中國戲劇出版社，1991 年 11 月，第 11 頁。

〔註 55〕劉小中、郭賢棟著，《漢劇史研究》〔M〕，武漢市藝術研究所，1989 年，第 83 頁。

種。」〔註56〕老藝人熊金奎說：「我們這個戲和沙市那個戲有點同樣，據老師傅講，是從沙市、荊州來的。有個湖南人在那邊學了戲，後來回湖南來教戲，那個人是唱生角的。南北二路都是從沙市過來的。」「我們唱的漢調，與漢口的一樣，與長沙的不一樣，長沙有高腔，我們原來就沒有高腔。唱戲咬字是漢韻，不能講長沙話、湘陰話，土音要不得，要講戲韻，戲韻就是漢韻。」岳陽巴陵劇團書記何金發說：「巴陵戲離不開漢劇，漢劇、巴陵戲不同之點就只唱腔叫法，我們叫南北路，漢劇叫西皮二黃，但是小名（板式名稱）相同，如二流、十八板、平板等。劇本相同，行當相同（十大行）。不同處是漢劇子腔多，花俏多，細膩些，巴陵戲粗獷些。」〔註57〕

皮黃戲在湖北境內形成後，逐步形成四個流派：襄河派、荊河派、府河派、漢河派。襄河派以襄樊為中心，沿漢水向外傳播，遠至陝西、河南南陽、許昌等地；府河派向外傳播於河南信陽、駐馬店和山西晉陽等地；漢河派向外傳播到安徽、江西等地；荊河派流播於湖南境內，傳播到廣東、江西、福建、廣西、四川等地。朱育德論及漢劇以及「湖廣腔」的影響說：「漢劇為皮黃所自出，□□有學術性之根據矣。南漸湘、桂、閩、粵；北變淮、揚、徽、京，相沿至今，各該地方劇，猶保存十九之湖廣韻。湖南與湖北同屬湖廣，漢湘戲大同而小異。桂、閩、粵方言艱深，而所謂大戲，依然繫以湖廣韻演《三國》、《水滸》等故事。非必曰吾鄂領袖歌舞，要亦時逢際會，得交通之方便而已也。章太炎先生常云：『湖廣韻為醇中之醇。』余意此就事實而言者也。考其所以為『醇中之醇』之原因，常係各方雜處、人文薈萃，加以各地方推廣湖廣韻，使各地人士習而不察，許可其為『醇中之醇』也。」〔註58〕廣東漢劇就是受漢劇影響的重要一脈。

流行於廣東梅州地區、惠陽地區、韶關地區等閩粵贛邊區各地的「亂彈」、「外江戲」，是一種以西皮二黃為主要聲腔，用中州官話演唱的劇種。1933年廣東大埔縣人錢熱儲著《漢劇提綱》，將這一戲種定名為漢劇。錢熱儲談到他定名的理由說：「何謂漢劇，即我潮汕人所稱之外江戲也。外江戲何以稱漢

〔註56〕劉小中、郭賢棟著，《漢劇史研究》〔M〕，武漢市藝術研究所，1989年，第84頁。

〔註57〕鍾清明，〈咸寧地區史料調查〉〔J〕，湖北省戲劇工作室編，《戲劇研究資料》第15期，1986年6月。

〔註58〕朱偉明編，《漢劇研究資料彙編1822～1949》〔M〕，武漢：武漢出版社，2012年，第631頁。

劇？因此種戲劇創於漢口故也。……惟在贛之東，嶺之南，閩之西者，皆其原音，故特標曰『外江』。……其音節關目，皆屬漢劇真傳。」所謂「廣東漢劇」之稱即由此而來。歐陽予倩也指出廣東漢劇和湖北的關係說：「二黃戲發生於湖北，從湖北而上傳到湖南、廣西、廣東（五六十年前的廣東調，同漢調還差不多……廣東的老伶工、老妓女，還能唱漢調式的粵調）。」〔註59〕1929年12月27日的《申報》刊載一則戲曲演出的廣告：《廣東人不可不看》，文中說：「廣東戲實在是由漢戲來改造的，直到如今，很有許多唱的腔調，粵漢仍舊同樣的。所以，廣東人聽漢戲，比較別地人，更進一步的瞭解。」〔註60〕

鄖陽花鼓戲主要活動於鄂西北的鄖縣、均縣（現丹江口市）、鄖西縣、竹山縣、房縣一帶，是荊、襄一帶流行的梁山調和花鼓戲溯漢水而上，在鄖陽山區演變發展而成。清光緒初年，鄂西北遭受水災，大批移民入陝，鄖陽花鼓戲班藝人隨之流到陝西的安康、丹鳳、商縣、雒南等地演出，將花鼓戲傳播到安康、商州一帶。

咸豐十年（1860）山二黃藝人范仁寶自湖北鄖陽府房縣率瑞仁班沿漢江上溯進入陝南，在安康演唱並開辦科班。一時安康人傳習甚眾，形成優雅溫婉的安康派漢調二黃。其後，山二黃在安康、漢中一帶的傳播不絕如縷。抗日戰爭初期，鄖縣山二黃藝人陳天慶兩次應邀到陝西安康、漢中等十多個縣演出數月，在當地有「漢中紅」之譽。生腳王茂洪以唱功取勝，曾在安康縣城擺擂連演四十八天，座無虛席。〔註61〕整個陝南因此成為山二黃的勢力範圍，以至於西鄉縣「唱（二黃）者多為舊興安府及湖北人，土著戲子為數甚少」。〔註62〕

外來戲曲和湖北地方戲曲之間的關係，是一種立體的互動的關係。一方面，外來戲曲孕育了湖北地方戲曲，得到滋養的湖北地方戲曲輻射各地，另一方面，深受湖北地方戲曲影響的外地戲曲又將其成熟的藝術反饋湖北地方戲曲。典型如京劇和黃梅戲。

自皮黃合流造就京劇，京劇迅速走向輝煌，影響遍及全國。光緒年間，京

〔註59〕專門討論可參見陳志勇著，《廣東漢劇研究》〔M〕，廣州：中山大學出版社，2009年。
〔註60〕《廣東人不可不看》〔N〕，《申報》，1929年12月27日。
〔註61〕《中國戲曲音樂集成》編輯委員會編，《中國戲曲音樂集成·湖北卷·上》〔M〕，北京：中國ISBN中心，1998年，第610頁。
〔註62〕《西鄉縣志，》第一冊《風俗》〔M〕，臺灣：成文出版社，1970年。

劇回到湖北娘家，但其時影響不彰。姜如花在 1935 年 11 月的《戲世界月刊》上撰《武漢平劇的緣起與現在》，回憶京劇在武漢的初期遭際說：「武漢是漢劇的策源地，漢劇在這兒自然也有著極鞏固的勢力，其他的戲劇，是絕對不容易立足的，何況流行不久的皮黃，更不容易在漢口獲得地位。所以平劇在京城紅遍了以後，漢口還不曾有平劇的影兒，甚至漢口人的腦筋中，還沒有聽得『平劇』這兩個字。」〔註63〕葉木公在《三十年來漢劇消長觀》中也回顧說：「整個社會，無不傾向漢劇，縱彼時平劇勢力已達武漢，終不及漢劇之普遍。」〔註64〕

　　民初以後形勢大為改觀。京滬兩地來漢的京劇名伶絡繹不絕。先後應邀來漢的京劇名角有孫菊仙、陳德霖、楊小樓、梅蘭芳、程硯秋、蓋叫天、俞振庭、龔雲甫、余叔岩、王風卿、馬連良、芙蓉草等，上海京劇名角有劉永春、王鴻壽、汪笑儂、呂月樵、麒麟童、七盞燈等。梅蘭芳第一次來漢為 1919 年。至 1949 年間又曾三次來漢。歐陽予倩也曾多次來漢獻藝。1928 年 11 月《中山日報》上刊載《戲劇事業談》一文，談到其時京劇名角聯袂來到漢口的盛景說：「十年以來，漢口戲劇頗有甚大之變遷」，「趙子安以數萬犧牲之代價，先後邀北京地道名角來漢獻技，實開漢上戲劇界之新紀元」：

　　蜚譽全球之梅蘭芳，譚係正宗之余叔岩，與夫楊小樓、陳德霖、龔雲圃、王長林、譚小岩、郝壽臣、慈瑞全諸角，皆聯翩而來，即不常演之王琴依、王瑤卿等均先後蒞止。每一開場，皆可聽之角，最低票價竟售二元。其時春記更名和記大舞臺，每夜座必為滿。時屬隆冬，達官貴人，富商巨賈，紛紛偕臨。和記舞臺門前之包車馬車汽車，必綿亙至三四里之遙，列於園門左右。腋裘貂套，美不勝言，而閨秀名媛，更占十之七八，珠圍翠繞，香氣氤氳，一入座中，真令人有置身溫柔鄉之慨。所排俄目，以梅蘭芳、王惠芳、陳德霖、龔雲圃、郭仲衡、朱素雲等合演之八本雁門關為最出風頭，幾為北京從來所未有之傑作。人材之盛，無逾於斯。其時軍閥猶正作咸福之頃，北京各部院達官貴人、巨商闊少，紛紛搭車南下。參與盛會者，尤指不勝屈。梅楊既去，而鼎鼎大名之歐陽予倩又以母喪由南通路出漢臯，邀之客串，第一日演黛玉葬花，表情入微，富書卷氣，實在梅蘭芳之上，漢上人士傾倒益甚焉，遂

〔註63〕姜如花，〈武漢平劇的緣起與現在〉〔J〕，《戲世界月刊》，1935 年 11 月，轉引自《武漢文化史料》，1983 年第 2 輯。

〔註64〕葉木公，《三十年來漢劇消長觀》〔N〕，《漢口中西報萬號紀念刊》，漢口中西報社，中西報社，1936 年，第 175 頁。

拘留久演。〔註65〕

　　《漢口中西報》也報導程硯秋到武漢演出時的盛況：「民眾樂園的門口，只見馬車，汽車，包車，排得密密層層，往來的行人絡繹不絕，不消說都是程硯秋號召來的。大舞臺裏包廂座位，在五六天之內，都已被顧客們預定，還有特座和正座，也非要捷足先登不可。否則遲了一步，就沒有插足的餘地。」〔註66〕

　　京劇名角來漢演出，「實開漢上戲劇界之新紀元」，其效應有二。

　　京劇來漢初期，京、漢頻頻同臺演出，藝人之間相互切磋藝事。1935年，梅蘭芳與武漢知名票友南鐵生聯合為武漢市圖書館籌募基金舉行義演。梅蘭芳演出《西施》，南鐵生演出《花田錯》，兩人又合演《虹霓關》。漢劇界盛傳，漢劇學習了汪笑儂所編京劇《哭祖廟》，京劇則學習了漢劇的《刀劈三關》。這種被稱為「一鍋煮」的聯合演出形式，使得本地的漢劇、楚劇從劇目、武功、化妝、服裝、伴奏乃至啟用女伶，建立戲園，開展演出經營活動等多方面都深受京劇的影響。〔註67〕「漢劇」之所以能成為「湖北省的省粹」，京劇功不可沒。

　　京劇名角來漢，大大的打開了漢口戲迷的眼界和欣賞水平。《戲劇事業談》認為，民國六七年交，「漢口人看戲之眼光實極幼稚」。民國十年後的京劇名角來漢演出，使「漢上人士」「得見所未見，聞所未聞」，「看戲眼光，遂由茲增進，與從前大有不同」，「眼界之擴張，乃自茲始」。〔註68〕

　　京劇大盛於漢口後，迅速從漢口輻射到湖北其他城市如沙市、宜昌、老河

〔註65〕歐陽予倩，〈戲劇事業談〉〔J〕，《中山日報》，1928年11月9日。文章中提到的趙子安，是漢口大舞臺經理。據這篇文章，趙子安因為請京劇名角來漢演出，「虧累至三萬之多」。

〔註66〕濟孫，《從程硯秋來漢演劇說到戲劇問題》〔N〕，《漢口中西報》，1928年12月15日。

〔註67〕楊鐸，〈漢劇六十年在武漢〉〔J〕，湖北省戲劇工作室編，《戲劇研究資料》第10期，1984年3月。楊鐸在《漢劇六十年在武漢》一文中，講了漢劇受京劇影響的一個掌故說：「我記得蔡炳南演《獻地圖》的張松，是一未開臉，帶武生巾，額畫一蟾形，穿箭衣馬褂。這是漢劇的傳統演法，牙來到了余洪元演《獻地圖》時，才從京戲汪笑儂的路數，繫條、不開臉，始成定例。這一掌故不可不知。」他又回憶說：漢劇的旦、貼兩行，統稱為『包頭相公』，因為漢劇先前對於旦、貼兩行的裝飾不甚講究，既不梳水頭，又不貼片子，僅僅用個包頭，梳上一個髮髻，便可出場。這是一種很原始的扮演形式。近四、五十年，由於受了京劇進步的影響，漢劇貼、旦兩行始有今日流行的扮演方法。」

〔註68〕歐陽予倩，〈戲劇事業談〉〔J〕，《中山日報》，1928年11月9日。

口、襄樊、黃石港，在湖北全省流行開來。

　　黃梅採茶戲起源於鄂東黃梅。清道光年間，流傳到安徽安慶一帶，幾十年裏，經過安徽以嚴鳳英、王少舫為代表的黃梅戲表演藝術家的改革、創造，結合當地的方言和民歌，形成新的聲腔風格，黃梅戲從民間小戲成長為有全國影響的著名劇種。黃梅戲「發源於湖北，發展形成於安徽」是戲曲界和文化界的共識。成熟發展後的黃梅戲又逆輸入回到湖北，直接推動了「鄂派黃梅戲」的發展。1970 年黃梅採茶戲已無專業劇團。2002 年則有 7 個黃梅戲專業劇團。2012 年統計，黃梅民間班社有 300 多個。2016 年湖北省文化廳普查湖北地方戲曲劇種，提交的演出團體總數 8 個，含國辦團體 6 個，改制轉企團體 2 個。

　　內聚與輻射，是湖北地方戲曲的生命運動，也是它的活力所在。正是在這個生命運動中，湖北蔚為戲曲大省，並對中國戲曲事業做出自己的傑出貢獻。

第二章　湖北地方戲曲中的湖北歷史文化元素

　　一般而言，中國傳統戲曲，在劇目的主題上是雷同的、因襲的、類型化的。孫崇濤在《中國戲曲本質論——兼及東方戲劇共同特徵》中描述說：「戀愛劇，多是『私定終身後花園，落難公子中狀元』；婚變劇，多『書生負心附高門，怨女陰間來索魂』；宮廷劇，多『白臉姦臣害忠良，抄斬遺孤大報仇』。……神話劇，則是，『上天飛降思凡女，貧賤夫妻樂相守』；俠義劇，則『見色強霸花公子，拔刀相助拜義兄』；公案劇，則『貪財害命陷無辜，公堂鐵面斷是非』；功名劇，則『高堂逼考別荊妻，一門旌表大團圓』；家庭劇，則『嫌貧愛富兄與嫂，苦讀書生衣錦歸。』……等等，不一而足。」〔註 1〕然而，地方戲曲因為生長於鄉土文化的歷史文化脈絡，勢必深深打上鄉土歷史的烙印，並在劇目上體現出來。湖北地方戲曲同樣如此，在大量的雷同的、因襲的、類型化的劇目之外，還包含以本土歷史文化為題材的劇目，觀看這些劇目，也就在觸摸湖北歷史文化。與那些類型化的雷同的劇目比較起來，這些劇目特別珍貴，具有特殊的研究價值。

第一節　「水災史」與「逃荒史」

　　湖北是千湖之省。既受水利之利，也深受水災之苦。江漢平原地勢低窪，

〔註 1〕孫崇濤，〈中國戲曲本質論——兼及東方戲劇共同特徵〉〔J〕，《戲曲藝術》，2000 年第 3 期，第 33～42 頁。

尤其水澇為害。一旦受災,農人顆粒無收,只得外出逃荒。災民中略通文藝者,往往以高蹺、採蓬船、蚌殼精、三棒鼓、魚鼓、敲碟子和唱小曲等民間說唱藝術在外地賣藝為生。這一水災史和逃荒史,成為江漢平原多個劇種的誕生背景和演唱主題。

沔陽花鼓戲〔註2〕的最初形態是「叫花子戲」、「推車花鼓」。「叫花子戲」和「沿門花鼓」之名,都緣於災民乞討時唱花鼓。《沔陽州志》(雍正二年)便記載道:「穿街過市流浪苦,沿門乞生唱花鼓」。沔陽花鼓戲還有一個名稱,叫「架子花鼓」。歐棟漢〔註3〕在《荊州花鼓戲的源流與演變》(未刊稿)中說:「據老藝人說,當時沔陽人民在逃荒討乞之時,大都帶一個像大板凳的木架子,上面放鈸,旁邊掛鑼,腳上還踏一個小鑼,一個人手腳並用,一邊敲打這些樂器,一邊唱小曲小調。」〔註4〕這就是「架子花鼓」名稱的由來。天沔花鼓戲《打連廂》就反映這一歷史背景。劇中,一對年輕夫妻「家住沙湖沔陽州」,由於水災頻仍,「莊稼十年九不收」。只好逃水荒賣藝度日,最後落腳到京山。武穴文曲戲的初始階段也同樣如此。當地民謠講述水災時逃荒賣唱的情景:「銅鑼一響,築壩打樁,皇堤一破,大哭細昂。背把破絮,四處逃荒,伴人門框,敲盆賣唱。」「拉琴敲板淚如梭,聽我唱起水荒歌。連年湖田淹大水,龍王佔了雀兒窩。來到貴地躲災禍,討點舊衣和剩饃。老闆吶,行行好,行善積德福壽多。」〔註5〕「黃梅等縣據荊楚下游,內湖外江,易致淹浸。」以致「七年淹六水,十有九災年」。洪水泛溢,堤壩盡潰的記載不絕於史。這一水災史反映到黃梅戲中,就有《逃水荒》劇目。《逃水荒》的唱詞紀實性地描述了大水災時的慘景:「二八女坐茅棚悲聲長歎,歎的是黃梅縣大荒之年。正二三四不下雨,塘現底堰斷流龍潭井干。……又誰知黃梅縣又遭大難,陡發洪水五月十三。好房屋和桌椅水不見,好田地被沙壓地裂山穿。……雞豚鵝鴨浮在水面,年老者逃不動命喪深淵,鹽八十米一百肉賣百半,諸事百項都要現錢。我一家人四口飢寒無奈,娘逃東兒逃西地北天南。小女子逃到了蘄春縣,日間乞討夜宿茅庵。」飢餓難忍之下,宛金蓮只有在農家蘿蔔田裏乞討蘿蔔充飢,後來遇同縣災民,一同至蔡屠戶門前唱儺神、小曲。為了逃荒時能有一門

〔註2〕沔陽花鼓戲後易名為天沔花鼓戲後又易名為荊州花鼓戲。
〔註3〕歐棟漢:仙桃花鼓戲劇團老藝人,《荊州花鼓戲志》編撰人之一。
〔註4〕歐棟漢,《荊州花鼓戲的源流與演變》(未刊稿)。
〔註5〕《武穴文曲戲》〔M〕(未刊稿),第24頁。

乞討手藝，黃梅青年男女不得不紛紛學唱採茶戲，學打連廂，以適應災年逃荒求生存的需要。〔註6〕《逃水荒》中就有「哥哥他每日裏道情學唱，我嫂嫂打花鼓帶打連廂」。鄂南採茶戲、隨縣花鼓戲、東路花鼓戲、黃梅採茶戲以及武寧、景德鎮、上饒、南昌、閩北、浙東北等地的地方戲，之所以都有《逃水荒》的劇目，和黃梅藝人逃荒四方的足跡不無相關。毛澤東曾經說：「黃梅戲是大水沖到安徽的。」〔註7〕從某種意義上說，洪水、災民、逃荒，是湖北地方戲曲傳播的媒介。

　　天沔花鼓戲有個劇目叫《鴨蛋洲》。鴨蛋洲在今團風境內，是西臨長江主幹、東臨長江支江的一個四面環水、一面朝天的沖積小平原。《鴨蛋洲》劇目講的是在湖北販賣火鐮火石的陝西人胡大興，乘「鴨蛋洲」大災，糧貴米賤之時，買了秀才常文進之妻李氏，企圖將她用車運至陝西老家，不料李氏路上逃走，他便竭力追趕。戲的背景仍然是水災、逃荒。

　　湖北地區流行的「災荒史」劇目，並不局限於湖北地區的災荒。發生於外省但事涉湖北的災荒，往往也在湖北地方戲曲的劇目中有記錄。河南歷史上多災多難，除黃河決堤引發水災，造成洪水泛濫，其次就是旱災，赤地千里。而旱災往往伴隨著蝗災，「飛蝗蔽日、如風似雨、五穀青苗、頃刻食盡」。武當神戲劇目《賈金蓮回河南》，記崇禎三年的河南蝗災，「村上面人吃人來犬吃犬，吃得屍骨堆得堆成山。……關起門來殺外男」。「十八歲的大姐無的無人要，二十歲的寡婦送的送人不要錢。」「大戶人家賣騾馬，小戶人家賣的賣莊田。」賈金蓮就是因為丈夫「沒的沒什麼好賣」，「賣了小女子度的度荒年」。「小女子我今年才二十歲，賣給個丈夫的七十三」，「賣給沔州名叫李起三呀」，「賣上了斗米弔的弔二錢」。「捨下了兒子整的整三歲，捨下了閨女的一歲半」。由於思念老家的兒女，身孕在身的賈金蓮乘李起三出外討賑之機，扮男裝逃往河南。太白金星算得賈金蓮所懷身孕乃為狀元，「招枝藕葉，變為寶舟」，自己則幻化為艄公，親自送賈金蓮回河南。劇中描述的河南蝗災慘景慘絕人寰，而湖北沔州則是賈金蓮自河南逃災避難的地方。黃梅採茶戲《瞧相》和《孔瞎子鬧店》則表現安徽鳳陽女在黃梅看相、唱曲乞討的情節。

〔註6〕桂遇秋、黃梅縣文化局，《湖北省地方戲曲研究叢書·黃梅採茶戲志》〔M〕，北京：中國戲劇出版社，1991年11月，第5、68頁。

〔註7〕劉雪榮，《千年黃州》〔N〕，《中國社會科學報》，2011年12月15日第019版。

第二節　本地歷史事件與人物

　　湖北天門別霽林在《黃梅竹枝詞》中有一段自注:「邑喜採本縣近事,附會其詞演唱採茶。」〔註8〕所謂「採本縣近事,附會其詞演唱採茶」,就是採本地域的故事為劇目主題。在湖北地方戲曲中,這種「本縣近事」往往和當地歷史大事件相關。

　　清乾隆二十二年(1757),湖北廣濟發生張朝宗案。張朝宗是武穴米行老闆。是年,廣濟縣衙門八經承之首的周錫樻,勾結知縣馬汝明,包攬合邑田賦,在徵收中改換戥斗,從中盤剝。張朝宗憤而不平,狀告廣濟縣,馬汝明不准狀詞,將張朝宗毒打四十大板。張朝宗繼續上告到黃州府,馬、周等以重金買通知府李珌,以誣告之罪將張下獄。在獄中,李珌先令牢子下毒,未逞。又將張朝宗披枷戴鎖,遊黃州四門。後張朝宗之子元功到湖廣,直闖總督大堂。總督陸鳳章派幕僚微服私訪,勘得實情,平反冤案,懲處了黃州府、廣濟縣十二名貪官污吏。此事影響廣泛,直接驚動了乾隆皇帝。乾隆二十二年七月,乾隆帝下旨:

　　「據碩色等奏,黃州府屬廣濟縣,蠹書周錫樻等十二人,輪充糧庫總書,自乾隆十四年至今,歲歲加派,私徵分肥,現在提究屬實,並將庇縱捏飾之守令李珌馬汝明題參等語。加派私徵,例幹嚴禁。當此政務屬清之時,何以該省尚有此種錮蔽,歷久未破。且廣濟一縣,既有不法蠹書,朋比為奸,則他邑難保其必無此,所關於吏治民風甚大。總督碩色年已漸老,精神恐不能周到。巡撫莊有恭到任,尚需時日。著傳諭布政使富勒渾速赴湖北,新任護理撫篆,會同碩色,即將此案情弊詳細追究,從重辦理。其餘各邑亦應徹底通查,毋得草率從事。」〔註9〕

　　這段史事先被編入彈詞抄本《七鄉員》。咸豐、同治時期黃梅縣藝人羅運保和廣濟縣的一個私塾先生據《七鄉員》改編成劇目《張朝宗告經承》。這一劇目廣為流傳。鄂南採茶戲、東西路子、隨縣、襄陽、遠安、鄖陽、天沔花鼓戲都有《告經承》的劇目。〔註10〕

　　〔註8〕　別霽林:《問花水榭詩集》(手稿本),藏浠水縣博物館。轉引自:秦華生、劉
　　　　　　文峰主編,《清代戲曲發展史·下》〔M〕,北京:旅遊教育出版社,2006年,
　　　　　　第1002頁。
　　〔註9〕　《清實錄》第15冊,《高宗純皇帝實錄7卷543·乾隆二十年至二十二年》
　　　　　　〔M〕,北京:中華書局,1986年,第887頁。
　　〔註10〕桂遇秋、黃梅縣文化局,《湖北省地方戲曲研究叢書·黃梅採茶戲志》〔M〕,
　　　　　　北京:中國戲劇出版社,1991年11月,第35頁。

圖2 乾隆二十二年七月御旨

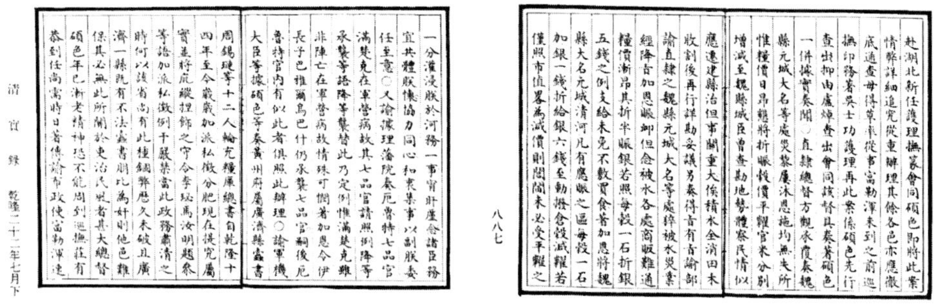

乾隆二十九年（1764）五月，黃梅發生特大洪水，四十八圩盡破。茶兒鎮監生瞿學富，邀新開鎮李益，向知縣熊文瑞報災。經黃梅知縣、黃州知府、湖北巡撫層層上報戶部，戶部奏本乾隆，得到旨令，發庫銀十萬兩到黃梅復堤堵口。如庫銀不夠，大戶人家，徵三免七，貧苦農民，壩費全免。但是，「梅之首事，闔邑派費修理，費出過重，民不堪命。」李益攤壩費十兩，無力承擔，官棚將他八十歲父親押在縣城。李益為還清壩費，續回父親，向岳丈借銀，被趕出門外。妻子夏氏因家中饑荒，在四九寒天脫下衣裙，交李益當衣買米，但李益到鎮上典衣時，正碰上保正帶領公差催逼壩費，結果將李益買回的一斗米搶走。瞿學富不忍百姓疾苦，「欲為民再造，具情呈控」。其妻馮氏勸阻，但瞿之意甚堅，馮氏只有燒香求神保佑瞿學富勝訴歸來。但瞿學富之上告，「坐冤未獲伸理」。其二子、二侄以及妻馮氏奔京相救，「刀鋸在前，鼎鑊在後，有所不顧」，「一時觀者，咸以為古丈夫風焉」。此事之梗概，見於乾隆三十七年黃梅《瞿氏宗譜·學富公序》，其後被改編成《報災》《官棚打賭》《馮氏勸告》《李益借銀》《李益賣女》等劇目，楚劇、東路子花鼓戲、黃梅採茶戲、陽新採茶戲都曾演出。劇目所敘，無疑多有放大渲染乃至虛構，但基本事件是當時史事。

清咸豐三年（1853），武穴發生宋關佑起義。宋關佑（1807～1894），亦名美中，字佐扶。廣濟（今武穴市）宋春垸人。幼年習武，技藝嫻熟。又為醫，善接骨推拿。1853年（清咸豐三年）春荒嚴重。清政府為防民變，諭令該縣豁免錢糧一年。但知縣蔡潤身接令後竟秘而不宣，催徵錢糧照舊。宋關佑憤縣衙強徵民賦，逐走書差，並於次日結伴前往縣署梅川論理，要求免徵，不意備遭凌辱。宋關佑回鄉後，決心謀反，便派糖果小販吳在明充當聯絡，約請窮哥弟張東銘等人，到大金廟秘密集會，計議起事。與會人歃血為盟，提出「官逼民反」口號，決定「上告貪官，下集鄉民。先禮後兵，求救南京」；並張布檄文，

歷數地方官吏貪暴虐民的「十大罪狀」，全縣震動。知縣蔡潤身等人聞風逃竄。宋遂佔領縣城，捕殺貪官污吏、惡霸豪紳，開倉濟貧。全縣農民附從者達數萬之眾。蔡潤身等逃至黃州，哭乞知府邵綸（邵系岐亭同知署黃州府事）派兵鎮壓。邵因兵力不足，便親赴梅川安撫，以觀虛實。宋關佑聞知後，立即帶領 7 鄉農民進城與邵綸談判，要求嚴懲知縣蔡潤身，並豁免當年錢糧。邵綸表面予以承諾，暗地令黃梅知縣鮑開運、陽邏把總魯光貴、團風巡檢文熙領兵會剿。鮑開運等官兵進入廣濟縣境，便縱火焚燒王貴垸民房，屠殺農民 10 餘人。王貴垸的王天衢以血書急向宋關佑求救，宋關佑聞知，遂集合農民軍 1 萬多人，在梅川鎮護城河旁，與鮑開運部清軍血戰。鮑戰敗，帶傷逃匿，被義軍搜獲擊斃。隨後，湖北按察使江忠源領兵前往鎮壓。湖北督糧道徐豐玉也帶兵會同進剿。宋關佑戰敗，率部退守雀山。在雀山戰鬥中，宋關佑之弟、侄及王天衢等人戰死。宋關佑在農民掩護下，投奔太平軍。〔註11〕9 月，隨太平軍攻克梅川，斬知縣陳肖儀，再次開倉濟貧。太平天國失敗後，宋改名吳永壽，毀容為僧，光緒初年住蘄春桐梓鄉慈雲閣。光緒二十年（1894）年病卒於該廟，葬廟後，立有碑誌。當地藝人據此史事創作了《宋關佑打糧房》的劇目，最初以手抄本的形式流傳，其後搬上舞臺，久演不衰。

　　道光二十一年崇陽發生從抗糧運動到武裝叛亂的「鍾九鬧漕」。鍾九又名鍾人傑（1803～1842），白霓橋人。縣文生，家貧，以教書為業。為支持窯民程中和控告官紳禁止群眾挖煤事，被官廳革斥，發配孝感縣，不久逃歸。後多次組織農民反抗官府苛擾，迫使官府減輕稅收。清道光二十一年臘月與縣四十八保密約，定於初十日舉義。及期，群眾四應，圍攻崇陽縣城。城破。開倉分糧，破獄放囚，清典史王光宇自縊死，知縣師長治被斬首示眾。眾推鍾為「勤王大元帥」，汪敦族、陳寶銘為副帥。鍾以「破通城，有錢糧；破通山，有硝磺；破蒲圻，有戰場；破咸寧，下武昌，下到武昌做國王」為號召，聚眾萬餘人。十七日，汪敦族、譚九海等率眾 3000 餘人進攻通城縣城，清知縣棄城而逃。隨即分兵襲擊汀泗橋，進攻通山縣城，與清軍激戰。清廷聞訊震恐。道光帝急諭迭下，嚴敕湖廣總督嚴守；又急調湘、鄂、贛、陝、甘等五省大軍進剿。鍾九終因寡不敵眾而敗，被俘就義。〔註12〕光緒元年（1875），崇陽鐵匠陳瑞

〔註11〕廣濟宋光佑起義，湖北省地方志編纂委員會編，《湖北省志·大事記》〔M〕，武漢：湖北人民出版社，1990 年，第 8 頁。

〔註12〕《清實錄》第 38 冊，《宣宗成皇帝實錄 6 卷 364；卷 366·道光二十年至二十三年》〔M〕，北京：中華書局，1986 年。

兆，以鍾九鬧漕為歷史題材，創作《鍾九鬧漕》長篇敘事詩一萬三千餘言，表現這一波瀾壯闊的歷史事件。1980 年古市公社文化站幹部何萬斌將長詩改編成《鍾九鬧漕》提琴戲劇本。全劇分「太和受刑」「彭氏勸夫」「鍾九結義」「鳴冤告狀」「民之父母」「放虎歸山」「初鬧縣堂」「美人之計」「元宵花燈」「掛帥攻城」10 場。由東流劇團連續演唱 50 餘場次。

鄂西容美土司，轄今鶴峰及五峰、長陽等縣之大部分，長期為田氏家族所統治。明弘治十八年（1505），容美土司發生宮廷政變。容美宣撫使田秀生子七人，嫡長子曰世宗，次子世祖、世貴、五哥俾，六哥俾，七哥俾，並庶長子百俚俾，田秀愛其幼子七哥俾（世爵），將逐其兄白俚俾，以幼子襲位，白俚俾恨之，乘其父出巡時，殺父於觀音坡之河側，並殺嫡長子世宗及其諸弟 5 人，獨七哥俾出逃。《明武宗實錄》正德十一年（1516）十二月庚申記載其事：「湖廣容美宣撫司宣撫田秀愛其幼子世宗，將謀逐其兄百里俾而以世宗襲職。百里俾恨之，誘強賊殺其父及世宗。事聞，下鎮巡等官驗治，凌遲處死。……」〔註13〕《明實錄》的這一則記載有誤，田秀所欲襲職者為幼子田世爵，乳名七哥俾，而非嫡長子田世宗。該段史事於 1981 年由趙平貴創作為土家歷史故事劇《霧漫土王宮》，由鶴峰土家族、苗族自治縣文工團演出。

恩施咸豐唐崖土司係「九溪十八峒」著名土司之一。轄地核心地帶在今湖北省恩施土家族苗族自治州咸豐縣，司治位於現咸豐縣城西北 28 公里今尖山鄉唐崖司村。唐崖土司從元末一直延續到清初，相沿 18 代，歷經 381 年。人物、故事在民間流傳甚廣。關於覃田氏的故事就是其中之一。

覃田氏在歷史上實有其人。民國三年《咸豐縣志》卷9《人物志》載：「覃田氏，明唐崖宣慰覃鼎之妻，龍潭安撫田氏女也。相夫教子，皆以忠勇著一時。夫鼎，於天啟七年故，子宗堯襲職，頗肆行不道，田氏繩以禮法。迨堯奉調赴荊州剿流寇，峒事悉賴主持，內則地方安謐，外則轉輸無乏。未幾，宗堯死事，弟宗禹承襲，樸勇一如其父。田乃優游以樂餘年，性好善樂施，尤喜奉佛，嘗朝四川峨眉山，隨侍奴婢百餘人，沿途皆為擇配。歸里後，創建大寺堂，牌樓、街道，煥乎一新，至今猶為邑中石跡云。」〔註14〕其墓至今猶存。

〔註13〕中央研究院歷史語言研究所編，《明實錄・明武宗實錄》卷 144〔M〕，1964年。

〔註14〕民國三年，《咸豐縣志》〔M〕，第 108 頁。

圖3 民國三年咸豐縣志中關於覃田氏的記載

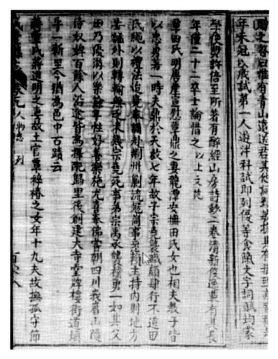

　　民間也流傳關於覃田氏的故事：「田氏夫人的男人帶兵打仗，她就把女的組織起來種菜啊、紡棉啊，飼養牲口啊，把家務事管理得很好。」「田氏夫人是女中豪傑，既能治家，又能處理事務。回來以後就整修街道，興修水井，治理城鎮這一塊，她是一個女中能人。」〔註15〕民間傳說《土家神馬》就以覃田氏為主角。傳說：「很久以前，土司皇出征去了，留下皇后田氏掌管朝政。田氏賢惠正直，對臣民們很好，大家都很尊敬她，喊他田氏祖婆。孤掌難拍響，好漢要人幫。儘管田氏很精明能幹，還是少不了一個得力的幫手扶助。她有一個兒子，雖然是自己的骨肉，可是卻太殘暴，太昏庸了。人們都說，他常常在殺人臺殺人，天燈檯燒人。本族出嫁的大姑娘，他都要睡第一次，連宮裏的嬪妃，女僕也有不少被他糟蹋了。這樣的人要是掌了大權，還得了嗎？田氏橫下心來，撇他在旁邊冷著，把印子交給了侄兒覃傑掌管。為了給兒子贖罪，她讓覃傑陪著，領著一百多個嬪妃到峨眉山去燒香敬佛。一行人進到了四川境內，只見那裏土地肥沃，氣候很好，出產豐富，人煙稠密，真是個花花世界。婦女們出了禁宮，像雀兒出了籠子，都不願意再回去了。可是她們又捨不得離

〔註15〕錄自《唐崖土司資料彙編》（未刊稿）。

開田氏身邊，只好把心事藏著。田氏看出來了，對他們說：「人往高處走，水往低處流。我不強留你們。」見她鬆了口，大家就各自找中意的人兒，就地安居。這就是《咸豐縣志·覃田氏傳》中所說的「嘗朝四川峨眉山，隨侍奴婢百餘人，沿途皆為擇配」的史事。隨侍奴婢散盡後，剩下的只是田氏、覃傑，他們不嫌孤單，不怕苦，終於來到了峨眉山。可是剛剛燒過香、敬過佛，了卻了心願，忽然傳來消息：土司皇在前方被敵兵圍住，一無糧草二缺兵，急等著趕快去援救。母子兩人急切之中用峨眉山上的松枝，醮上山泉水，揮向石塊，結果，碎石紛紛散落，兩匹石馬漸漸顯形。忽然蹦出來，蹬蹬腿，抖抖毛，睜開眼，田氏和覃傑有了坐騎，朝著土司皇城飛奔。集合起兵馬，很快救出土司皇。今天的唐崖土司雖然已成為廢墟，但是，仍然有兩匹古代石雕的高頭大馬，卻還完完整整的。它們是一公一母，昂頭張目，像對著空谷嘶鳴；腳下踏著雲朵，似在凌空飛奔；連轡繩上的絲縷，鞍鬃上的花飾也都活靈活現，像在迎風顫動；而且有時候它們還真會出汗哩。所以當地有句歇後語：「唐崖司的石馬是活的」。〔註16〕

　　土家族女劇作家顏惠早於 1989 年就取材縣志中關於土司夫人田氏的記載，潛心創作歷史劇《土司夫人》，後獲全國少數民族劇本創作團結獎。在《土司夫人》劇本的基礎上，顏惠又進一步以史為料，以民間傳說為材，鋪陳演化，潑墨點染，歷經十幾個版本，完成大型土家歷史大戲劇本《唐崖土司夫人》，由咸豐縣南劇藝術傳承保護中心排演，在第三屆湖北地方戲曲藝術節上上演，深獲好評，並作為「全國少數民族地區藝術院團進京展演項目」的 5 臺優秀劇目之一，在北京民族劇院上演。

　　湖北地方戲曲中的湖北題材，不僅取材於古代地方人物和事件，也以現代地方事件入戲。

　　1957 年，在黃岡縣的「農村整風運動和社會主義教育運動」中，發生一件轟動全國的「劉介梅忘本回頭」的事件。劉介梅是湖北黃岡農民，解放前三代當長工做乞丐，解放後，當了農會主席、區土改工作組組長。他不僅三次被評為黃岡縣的工作模範，而且還分得了四間瓦房，六畝三分上等田，一頭耕牛，全套農具，還有家具、衣服等。但是，此後他的思想卻發生了變化。他和妻子盤算來，盤算去，認為開會、熬夜，都不過是在幫別人的，不如自己發家

〔註16〕錄自鄂西土家族苗族自治群眾藝術館編，《鄂西民族民間故事傳說集》（內部印刷）。

致富。在這個思想影響下，1953 年報餘糧時，他隱瞞了三石五斗，並且對妻子的放高利貸行為（放出一石穀子和一匹布）也表示贊同。1954 年的合作社運動中，他拒絕入社。1957 年 8 月，在黃岡縣三級幹部會上，劉介梅發言，批評和否定合作化和購統銷政策，說：「天天叫喊群眾生活改善了，水平提高了，這只有鬼相信。要吃點，糧食只那麼多；要穿點，布票打折扣；買肉要肉票；買油要油票……我看，要農民擁護共產黨，最好是取消統購統銷這個辦法。」「縣委光在上面喊合作化這優越，那優越，我看就不如土改那兩年優越。」「共產黨在土改的時候是為農民，現在是整農民，搞工作困難多，累死人，還不如過去討飯被狗咬。」〔註17〕黃岡地區把他作為「翻身忘本」的典型加以批判，並舉辦了「劉介梅今昔生活對比展覽會」。劉介梅看了展覽後，痛哭流涕，思想轉變，表示悔改。經《湖北日報》、《人民日報》報導後，劉介梅被作為農村幹部中具有「忘本退坡思想」和「極少數原來的貧雇農，在翻身上升以後迷路忘本了」的典型，開始了在全國的宣傳和批判。此事甚至驚動了毛澤東。毛主席當年專為此講過一段話：「湖北有那麼一個雇農出身的黨員，他家是三代要飯，解放後翻身了，發家了，當了區一級幹部。這回他非常不滿意社會，非常不贊成合作化，要搞『自由，反對統購統銷。現在開了他的展覽會，進行階級教育，他痛哭流涕，表示願意改正錯誤。為什麼社會主義這個關難過呢？因為這一關是要破資本主義所有制，使它變為社會主義全民所有制，要破個體所有制，使它變為社會主義集體所有制。當然，這個鬥爭要搞很多年的，究竟多長時間叫過渡時期，現在也還很難定。今年是鬥爭的一個洪峰，以後是不是年年要一個洪峰，像每年黃河的洪峰要來一樣？我看恐怕不是那樣，但是，這樣的洪峰以後也還會有的。」〔註18〕作家端木蕻良創作了章回小說《劉介梅》，武漢楚劇團、黃岡漢劇團也相繼把「劉介梅忘本回頭」搬上戲曲舞臺。1958 年，上海天馬電影製片廠把楚劇《劉介梅》搬上銀幕。

五峰土家族自治縣地處武夷山支脈，全境皆山，平均海拔 800 米以上，自然環境優越，適宜茶樹生長，五峰水盡司出產的「水仙茶」曾是乾隆皇帝御筆欽點的貢品。但是，上個世紀 50 年代，在這個年產乾茶兩萬多公斤的產茶區，勞動力嚴重不足，春種夏播時節，農茶矛盾十分突出，在家留守的老弱婦孺根

〔註17〕范曉春，〈1957 年劉介梅「忘本回頭」事件再評價〉〔J〕，《黨史研究資料》，2003 年第 4 期，第 1～10 頁。

〔註18〕毛澤東著，《毛澤東選集‧第 5 卷》〔M〕，人民出版社，1977 年，第 480～495 頁。

本忙不過來，很多茶葉都老在了樹上。1957 年 3 月，五峰縣委派出工作組進駐水盡司蹲點，組織群眾抓住季節搶摘春茶，爭取農茶雙豐收。工作組領導與大隊黨支部商量後，決定開展採茶能手競賽活動，並制定了一系列措施來提高採茶功效，其中規定日採鮮葉 30 公斤以上為「採茶能手」，採 50 公斤以上的為「特等能手」。競賽還規定「五定」、「五不准」等質量要求，如只採茶葉一芽二三葉，不准帶老葉子、馬蹄子等。這一號召發出後，茶農積極響應，不幾天各個小隊採茶進度大大加快，一個個採茶高手各出絕活，大大緩解了勞動力不足的問題。為了鼓勵茶農，兌現獎勵，工作組和大隊黨支部採取淘汰賽的方式評選「採茶能手」，從各個小隊選出來的 14 個採茶最多的婦女中，選出了 7 個「採茶能手」。其中，18 歲的青年姑娘共青團員謝承珍日採茶葉創下了日採鮮葉 52.5 公斤的最高紀錄，首創全國最高採茶紀錄。時隔不久，時任地委宣傳部副部長的於元盛到五峰檢查工作時，得知「採茶能手」小組的事蹟後說：「天仙配中有個七仙女，水盡司出了 7 個『採茶能手』，就叫『茶山七仙女』吧。」於是在「採茶能手」競賽總結表彰大會上，大隊黨支部正式將這個採茶能手小組命名為「茶山七仙女」。「茶山七仙女」的典型材料很快報給了上級，縣、地、省各級報紙和廣播都進行了宣傳，五峰出了個「茶山七仙女」的事很快傳遍了全國。「七仙女」中的五妹子謝承珍從土家山寨飛到北京，受到了毛澤東、劉少奇的接見。宜昌京劇團據此創作「茶山七仙女」京劇，進京演出獲得滿堂彩。〔註 19〕

　　《劉介梅》和《七仙女採茶》是上世紀五十年代採地方事入戲曲的典型。當然，兩劇不可避免的打有那個時代的烙印。

　　劉介梅事件是在當時的兩條道路的「大辯論」中產生，它的教訓在於，沒能正確認識和對待土改後富裕起來的農民對發展個體經濟的要求；教條主義對待部分黨員富農化的問題；錯誤的採用兩條道路「大辯論」的政治思想運動的方法對農民進行思想教育。〔註 20〕「採茶七仙女」的事蹟因其時的「大躍進」浪潮而被加以人為塑造。《五峰茶山七仙女為何轟動全國》一文回顧：1959 年，全國各地大放衛星，縣多種經營辦公室打電話到大隊，通報其他地方採茶放「衛星」的消息，據說有的地方日採鮮葉達到了 450 公斤。長陽採茶能手小

〔註19〕周啟順、葉厚全，〈從轟動全國到銷聲匿跡——茶山「七仙女」的故事〉〔J〕，《湖北文史》，2017 年第 2 期，第 137～145 頁。

〔註20〕范曉春，〈1957 年劉介梅「忘本回頭」事件再評價〉〔J〕，《黨史研究資料》，2003 年第 4 期，第 1～10 頁。

組「八仙姑」日採茶葉也達到了 400 多公斤，「七仙女」是在前面推出來的典型，不能落在後面，要加油。工作組的同志開會討論後認為：「七仙女的旗子已經樹起來了，就不能讓它倒。」有人出主意說：「七仙女一個小時採 54 公斤，按日採 12 個小時計算，不就是 500 公多斤了。」就這樣大隊放了一顆日採鮮葉 645 公斤的「衛星」。這個紀錄首先在五峰報上發表，接著各級報紙相繼轉載，再次造成了轟動。為了把情況說得更像，工作組還挖空心思總結了很多經驗，其中有什麼「雙手採茶、十指並下、雄雞啄米」等招式。〔註21〕這些內容，都被搬到京劇《茶山七仙女》中：小河公社以張大珍為首的七位女社員，為了確保糧、茶雙豐收，她們排除「干擾」。日夜苦戰，改革採茶技術，最後練出了「雄雞啄米，左右開弓，四指輪換，雙手多指多芽採茶法」日採竟達到「五百五十斤」的新記錄。

由此可見，湖北地方戲曲是湖北地方歷史的別一種方式的記敘和詮釋，對於研究湖北地方歷史文化有獨特的價值。

第三節　本地民間傳奇故事

在湖北地方戲曲以「本縣近事」為題材的劇種中，最流行也最為民間喜愛的是各種根據當地民間故事改編的劇目。

在湖北民間傳奇故事中，最著名的是於老四串戲和張德和串戲。民間俗諺說：「採茶戲開了鑼，不是於老四，就是張德和」。

於老四（一作喻老四、余老四）串戲的主人公是於老四和張二女。據《黃梅採茶戲志》：於老四家貧如洗，孤身一人，只好到河對岸張家垸張杜氏家打工。杜氏丈夫早死，遺下三個女兒。大女兒已婚嫁，小女兒年少未出閣，二女（有本子作張二妹）在族長的主持下，許配富戶陳舉人為妻。張二女不從。於在張家兩年的長工生活中，深感杜氏賢慧，拜她為乾娘，並在勞動中與張二女萌生了感情。第三年春節，於來拜年時，乘張母外出之機，與張二女互相表白，私自訂婚。於又推車接張二女趕會，一路上載歌載舞。後來在流氓王老六的破壞下，他們的感情出現了波折。於慪氣離家上竹山。於走後，二女深感後悔，思念於老四。於在竹山賣短工、做小生意，不多時窮困落魄。二女得知此情，寄予深切的同情，與於重歸於好。他倆決定先到竹山住幾天，再過界嶺

〔註21〕周啟順、葉厚全，〈從轟動全國到銷聲匿跡——茶山「七仙女」的故事〉〔J〕，《湖北文史》，2017 年第 2 期，第 137～145 頁。

逃往蘄州。後來陳家得知二女與於私奔，狀告於拐帶婦女。黃梅知縣派人緝於歸案下獄。張二女判給陳家，於老四充軍要塞。後在朋友的幫助下，於與張在柳林相會，傾訴離情別恨。根據於老四與張二女戀愛、逃婚故事內容改編的劇目共五十餘折。〔註22〕如：《拜年》《看燈》《推車趕會》《吃醋》《反情》《於老四砍刀子》《余老四上竹山》《張二妹生娃子》《過界嶺》等。據調查，鄂、贛、皖、湘、閩、浙、豫七省與採茶戲有親緣關係的劇種包括楚劇等，都曾上演於老四串戲。1958 年，毛澤東在洪山賓館觀看的《過界嶺》就是其中一種。〔註23〕

　　據黃梅文化局桂遇秋生前調查考證，於老四是湖北黃梅縣大河鎮天門村螺絲墩人，張二女是隔河相對的武穴市余川鎮龍腰村張家灣人。1962 年 4 月 16 日，桂遇秋隨湖北省博物館文物考察小組，調查四祖寺現有古建築情況，順便到天門村對於老四、張二女的故事進行採訪。當年該村螺絲墩灣熟悉於族歷史和傳說的老石匠於大水和做「地理」（看風水）的於有志等年過 60 以上的農民 8 人，眾口一詞都說於老四祖籍就是天門村的於家樓，在他父親時遷居到螺絲墩。灣里老少皆知於老四是他們墩上的人。於大水、於有志同生於清光緒二十年（1894），1983 年春，桂遇秋再次去螺絲墩時，於大水已去世，於有志尚健在，儘管年近 90 高齡，但身體硬朗，記憶驚人。所敘於老四、張二女的其人其事，同 21 年前介紹的情況完全一致。據訪談所得，於老四約生於清嘉慶中期（1807 年左右），約在清咸豐中期（1857 年左右）去世。張二女大約小於老四兩、三歲，活了六十八、九歲，約在清同治末去世。他倆的戀情故事，發生在清道光初期（1827～1830 年左右），也有人說發生在乾隆中期。於父母早亡，三兄姐亦遭夭折。他叫老四，是以兄弟排行命名。他為了鬥勝張二女的未婚夫陳癲痢和流氓王老六，曾虛張聲勢把他的親房叔爺、紳士於珩楚抬出來嚇唬人：「於家有位於楚珩（他故意把名字顛倒），黃梅廣濟遠傳名。有他誰敢動我一根汗毛！」《于氏宗譜》卷首有道光二十四年（1844）撰寫的《啟唐公傳》中有：「曾祖珩楚，偉仲之子也。兄弟六，祖居第二」的記載，這也可以旁證於老四的存在。於死後，親房把他埋在村後山上，後來族人給他立了碑；孤墳的遺址現在天門村螺絲墩頭邊。

〔註22〕黃梅縣文化局等編，《黃梅採茶戲》，中國戲劇出版社，1991 年版，第 36 頁。
〔註23〕梅白，《毛澤東看黃梅戲》，中國人民政治協商會議湖北省委員會文史資料委員會，《湖北文史資料》，1996 年第 2 輯，總第 49 輯，《黃梅戲史料專輯》〔M〕。

圖4 於老四墓

　　碑石30多年前被人挖去修了水溝。民國二十五年於族修譜，聽長輩們說，
於因「拐帶」張觸犯「國法」、「家規」，族長們不准將其上「家譜」。他們還強
調，我們家族的姓是《百家姓》上的「荀羊於惠」的於，不是姓喻或姓余。
〔註24〕張二女之死在當地也有傳說。據說於老四充軍後，張二女改嫁到廣濟
縣螞蟻河章大灣。同治末年，有一次她的孫女兒到螞蟻河看戲回來，張二女問
她看的是什麼戲，孫女說是看奶奶年青時與黃梅於老四反情、過界嶺的戲，張
二女感到羞愧而自縊了。〔註25〕即使於老四和張二女並非確有其人，但至少
在鄉村社會的建構下，他們已經成為當地的真實人物。

　　張德和串戲取材於鄂東地區的傳說故事，包括《張德和辭店》《張德和休
妻》《姑嫂採茶》《何氏嫂勸姑》《吵嫁妝》《葉五過門》等折子戲。其梗概是：
張德和不聽其妻何氏勸告，一心想一本萬利，離家千里迢迢，到南京販賣茶
葉，結果遇著黃梅季節陰雨綿綿，茶葉黴爛虧本；又轉到四川賣白扇，又因四
川天氣轉涼，白扇積壓無人買扇虧本。後又想販羊趕回本錢，又遇上發羊瘟把
本賠盡。張德和在外三年把本賠盡，走投無路辭店回家。其妻何氏見到丈夫張
德和落魄而歸，並沒有為難於夫。但何氏因為勤儉持家得罪小三妹，小三妹乘
機挑唆，對哥哥說他三年不在，何氏在家不守婦道，張德和聽信妹妹挑起的是

〔註24〕桂靖雷，《黃梅戲傳統劇目中的大河元素》〔N〕，鄉野黃梅網站。
〔註25〕桂遇秋、黃梅縣文化局，《湖北省地方戲曲研究叢書・黃梅採茶戲志》〔M〕，
　　　　北京：中國戲劇出版社，1991年11月，第92頁。

非，寫下休書趕何氏出門。何氏一氣之下上弔，小三妹見惹出人命才承認自己是懷恨嫂嫂說了假話。張德和解妻下弔，兄妹跪地認錯，這才夫妻重歸於好，一家人和睦團圓。張德和系列不僅是楚劇經典劇目，而且也是花鼓戲、採茶戲的經典劇目。各劇種在演出過程中不斷增編與人物相關的一些單齣，截止1949 年，有關張德和的單齣戲約有二十四齣。〔註 26〕《青塘「武當神戲」藝人口述劇本集》也收有此劇目。可見其傳播廣遠。

　　除了於老四、張德和串戲外，毛子才串戲也是取材於本地近事。在已知的306 本黃梅戲傳統劇目中，以毛子才為題材的有 13 折：《毛子才分家》《毛子才趕生》《毛子才陪禮》《毛子才辭年》《毛子才吃麵》《毛子才背凳》《毛子才滾燭》《毛子才落店》《毛世進找父》《兩河溝》《釣蛤蟆》。但近代黃梅縣黃梅戲民間藝人只傳承《打紙牌》《毛子才滾燭》2 折戲，楚劇、景德鎮採茶戲、九江採茶戲、吉安採茶戲、鄂東採茶戲、鄂南採茶戲、武寧採茶戲、睦劇、廬劇等幾個劇種，有《毛子才》串戲中的一折或幾折流傳。東路花鼓戲除《兩河溝》外，尚保留《毛子才》串戲 12 出。據桂遇秋考證：毛子才是清代康熙年間黃梅縣孔壟鎮人，原在西街燕子街居住，後遷到東街筷子街。毛子才以篾匠為業，平時好賭、貪杯、撒謊，妻子李氏屢勸不改。因此，對他十分嚴厲，他見到妻子就像老鼠見到貓一樣。至今，黃梅人將怕老婆的人戲稱為「毛子才」。民國黃梅戲藝人熊利華為了演好毛子才的戲，到孔壟鎮筷子街的谷壋頭走訪老居民，參觀毛子才故居，搜集毛子才傳說，最後在舞臺上呈現出一個活龍活現的毛子才。〔註 27〕

　　《蔡鳴鳳辭店》是鄂、贛、皖採茶戲，花鼓戲，黃梅戲都有演出的傳統劇目。劇中，蘄水商人蔡鳴鳳外出做生意，住在柳鳳英開的店中，二人日久生情。但蔡鳴鳳已有妻室，決定回到自己的家鄉去。他假稱自己的爹爹去世，離開了柳鳳英。八月十五，蔡鳴鳳趕回家中，不料自己的妻子朱蓮與屠夫陳大雷鬼混，二人為了能做長久夫妻，朱蓮殺死了自己的丈夫，並指認自己的爹爹見財起意，謀財殺婿，蘄水縣將其父朱老漢屈打成招，關在死牢。事不湊巧，朱蓮與陳大雷謀殺蔡鳴鳳的情形被小賊魏大算窺見。而更夫巡夜又抓住了魏大算。大堂之上，魏大算道出了實情，朱蓮與陳大雷得到了應有的下場。據《黃

〔註 26〕中國戲曲志編輯委員會編，《中國戲曲志・湖北卷》〔M〕，北京：文化藝術出版社，1993 年，第 8、11 頁。

〔註 27〕桂靖雷，《黃梅戲傳統劇目中的孔壟元素》〔N〕，黃岡新聞網，2017 年 5 月 18日。

梅採茶戲志》所記敘的已故採茶戲藝人的回憶，《辭店》中柳鳳英的娘家在柳明家村（今黃梅縣余顯村）。她生前開飯店的地點是距黃梅縣二十里的胡祿橋西頭第一家，死後葬在齊灣山坡上。蔡鳴鳳從蘄水到黃梅做生意就住在她的飯店。「辭店」的故事發生在胡祿橋，蔡鳴鳳辭店時，柳風英從胡祿橋經大河鋪，送到廣濟雙城驛才回頭。黃梅採茶戲藝人桂三元、胡丙榮看過柳鳳英的墳。胡丙榮在民國三十年（1941）首次飾《蔡鳴鳳辭店》中的賣飯女時，還專門到柳風英的墳上燒了香紙。〔註28〕如此一種對戲曲人物籍貫和活動的確指雖然未必實有其事，但卻成為戲曲地方知識的一個構成。

《雙合蓮》是崇陽民間著名的傳奇故事。曾經創作《鍾九鬧漕》長詩的崇陽民間藝人陳瑞兆，也是長篇敘事詩《雙合蓮》的創作者。《雙合蓮》敘述鄭秀英從小經媒人許給了夏家，但她並不愛夏家身殘貌醜的公子。書生胡三保遇見了鄭秀英後，兩人相愛，不顧「父母之命，媒妁之言」，自定終生，用「雙合蓮」（秀英在一方絲帕上繡一朵蓮花和胡、鄭二人的生庚八字，一剪裁開，各執一半）為定情之物。族長鄭楚方以秀英「辱門敗戶欺祖宗」為藉口橫加迫害，將秀英賣給有錢有勢的劉家。秀英堅貞不屈，雖遭毒打，誓不與劉宇卿同榻。劉家又欲將她轉賣，胡三保改名換姓，巧娶秀英。不料真相被劉家察覺，劉宇卿不但劫回花轎，還買通官府，用毒計誣陷胡三保。結果，秀英在劉家上弔自盡，胡三保在牢獄中被折磨而死。這一愛情悲劇實際上並非實有其事，而是陳瑞兆長年挑著小紅爐往返崇陽境地打鐵過程中對所見所聞的提煉加工。據當地傳說，《雙合蓮》編成後，「鄧家族長知道了，到官府告陳鐵匠敗壞鄧家名聲。可是鐵匠早有防備，把鄧秀英改成鄭秀英，鄧家族長才沒奈何他。」〔註29〕因此，《雙合蓮》雖然是藝術加工，但是，它所揭示的家族黑暗卻是扎根於鄂南的現實生活。《雙合蓮》的故事在鄂南民間廣泛流傳，婦孺皆知。1979年，古市公社文化站站長何萬斌邀下放在坳上大隊的知青將流傳民間的長篇敘事詩《雙合蓮》改編成花鼓戲，其後，《雙合蓮》又先後被改編成提琴戲、漢劇搬上舞臺。1984年，咸寧地區文化局授予崇陽縣文化館提琴戲演出隊《雙合蓮》演出百場獎。2009年提琴戲《雙合蓮》又被改編成電視戲劇

〔註28〕桂遇秋、黃梅縣文化局，《湖北省地方戲曲研究叢書·黃梅採茶戲志》〔M〕，北京：中國戲劇出版社，1991年11月，第91～92頁。

〔註29〕楊景崇、崇陽縣文聯編，《雙合蓮·崇陽縣民間長篇敘事詩集·一位傑出的民間詩人——長詩〈雙合蓮〉、〈鍾九鬧漕〉作者初考》〔M〕，武漢：長江文藝出版社，1998年，第26頁。

片《雙合蓮》在中央電視臺 11 頻道播出。

　　黃廷煜（1786～1854）是崇陽歷史名人。黃廷煜，字志升，號致堂，清道光元年（1821）辛巳會試，中第七名舉人。不久，以事見廢。道光六年丙戌科復中舉，揀先知縣，因不滿清政，辭不就。黃生性豪爽，豁達不羈，好打抱不平，劣紳官府亦對其無可奈何。道光二十一年，鍾人傑起義，曾問計於黃，並邀其共舉大事。黃建議：「欲舉大事，必先雉髮」。鍾未採，遂出走江西。黃善書法，通詞賦，遺著有《致堂存草》。咸豐四年（1854）十二月十一日病歿。黃一生言行軼事甚多，廣泛流傳民間，《崇陽民間故事選》上載有 30 餘則。1983 年民辦教師馬東風采黃廷煜故事，創作提琴戲《黃廷煜做媒》，由路口洋港業餘劇團演唱，社會反響熱烈。2014 年民辦教師汪尚兵又創作《黃廷煜傳奇》，由豓陽劇團演唱，亦受崇陽民眾歡迎。

　　湖北地方劇種中取材於「本縣近事」與地方傳奇故事的劇目十分豐富，如取材於清代鄂東地方傳奇故事的《李廣大》（打鑼腔劇目）、《雷公報》（東路花鼓戲劇目）、《蔡鳴鳳辭店》（黃梅採茶戲）；以清代荊襄古道為背景的《王瞎子鬧店》（荊州花鼓戲劇目）、取材於鄂東地方民間傳說的《胡宴昌辭店》（打鑼腔劇目）、《罵囚犯》（打鑼腔劇目，梁山調、燈戲亦有此劇）；以清代江夏發生的一件涉及九名人命案為題材的《九人頭》（又名《武昌傳奇》，楚劇劇目）；以俞伯牙、鍾子期生死之交為題材的《聽琴扳琴》（湖北越調、荊河戲、山二黃、南劇均有演出）；取材於沔陽縣民間傳說的《十三款》（荊州花鼓戲劇目）；以武昌江夏縣班頭夫妻為緝拿逃犯，喬裝成打連廂的民間藝人的民間傳說故事為題材的《打連廂》〔註30〕（天門花鼓戲）；以浠水發生的奇聞、要案為題材的《糍粑案》、《楊二女起解》〔註31〕（楚劇）；以胡金元潛江尋母、報仇雪恨的傳奇為題材的打鑼腔劇目《白扇記》〔註32〕等等。這些戲劇儘管經過加工編造，不再是事件本身，但是，它們仍然保留了事件的痕跡以及民眾加工這些事件所表現出來的感情與價值取向。

〔註30〕1953 年，沈山、楊篤卿、楊雙林等藝人，對《打連廂》進行修改，把「班頭夫妻為捉拿逃犯而喬裝打連廂的民間藝人」主題內容，改為「沙湖沔陽洲，十年九不收」而逃荒流落的夫妻以打連廂沿門賣藝為生。

〔註31〕傳說，楊二女還健在的時候，附近有個草臺班子演《楊二女起解》。楊二女很大度地去看戲，因其內容有些不雅，情節有些誇張。楊二女看後有些忿忿不平地說：「老娘有是有這些事，但沒有那麼多遊詞！」

〔註32〕江漢平原一帶有「五里三臺戲，不離《白扇記》」，「不唱《白扇記》不是花鼓子戲」之諺。

第四節 本地民間神話傳說

　　湖北地方民間神話傳說也往往是湖北地方戲曲上演劇目的題材。

　　董永的故事家喻戶曉。相傳董永是有名的孝子，早在東漢末年，武梁祠裏就有董永行孝的石刻畫像。魏晉時又在曹植的《靈芝篇》裏有了進一步加工，增加了天帝遣神女下凡助董永償債的內容。晉代干寶後來著《搜神記》，對董永故事敘述尤為詳盡：「漢董永，千乘人，少偏孤，與父居，肆力田畝，鹿車載自隨。父亡，無以葬，乃自賣為奴，以供喪事。主人知其賢，與錢一萬，遣之。永行三年喪畢，欲還主人，供其奴職。道逢一婦人，曰：『願為子妻。』遂與之俱。主人謂永曰：『以錢與君矣！』永曰：『蒙君之惠，父喪收藏。永雖小人，必欲服勤致力，以報厚德。』主人曰：『婦人何能？』永曰：『能織。』主人曰：『必爾者，但令君婦為我織縑百匹。』於是永妻為主人家織，十日而畢。女出門，謂永曰：『我，天之織女也。緣君至孝，天帝命我助君償債耳。』語畢，凌空而去，不知所在。」雖然，董永通常以神話傳說人物出現，但是也有學者認為董永是真實歷史人物。董永的故事在民間傳播過程中不斷被改造與更新。唐代以後，董永的籍貫從山東千乘，逐漸轉移至蔡州（唐）、丹陽（宋）、孝感（明）等地。明代正德四年（公元1509年）孝感知縣黃鞏主持修建董孝子墓，並撰《修董孝子墓記》說：「孝感縣舊為安陸地，後置縣，以孝子董永名。」「今縣之董家湖有董父墓，蓋即孝子貸身所營孝。在稍南為孝子墓，與小說合，其殆信然也」。順治《孝感縣志・人物志》中也載「董永，青州千乘人，早喪母，漢靈帝中平黃巾起義，渤海騷動，永奉父來徒」。「以漢末孝子董永故，析安陸縣東境置孝昌縣」。清末民初李承陽著《董永故里》一詩，「董永生於東漢時，賣身葬父感神祇。果然得遇仙家女，故里流傳孝子碑」。詩下自注：「董永故里在孝感縣外半里，道旁有高丈餘碑，正面鐫『漢孝子董永故里』七字。」〔註33〕董永墓在孝感市南2.5公里董湖之濱。現存遺址和清道光十六年（1836）所立石碑兩通。一通中刻「漢孝子董公永墓」。另一通中刻「漢孝子董公永先代之墓」。《中國人名大辭典》把董永列為我國歷史名人載入。在「董永」條下載曰：「董永，後漢千乘人，少失母，奉父避兵，流寓汝南，後徙安陸。」〔註34〕在董永故事的傳播中，小說、戲曲皆

〔註33〕徐明庭、張穎、杜宏英輯校，《湖北竹枝詞》〔M〕，武漢：湖北人民出版社，2007年，第45頁。

〔註34〕臧勵龢等編，《中國人名大辭典》〔M〕，鄭州：中州古籍出版社，1993年，第1311頁。

是重要傳媒。宋元話本有《董永遇仙記》；明代的青陽腔有《織錦記》。至清代，許多地方戲曲劇種都演這齣戲，劇名或稱《槐蔭樹》，或稱《百日緣》。黃梅採茶戲也有《董永賣身》，又名《天仙配》、《七姐下凡》、《槐蔭記》。單折演出有《路遇》、《百日緣》等。

明成祖朱棣大修武當是發生在湖北的著名歷史事件。洪武三十一年（1398），朱棣發動「靖難之役」。為了昭示自己起兵的合法性，朱棣在姚廣孝的謀劃下，力圖證明其「清君側」得到了真武大帝的保佑。《明書·姚廣孝傳》載：朱棣起兵時，「出祭纛，見披髮而旌旗者蔽天，太宗頤之曰：『何神』？曰：『向所言吾師，玄武神也。』於是太宗仿其像，披髮仗劍相應。」其後，「每兩陣相臨，南兵悉見空中『真武』二字旗幟」，「成祖睹其（真武）旌旗於霄漢，而內亂以靖」。〔註35〕朱棣即位後大修真武廟，以報答真武神在靖難時的「顯助威靈」。在敕諭中，他宣稱：「我自奉天靖難之初，神明顯助感靈，感應至多，言說不盡。那時節已發誠心，要就北京建立宮觀，因為內難未平，未曾滿得我心願」。他不僅下令在北京等地大修真武廟，而且以涉歷十四寒暑、「所費錢糧，難以數計」的代價，大修武當山宮觀。武當山最高峰是海拔 1612 米的天柱峰金頂，金頂上有一座 300 噸精銅鑄就的鎦金銅殿，完全仿照北京太和殿樣式鑄造，金殿是供奉真武的地方。傳說，為了暗示自己是真武的化身，金殿裏的真武大帝神像，是根據朱棣的外貌來塑造。故山上流傳「真武神，永樂象」的說法。武當神戲中的《永樂塑神像》，就依據這一傳說而創作。戲中開場，高麗族的姬師傅唱道：「京城下了兩道旨，武當山塑真武帝。天下能工巧匠全都去，大都落個充軍、坐牢，也有人喪了命、頭搬家。我乃姬飛，已接兩道聖旨，今日準備啟程。」由於此前的塑像師傅都慘遭不測，姬師傅一家自然也是哭哭啼啼。第二場，姬師傅見聖駕，與朱棣對話。

姬師傅：啟奏萬歲，天上的真武，小民從沒見過，地上的人又這麼多，能照誰的像去塑呢？這事情實實難辦啊。

永樂：笨蛋！（踩腳）你動動腦筋好好想想。（翹起自己腳）他們都說我的腳大，算命先生也說我腳大江山穩，依你看呢？

姬師傅：（靈機一動，背過身暗想）難道皇帝叫我塑他嗎？

（趕緊又轉面）啟奏萬歲，你有一雙天下無比的貴腳！小的想用皇上的貴腳作樣子，不知皇上意下如何？

〔註35〕（明）慎旦、賈如愚撰，《大嶽太和山志》〔M〕，王佐·卷首·序。

永樂：那你就看著辦吧！

（姬師傅抬起頭來，細細觀察永樂神情）

（唱）見君王舉止我心明，言語明朗早提醒。雖然他剛才洗過澡，披頭散髮打赤腳。真武大帝像怎樣塑，手摸腦門笑飛舞。我這裡主意已拿出，仿照永樂塑真武！

（起身，大步走，理直氣壯小遊場，下）

神像塑好後，永樂前來觀看。

永樂：塑得好。好極了，妙極了，妙……

為王觀賞畢真武新神像，倒叫孤王我喜心上。內侍巨拿來尖刀一把，剪己鬍鬚黏到真武下巴。從此後，王本是人間的王，到天宮又是那天上的神仙！哪一個若再敢反對我，管叫他一命即到亡、魂飛赴陰曹。〔註36〕

武當山地區流傳真武崇拜，由此孕育大量關於真武大帝的神話。武當神戲中《磨針井度真武》、《太上老君送仙丹》、《觀音度真武》、《把門將》都是以真武神話為題材。《爺孫說武當》則唱道：「武當祖師是水星，駕坐武當火山上。監察人間善與惡，莫讓百姓受折磨。」《太白勸靈官》也是以武當神話為背景，表現靈官「身在武當山」，看到人間不平事甚多，頗為惱怒，「手執金鞭要打死天下妖邪」。後太白金星加以勸說：「除惡除奸到處死了盡，世上還剩幾多人？俱是積德子弟能居官？天下若無小人誰種地？都去坐轎誰人抬？誰當奴役誰當差？誰人來世變牛馬？誰人扛輕擔重去打柴？十八層地獄和那刀山，滾滾油鍋放著也是閒。陰司受苦何為遲？來生變畜不為晚！也有少年不知己過，也有老年才能變賢。為人能改過，與他再有何冤？」靈官自省「我是粗人看得近，太白文才看得遠」，遂放棄了打盡天下惡人的想法。太白金星的理由雖然混亂，但是也表現了民眾對壓迫逆來順受和認同惡人存在的邏輯。此外，《三打黃桂香》（均州黃峰柳莊婆母虐待兒媳，兒媳有孕，懷中乃狀元之才，玉帝差太白暗中保護，後經劉大媽相勸，全家和睦）《土地爺賭妻》（青塘嶺的土地經常和白廟的土地一起賭博，後來還把土地奶奶輸給了白廟土地。土地用以毒攻毒之法，整治了好賭成性的倆土地）《使的老娘攆豬》（兄弟倆上武當朝爺，老母親烙饃給他們做乾糧。哥哥心眼壞，不想要老母親吃饃，見饃烙好了後，把豬欄柵打開放跑了家裏的豬，又叫母親去攆豬。趁母親出門，趕緊把饃

〔註36〕李娜、李征康著，《青塘「武當神戲」藝人口述劇本集》〔M〕，武漢：湖北人民出版社，2016年2月，第190～191頁。

背上去朝真武，結果一嘴沒吃卻變成跛子跑不動，還如豬一般用嘴拱），也都是以武當地區的神話傳說為題材，為當地民眾喜聞樂見。

恩施三岔是「儺戲之鄉」。儺戲廣泛流行於安徽、江西、湖北、湖南、四川、貴州、陝西、河北等省。但在不同地區也打上本地的文化印記。

2017 年 8 月 23 日筆者在恩施三岔鄉採訪：

項目負責人：請問你們這裡的儺戲供奉的是什麼神？

鄧永紅〔註37〕：主要是儺公儺母，還有些供奉的是張五郎，小山太子。張五郎是土家族的獵神。這就涉及到土家族的歷史了。

文化印記就是這樣不經意的出現在戲曲中，只有細察才能深入到它的地方文化的根坻。

第五節　主家祖先事蹟

民間劇團在鄉間演出，往往應主家的要求，根據主家講述的祖先事蹟，臨時創作，隨場發揮，歌頌主家事蹟，表達主家對祖先的紀念。2018 年，筆者採訪仙桃一家班劉修玉，他講述了這一情形。

訪談對象：仙桃花鼓戲藝人劉修玉

項目負責人：您在唱荊州花鼓戲的時候，有沒有演唱的內容是當地的一些故事？

劉修玉：當地內容入戲基本都是人家要求。我們去演出時，他們講一些故事，這個故事是他們自己家族的有名望的人。當然死了很多年了，就是把他家裏炫耀一下，是他們家的祖宗的故事。他一邊說，我們一邊記，然後，就分派角色，你演什麼我演什麼。這個叫做「水戲」。一般都是當地村裏的、家裏的事情。

更典型的情形就是根據祖先事蹟創作劇本，其代表作就是崇陽提琴戲劇團汪吉剛創作的《汪尚書傳奇》。

《汪尚書傳奇》的主角是崇陽著名的「父子尚書」汪文盛與汪宗伊。

《明史》卷 198 載汪文盛事蹟：「汪文盛，字希周，崇陽人。正德六年進士。授饒州推官。有顧嵩者，挾刃入淮王祐棨府，被執，誣文盛使刺王。下獄訊治，久之得白，還官。事詳《淮王傳》。入為兵部主事，偕同官諫武宗南巡，

〔註37〕鄧永紅，恩施市三岔鄉文體服務中心主任。

杖闕下。嘉靖初，歷福州知府，遷浙江、陝西副使，皆督學校。擢雲南按察使。十五年冬，廷議將討安南。以文盛才，就拜右僉都御史，巡撫其地。黔國公沐朝輔幼，兵事一決於文盛。副使鮑象賢言剿不如撫，文盛然之。會聞莫登庸已篡位，安南舊臣不服，多據地構兵。有武文淵者，據宣光，以所部萬人降。獻進兵地圖，且言舊臣阮仁蓮、黎景瑈等皆分據一方與登庸抗，天兵至，號召國中義士，諸方並起，登庸可擒也。文盛以聞。授文淵四品章服，子弟給冠帶。文盛又招安南旁近諸國助討，皆聽命。乃奏言：『老撾地廣兵眾，可使當一面。八百、車裏、孟艮多兵象，可備徵調。酋長俱未襲職，乞免其保勘，先授以官，彼必鼓勇為用。』帝悉從之。文盛乃檄安南所部以土地歸者，仍故職，並諭登庸歸命。攻破鎮守營，方瀛救之失利。登庸部眾多來附，文盛列營樹柵蓮花灘處之。蓮花灘者，蒙自縣地，當交、廣水陸沖，為安南腹裏。登庸益懼，請降，願修貢，因言黎寧阮氏子，所持印亦偽。文盛以聞，朝議不許。既而毛伯溫至南寧，受登庸降如文盛議，安南遂定。是役也，功成於伯溫，然伐謀制勝，文盛功為多。及論功，伯溫及兩廣鎮巡官俱進秩，而文盛止賚銀幣。奸人唐弼請開大理銀礦，帝許之。文盛斥其妄，下之吏。召為大理卿。九廟災，道病，自陳疏少緩，令致仕。卒，賜恤如制。」〔註38〕

《汪宗伊傳》附於《汪文盛傳》後。「從子宗伊，字子衡，為文盛後。嘉靖十七年進士。除浮梁知縣，累官兵部郎中。楊繼盛劾嚴嵩及其孫鵠冒功事，宗伊議不撓。忤嵩，自免歸。隆慶初，起南京吏部郎中，歷應天府尹。裁諸司供億，歲省民財萬計。萬曆初，進南京大理卿。三遷戶部尚書總督倉場，致仕，卒。天啟初，追謚恭惠。」〔註39〕

汪文盛諫武宗南巡被杖，出知福州有惠政，又於安南之役中伐謀制勝；汪宗伊因暗助楊繼盛彈劾嚴嵩以及孫，自免歸，又於應天府府尹任上裁減供給，減免每年百姓財稅。皆是有功於社稷有功於民，故明穆宗時，朝廷敕建墓地，皇帝御題碑文，合墓葬崇陽路口洋港，惟文化大革命御碑受損。墓地猶存。

崇陽縣天城鎮人汪吉剛，是汪尚書第 14 代孫。早年曾創辦過鄂南文武學校，後研習中醫、針灸，開了一個中西醫診所。他在坐診接診之餘，從汪氏族

〔註38〕許嘉璐主編；章培恒、喻遂生分史主編；（清）張廷玉編纂，《二十四史全譯‧明史》〔M〕，上海：漢語大詞典出版社，2004 年，第 3949 頁。

〔註39〕許嘉璐主編；章培恒、喻遂生分史主編；（清）張廷玉編纂，《二十四史全譯‧明史》〔M〕，上海：漢語大詞典出版社，2004 年，第 3950 頁。

譜和同治五年的崇陽縣志等檔案資料中採集關於汪尚書的史事和故事，再加他從小特別愛看提琴戲，於是以提琴戲劇本臺詞編著成《汪尚書傳奇》上、中、下三部。雖然其劇本中內容是從傳奇演繹，但是汪氏「父子尚書」並非僅僅是汪吉剛的祖先，還是崇陽的名人、鄉賢，因此，這一劇本的創作，受到崇陽各界的表彰。崇陽縣提琴戲協會甘伯煉、程日新及通城縣政協副主席汪金甫等老先生皆為之站臺。《汪尚書傳奇》劇本完成後，自 2014 年 8 月份開始，由天城提琴戲劇團率先排演，並在崇陽縣第九屆提琴戲劇節上公演，先後在周邊鄉鎮演出四十多場次。

　　王應斗也是崇陽名人。王應斗（1594～1672），字天喉，號北垣，別號萬松居士，路口下岩後岔畈大屋王家人，明萬曆四十三年（1615），乙卯科舉人。天啟二年（1622），壬戌文震孟榜進士，授鄱陽令。崇禎元年（1628），考選雲南道監察御史。崇禎三年（1630）被誣陷入獄百天，後奉旨獲釋回家。崇禎十五年（1642），上諭起天下廢臣，訛傳已死，遂不得召。南明加授在籍老臣任沖邊巡撫。永曆二年（1648）秋，任兵部侍郎，總督湖北山寨義旅，因路阻未赴任。曾參與康熙庚戌《崇陽縣志》纂修。著有《晴雪軒制藝》、《湛輝閣草》、《凌滄草》、《續凌滄草》、《怡雲草》和《續怡雲草》等多部詩文集。歿後葬路口鎮下岩後岔畈，墓門鐫有自題聯：「世間不老唯山水，吾輩長留賴子孫。」2010 年王氏宗親聯誼會為弘揚先祖事蹟，請城關中學退休教師王亞平以王應斗任雲南巡撫時破獲的一起殺人命案為素材，創作歷史劇提琴戲《耳環記》，由實驗劇團在全縣演出百場（次），並參加第八屆提琴戲劇節演出。

　　以主家祖先事蹟入戲也是當地文化的一部分。主家通過光宗耀祖，抬高自家的地位，進一步打造鄉賢，塑造地方文化。

第六節　本地方言、俗語、風物、地名

　　湖北地方戲曲的湖北元素多種多樣，湖北地方題材的劇目只是湖北元素的一部分。在湖北地方戲曲中，我們還可以發現大量本地方言、俗語、風物入戲。

一、本地方言

　　方言是地方戲曲的靈魂。對於方言與戲曲之間的關係，馬彥祥在上個世紀三十年代就有論述，他精簡的指出：「戲劇中所謂各種腔調是以不同的方言去

演唱的。」〔註40〕Colin Macbazzas 亦稱:「中國戲曲的區域差異主要是因各地方言的不同造成的。」〔註41〕方言是各個地域社會自然形成的語言,方言具有鄉土性,由方言延伸出來的聲腔,由聲腔發展出來的音樂與戲曲,對於土生土長的各地老百姓來說,具有得天獨厚的鄉土魅力。

湖北方言豐富複雜,雖然中西南官話是主體,但山前山後語言不同、水系兩岸方言各異,造就了五彩繽紛的民間戲曲音樂。武昌與鄂州地界不足 40 公里,與咸寧不足百公里,語言卻大相徑庭,完全聽不懂。鄂州版圖是三葉形狀,地處長江中游南岸、語言受他方影響較大,屬江淮官話黃孝片(楚語區)。受西南官話影響、贛語區影響,也成三葉狀。廟嶺西接武漢,有西南官話的元素,東南與黃石、大冶相連,贛語成分很重,東北和北面與黃岡隔江相望,有黃孝語音色彩。咸寧、大冶、陽新屬於贛語區,就是江西話,據史記載,咸寧人是古代從江西遷移過來的。隨州西南官話,也形成了自身特點。襄陽、十堰一帶靠中原官話。武漢周邊等地屬於西南官話楚語區。

各地方言決定了劇種的風格,他鄉語音與當地土話相結合,就形成了自身的劇種語言特點。

荊州花鼓戲是湖北第三大戲種。以江漢平原流行的方言為聲腔。因此,在本地的戲曲場域中,荊州花鼓戲占絕對的主流地位。筆者曾採訪原仙桃市市委宣傳部領導、仙桃花鼓戲劇團領導、仙桃花鼓戲的非遺傳承人,他們都不約而同,一致強調方言唱腔對地方戲曲的重要性。

訪談對象:原仙桃市市委宣傳部領導劉純文、仙桃花鼓戲劇團團長劉錦

劉純文:京劇漢劇楚劇在我們這裡都不行,沒有市場。

劉錦:這就是我們的地方文化。

劉純文:他的唱腔我們聽不懂,唱詞聽不懂。

訪談對象:仙桃花鼓戲劇團國家級傳承人潘愛芳、省級傳承人魯美姣

項目負責人:為什麼荊州花鼓戲在這裡這樣受到歡迎?

潘愛芳:還是它的鄉音。這幾個地方語言是相近的,你在浙江那邊就不一樣了。他去講我聽不懂,我講他也聽不懂,現在文化開放了以後,人民的視野

〔註40〕馬彥祥,〈秦腔考〉〔J〕,《燕京學報》,1932 年第 11 期。轉引自《宋元明清戲曲研究論叢》,存萃學社編集,香港:大東圖書公司印行,1979 年,第 340〜356 頁。

〔註41〕(美)Colin Mackerras,蘇友貞,〈中國地方戲劇在明清兩代的發展〉〔J〕,《中外文學》,1976 年第 7 期,第 52 頁。

也開放了，基本上聽得懂，但是不是他的鄉音，聽得不過癮，他要聽哎子呦這些東西過癮一些。

魯美姣：我們這個地區唱花鼓戲吃得開，唱楚劇吃不開了。觀眾不喜歡聽楚劇了。

潘愛芳：一到黃陂那邊就喜歡聽楚劇了，地方語言的問題。

即使在荊州花鼓戲這個共同名稱下，不同地域的花鼓戲〔註42〕也方言各不相同。

訪談對象：仙桃花鼓戲劇團國家級傳承人潘愛芳、省級傳承人嚴愛軍、魯美姣

魯美姣：唱花鼓你要把你的花鼓戲字讀準，要字正腔圓，我是沔陽話就說沔陽話。

項目負責人：分沔陽話、天門話？

潘愛芳：是一個劇種，但是從音準上面是有區別的，天門那邊和潛江花鼓戲劇團和我們都有稍稍的區別。一個地區有鄉音和口音不一樣。

魯美姣：我們統一都說仙桃話和沔陽話為準。

嚴愛軍：仙桃、彭場、沙河，通順河這一條的口音是沔陽的正宗話。〔註43〕

楚劇的唱腔以黃陂語音為基礎，由黃（陂）漢（口）兩種語音相結合。漢口語音跳度大、力度強，黃陂語音柔和婉轉。兩者結合，和諧自然。

武穴文曲戲劇團的前身是原廣濟縣漢劇團，演員習慣性的用「漢白」唱文曲戲，觀眾普遍不滿意，嘲笑是「講著武漢話，唱著文曲腔」。二十世紀八十年代初，該劇團改編了一齣傳統戲《蘇文表借衣》，用武穴官話結合「漢白」作為舞臺語言，得到觀眾認可。自此，武穴文曲戲在語言道白上形成「地方音、中州韻、武穴官話」的原則。

2017年8月17日，筆者在荊州市群藝館採訪，該館非物質文化遺產辦公室趙雲鵬主任專門談到荊河戲的語音問題：

趙雲鵬：區別地方戲，怎麼區別？就是語音，就是地方話。劇目是一樣的，文字相同，劇本相同，發音語音不一樣，咬字不一樣，聲腔就不一樣。武漢人的地方話和沙市的地方話，外行人一聽，都是一樣的，其實沙市的地方話

〔註42〕荊州花鼓戲旗下，有七個專業劇團：潛江花鼓戲劇團（即省直院團），仙桃花鼓戲劇團，天門花鼓戲劇團，荊門花鼓戲劇團，監利花鼓戲劇團，洪湖花鼓戲劇團，京山花鼓戲劇團。

〔註43〕2013年在仙桃對花鼓戲的調研訪談記錄。

和武漢的地方話是兩碼事。

項目負責人：剛才老太太的唱詞咬字就很硬氣。

趙雲鵬：對，比如說你講沙市話，一旁武漢人講武漢話，區別就比較大。

項目負責人：荊河戲裏面的方言真的就是荊州沙市的？

趙雲鵬：澧縣的荊河戲和我們沙市的荊河戲不一樣，你說湖南話我說湖北話，同樣一個調你用湖南話唱，我用湖北話唱，唱的就不一樣了，因為咬字不一樣啊。所以，湖南的荊河戲來沙市演出，有一項叫「洗口」，就是你要來沙市，就必須用沙市方言，否則不承認你是荊河戲。你要是用湖南話來唱荊河戲，我就不認你。〔註44〕

其他戲曲也莫不如此，如山二黃唱念語言基本為鄖陽地區的方言，而襄陽花鼓戲則採用襄陽地區通行的襄樊話演唱。隨州花鼓戲的唱念語音早期比較雜亂，後漸統一使用隨中方音。南劇以「老漢劇為根本」，「用地方語音演唱」。〔註45〕

二、地方俗語

地方戲的特色，不僅以地方語音發展為聲腔，而且大量以地方俗語入戲。漢江師範學院中文系副教授李娜做了一個很有價值的工作。她從語言學的角度研究青塘老藝人口述的武當神戲劇本，列出本地方言詞彙，如佲（相處）、蛋球（無關緊要）、上門（「上邊」或「上面」）、下門（「下邊」或「下面」）、故意兒（故意，但作多化發聲，語氣加重時，「故」和「意」之間還加上罵人的字眼）、上起（做罷、完工）、奏腔（搭腔、回應）、戰六六（未必妥當，六讀輕聲或者陰平）、燒氣鼓（黃腫病，偶而用來諷刺心眼狹小）、斷（混淆等同「擔」）、死了（死成）、親家（相好的）、眼氈毛（眼睫毛）、姑姑（尼姑）、他媽的腿（也作你媽的腿，無賴之人與潑辣之徒的口頭禪）、稀奇（喜歡、珍愛）、引（當地百姓不說「生孩子」，常常說「引娃子」，「生男生女」也說「引個兒娃子還是女娃子）、那門（那邊或「對門」）、涼心（良心）、撕抓（拉扯、用在家務事上，大多形容女性或未成年人，言外之意是說對方「蠻不講理」）、肋巴（肋骨）、一股抓（多形容「一串串」「一把把」等）、外爺（姥爺，念作「wei 爺」）、板眼（辦法、法子）、排場（漂亮、端莊。用來修飾人的時候，流

〔註44〕2017 年 8 月 17、18 日在荊州對當地戲曲的調研訪談記錄。

〔註45〕盧海晏等，〈南劇〉〔J〕，湖北省戲劇工作室編，《戲劇研究資料》第 5 期，1982 年 12 月。

露出調侃意味）、糊塗（糊糊，在本地，老百姓喜歡用各種糧食粉攪拌成稠的或稀的「糊塗」當作早飯或晚餐。「糊塗」內常放些剁碎的酸菜或青菜以調味拌色，單純作為主食的話，還可以放點「乾的」，比如紅薯或土豆等）、發著（發酵或孕育）、害話（壞話）、劃不著（不划算）、美氣（合適、美麗、妥當）、把（相當於「給」「給予」）、好（念去聲，可以表示「經常」「喜歡」等意。語用中，常常暗含貶損或鄙視色彩）、狗球方（本地方言中罵人的話，潑婦常用）、噔噔蛋（形容人迷糊或愚笨，調情時，則有親昵的取向）、蛋雞巴（形容無聊、扯淡，男性常用，偶而潑婦也用）、橫橫拌拌（形容「蠻橫霸道不講理」）、搞涼了（弄感冒了）、剿（騙）、媽媽（本地方言中，常指「乳房」）、搪稀（指瞎攪合、胡亂扯）、擺治（整治或調教）、二球（笨蛋、傻瓜）、挑泥（挑刺，也可以理解為「讓我幹活」，經常用於男性調戲女性占其便宜的場合）、招呼（除去本意，也指「當心」「留意」）、吃鱔魚的（形容胃口大，貪得無厭）、格架（作動詞，描述火鉗或類似的工具開合的動態效果）、鬧茶飯（指懷孕）、正般（相當於合適、正經）、親由（相當於好久，其後常跟否定性詞語，表示「好久沒有」「長久不」）、好點（好地方、好人家、好人）、這們（相當於「這」「這麼」）、叫（相當於「把」或「給」）、跟大舅子一樣（意思是「整理得有模有樣」，多有調侃語氣）。〔註46〕

再如楚劇「開門接彩」，由一個外角（多半是丑角），先唱一段四平腔：

玩了一場又一場，

劉秀十二走南陽。

陳、彭、馬、武雙救駕，

二十八宿鬧昆陽。

我在外面七剜八搭，

丟下老婆守活寡。

「七剜八搭」就是黃孝民間的土語，意即東奔西走謀生活。

南劇的唱詞和道白裏也有大量的方言土語。如《八義圖》程嬰唱：「私藏孤兒你不報，大人王法不留情，手持皮鞭將你打，你可不能胡言亂語絆扯好人」、「絆扯」是誣陷之意，當地土話；《討荊州》裏周瑜唱：「魯子敬過江東來把陣擺，慶鳳雛獻連環自有鋪排。」「鋪排」是「安排」之意也是土話；《孔明

〔註46〕 李娜、李征康著，《青塘「武當神戲」藝人口述劇本集》〔M〕，武漢：湖北人民出版社，2016年。

拜燈》中諸葛亮唱：「仰面長歎衝霄漢，司馬懿可算得將中魁元，我令人送花冠將他作賤，反與來人酒席餐」。「作賤」是譏諷之意；《平貴回窯》裏王寶川唱：「……倘若你娘身死後一埋埋在大路邊，請幾個岩匠把碑鑽，你娘的名字占中間」，「岩匠」就是「石匠」；《梅龍鎮》李鳳英唱：「海棠花，海棠花，卻被軍爺取笑噠」。「噠」是「了」。上路戲《殺狗驚妻》也有大量鄂西方言，如「搓磨」（折磨），「變得徹沙！」變不贏的意思，「狗肉烘齋」等。又如：《首陽山》裏，伯夷、叔齊「不食周栗」，而在山上吃「松子」（松樹籽）。《奪三關》中雷正楷唱：「……馬摘鑾鈴足包棕……」「棕」是鄂西農村的「棕樹」，以往，貧苦農民冬天以棕皮裹足。《三搜索府》中施仕倫唱：「天子不准我的本，我……身背犁頭去種田」。《花園激將》中穆桂英唱：「……天門陣賊子打敗陣，殺死的雞兒又還魂」。「犁頭」「殺死的雞兒又還魂」都是土話。《武家坡》中王寶釧和薛仁貴對唱：「王：奴問他安然，薛勇：倒也安然。王：三餐茶飯，薛勇：小軍造。王：衣服爛了，薛勇：自己連。」「連衣服」即縫衣服，也是典型的鄂西土話。〔註47〕

方言語音俗語是地方文化的密碼。如果不能理解它們，就無法進入地方文化的堂奧。這些方言語音俗語進入戲曲，既成為地方戲曲具有鮮明鄉土特徵的要素，也打造了地方戲曲與地方文化的水乳交融的聯繫。

三、湖北風物地名

以湖北風物地名入戲，也賦予湖北地方戲曲濃鬱的鄉土文化特色。

「武當神戲」有一個劇目《賈金蓮回河南》，主要劇情講述河南婦女賈金蓮，與本地男王金川結婚，生得一兒一女。當地連年遭受天災，一家人無法度日，王金川把賈金蓮賣給了異鄉人李起三為妻。賈金蓮遠離故土，甚為思念老家兒女。她趁李起三出外討賬之機，化妝逃往家鄉。此時，賈金蓮業已懷有身孕。太白金星算得此子將來乃人間狀元，於是幻化為一艄公親自護送，並認了金蓮為義女。船抵達河南，太白方始別去。劇中，太白金星「掐枝藕葉，變為寶舟」，送賈金蓮回河南。舟上，太白金星問金蓮：吃的什麼菜？金蓮回答：刀切成片片，筷子戳成眼眼。太白金星說：乾女，那是藕，那是燉肉的白蓮藕。藕是湖北的特產。湖北人到外鄉，藕是念念不忘的湖北物產。湖北人對外鄉人的驕傲，也往往是湖北的藕。有一篇博客《湖北人對藕的狂熱》，深情的

〔註47〕盧海晏編著，《南劇》〔M〕，北京：民族出版社，2003 年，第 92 頁。

寫道：「想家了，想喝粉藕湯了。說湖北人對藕的吃法和感情，真的是一言兩語說不完。」《賈金蓮回河南》專門提到藕，講到藕葉（荷葉）；講到藕備餐時的形狀以及食藕的方法，濃鬱的湖北味兒迎面撲來。《賈金蓮回河南》還以湖北地名入戲：船沿漢水往河南方向行進，賈金蓮問：但不知前面什麼地方？太白金星：回子嘴裏銜把刀——沙洋（諧音「殺羊」——筆者注）。船繼續前行，賈金蓮又問：乾伯，前面什麼地方？太白金星：王母娘娘擺盤子——仙桃鎮（意指蟠桃會——筆者注）。船繼續前行，賈金蓮又問：乾伯，前面什麼地方？太白金星：百果石掉到江裏——樊城（「城」諧音「沉」，「白果石」未考為何物，推其意，寓意「煩」，故稱「煩沉（樊城）」）船繼續前行，賈金蓮又問：乾伯，前面什麼地方？太白金星：兩個老婆打哈欠——河口（合口）。以上戲詞，將湖北地名以及地方歇後語入戲，讓本地人特別感到親切。

　　荊州花鼓戲有個劇目叫《掐菜薹》，一名叫段鳳的女演員扮演《掐菜薹》中的丫鬟，有一個與眾不同的表演，她雙手牽起繫在腰間的長絲帶，在唱到「喥、喥、喥喥依哆哆……」時連唱帶做，配合動作閃三下，全場觀眾鼓掌歡笑。段鳳藝名真鳳凰。人們把她與當時也同樣出名的藝人曾三字和沈四比較，稱「南三（曾三字）北四（沈四），趕不上鳳凰閃翅（段鳳）。」段鳳之出名，固然是因為演藝高超，但和她演的劇目《掐菜薹》不無關係。菜薹是湖北名產，從唐朝起，菜薹便作為貢品，給皇室食用，並獲得「金殿玉菜」的封號。湖北人幾乎沒有不喜歡吃菜薹的，千里迢迢，對故鄉的想念，往往離不開菜薹。正是這份情感，使湖北的觀眾，倍加喜歡《掐菜薹》這齣戲以及演這齣戲的演員。〔註48〕此外，由江西弋陽腔發展出來的清戲，其劇本《探親》中，鄉里親家母探望城裏親家，帶去的禮物，除南瓜、扁豆外，還有「蕎麥麵的窩窩糖包心」，也和地方民俗小吃特色有關。〔註49〕

　　在取材本地故事的湖北地方戲曲中，湖北地名經常可見。於老四串戲中的《趕會》唱道：「蘄州城趕廟會酬神許願」。《蔡鳴鳳辭店》寫蔡鳴鳳與招商店胡翠花姘居的故事。這齣戲有多地版本。南昌採茶戲唱蔡鳴鳳「家住湖廣蘄州小縣」；武寧採茶戲唱他「住在黃岡小縣」。《站花牆》中，小姐：「叫道童。」公子：「小姐有何話言？」小姐：「家住哪裏名叫甚？」公子：「家住湖

〔註48〕魏澤斌等，〈荊州花鼓戲建國前的女演員〉〔J〕，湖北省戲劇工作室編，《戲劇研究資料》第 16 期，1986 年 6 月。

〔註49〕李繼先，〈清戲〉〔J〕，湖北省戲劇工作室編，《戲劇研究資料》第 5 期，1982 年 12 月。

廣應山城。」小姐：「你在應山哪門住？」公子：「我住應山城西關」。《毛子才滾燭》《毛子才落店》兩折戲，開場就道明毛子才的籍貫和習性：「家住孔壟筷子街，取名叫做毛子才。百般活兒我不做，天天總想抹紙牌。若有幾天冒抹牌，十個指頭癢起來。」「家住黃梅燕子街，我名就叫毛子才。因為在家愛抹牌，又被李氏趕出來。」黃梅採茶戲《烏金記》中陳璉唱：「書班帶路黃梅縣，孔壟不遠在面前。來到孔壟用目看，一半旱路一半搭船。書班帶路小池趕，來此不覺大江邊。」鄖陽花鼓戲劇目《何氏勸姑》中，有一個唱段《表家鄉居住在麻邑河坡》，麻邑即湖北麻城。黃梅採茶戲《反順想》、《打瓦》、《過界嶺》《於老四充軍》及楚劇《黃氏勸解》、東路子花鼓戲的《上竹山》等六折戲都提到了竹山，《大清一統志》載：「考田山在黃梅縣北三十里，其西有大竹山、小竹山」。《過界嶺》中的界嶺，即黃梅縣與蘄春縣交界的西界嶺。《拜年》中於老四唱道：「家住四祖一天下。」四祖寺是黃梅著名的禪宗道場。一天門即進入四祖寺的第一個小集。這些戲曲中的湖北地名令湖北人感到親切，真切的感到事情就發生在身邊。

恩施是土家族聚居的地方，當地南劇的演出在化妝造型上往往沿襲土家習俗。土家族的弔角長帕子、農村生活中的圍腰、兜兜類土家特色穿著，在南劇生、旦、丑等戲裏角色中常用。有些道俱如背簍、板凳、菜刀等，多直接從民間借用。如《巴九寨》中的巴老頭勒弔角絲帕，身穿青色短衣，腳纏裹帶，腰套單刀。《柳二姐趕會》裏的柳二姐身穿大短袖，勒弔角帕子這都是土家族的裝扮。就是如《打漁殺家》、《刺孫策》、《打店招親》、《盤絲洞》這些傳統漢族劇目，裏面的人物裝束，也往往土家化，頭勒弔角帕子。〔註50〕面對這樣的化妝造型，當地民眾和劇中的人物一下子拉近了距離。劇情成為了生活中的一部分。

第七節　湖北地方戲曲中的地方音樂元素

地方音樂是地方戲曲的核心要素，它和地方語音一起，構成地方戲曲的形態和面貌。

湖北地方戲曲劇種有 23 種，分屬四大聲腔系統：高腔、皮黃腔、打鑼腔、梁山調。圍繞這些劇種與聲腔中的地方音樂元素問題，筆者對前湖北地方戲劇院院長李道國，湖北省非物質文化遺產「浠水民歌」傳承人葉小青進行了專

〔註50〕盧海晏等，〈南劇〉〔J〕，湖北省戲劇工作室編，《戲劇研究資料》第 5 期，1982 年 12 月。

訪，他們分別就湖北地方戲曲的音樂底色以及湖北四大聲腔中最有影響的皮黃、打鑼腔的湖北音樂元素進行了解答。〔註51〕

一、湖北地方戲曲的音樂底色

所謂「音樂底色」，即最基本的音樂風貌。回答這個問題，需要從中國戲曲音樂的「三形」分布說起。

所謂中國戲曲音樂「三形」，即「徵」「羽」「宮」三種音樂形態。而徵羽宮「三形」的分布，是依一定條件必然存在的。

從黃河中下游直到長城以南的中原人群，大都崇尚徵形開朗、豪放、遼闊、明亮的風格和宮調剛勁挺拔的氣質。從北方的民歌到梆子腔大都如此。這一地區的民間音樂中，幾乎聽不到羽形調式。當然，自漢唐以來，在士大夫文人與宗教音樂中，接受了不少外族傳入的羽形調式音樂的元素，至今仍不同程度地顯現在宋詞、南北曲、諸宮調、崑曲、高腔與宗教音樂中。但它們和民間的「鄭衛之音」長期沒能並軌。

北京是金元以來歷朝的都城，是政治經濟文化的中心。同北方兄弟民族頻繁的交往中，融進了北邊兄弟民族的羽形調式音樂，使原來的徵與宮音樂，出現了色彩的變化。

以上音樂主要屬於北方的兩句體結構。兩句體便於多變，因此北方也成了富於戲劇性的板式變化體的故鄉。

長江下游和南國，進入到多色彩的南方區。特有的 A＋B＋C＋B'，即起承轉合四句體的徵羽形民歌相當普遍。《孟姜女》則是代表，因此也就成了富於歌唱性抒情性的越劇主要腔調的源頭。《梁祝》小提琴協奏曲的主題更做了最好的表述。贛南採茶戲的《送表哥》（後改編成《十送紅軍》），廣西彩調《劉三姐》的主要歌曲等，都屬於這一類型。

湖北北鄰豫陝，南接湘贛，西靠重慶，東鄰安徽。廣東說湖北是北方，河南說湖北是南方。湖北的地理位置不南不北、既南且北。更值得驕傲的是，湖北是楚文化的發祥地，楚是當時華夏大地上文化最燦爛輝煌的諸侯國，楚文化曾經是全世界文明的最高峰。

湖北氣候宜人，土地肥沃，物產豐富，人傑地靈；既有廣大的漢族人群，又有鄂西南土家族、苗族等民族兄弟；既有北方人的粗獷、豪爽和耿直，又有

〔註51〕本節係根據李道國與葉小青先生的談話及筆記等整理，並得到二位先生的首肯。

南方人的細膩、委婉與柔情。地靈方能人傑，人傑必能樂興。

《毛詩序》曰：「詩者，志之所之也，在心為志，發言為詩，情動於中而形於言，言之不足，故嗟歎之，嗟歎之不足，故詠歌之……」從「言之」到「詠歌之」，說明不同的語音聲調，能制約不同的旋律風格與音樂特色。時至今日，漢水中上游的鄂北人群仍屬中原官話區，音樂也重北方的徵、宮和徵宮。鄂東北大別山西南麓地區屬楚語方言區，而靠河南處，仍有中原官話的影響。鄂東南幕阜山到鄂東南的長江南岸，屬「贛語方言區」。而從漢水下游入長江處（漢口），直到鄂西南的土家族苗族自治州的大片地區，屬彼此大同小異的西南官話。

不同的地區，不同的勞動生產和生活習俗，不同的人群秉性，不同的語音聲調，必然創造出不同的音樂。因此，湖北成了南北音樂色彩的交融區。南北有的湖北大體都有，湖北有的，別處卻不一定有！豐富而獨特的音樂色彩，促成湖北對我國戲曲聲腔的形成和發展做出了特殊的貢獻。

二、皮黃聲腔系統的音樂特色

《中國戲曲通史》說：「西皮腔興起於湖北，但它……是外來聲腔，即梆子腔在當地演變形成的。一般認為梆子腔是由山陝地區傳到了湖北襄陽一帶，形成具有地方特色的襄陽腔，後來再經湖北藝人的豐富加工成了西皮腔。」〔註52〕那麼，梆子腔是如何「形成具有地方特色的襄陽腔」的呢？湖北藝人又從哪些方面「豐富加工成了西皮腔」的呢？回答說：是湖北民間音樂。

當今河南與湖北都有越調。河南越調，從周口地區越調劇團演出《諸葛亮弔孝》的音像看，都是徵、宮與徵宮交織形音樂，基本上沒有羽形音樂。而且生旦同腔，都屬宮調式。風味近似豫劇。湖北的襄河越調是 la / mi 定弦，有大量羽形三音列的旋律。劉正維老師 1979 年於湖北鍾祥錄製了當時已經 60 開外的老藝人演唱和伴奏的湖北越調（以下統稱襄河越調）。從比較中發現，襄河越調一方面有別於河南越調，另方面卻近似漢調西皮。關鍵就是融進了大量羽音三音列。

可換言之，襄河越調不同於秦腔、豫劇與河南越調，而更像漢調【西皮】。難怪雲南滇劇就將【西皮】叫【襄陽】腔。關鍵就是湖北人將它融進了中原少

〔註52〕張庚、郭漢城主編，《中國戲曲通史·下》〔M〕，北京：中國戲劇出版社，2006年，第 247 頁。

有的羽音三音列。先形成了襄河越調，再形成了【西皮】腔。

那麼，湖北的羽音三音列是如何來的呢？看看湖北特有的應城民歌《媽吶》。

譜例1：

可以發現，這個「ＡＢＣＢ」四句體民歌，與《孟姜女》近似，但它的A句為宮終止，與《孟姜女》有「質」的區別。四句的終止音順序為「do sol la sol」，A句宮終止強過B句的徵終止，是北方型粗獷豪放的調式特徵；但它又是起承轉合四句體的南方型結構。因而是一首既南且北、不南不北、別處沒有的湖北特產。與《媽吶》同類的，還有鄂西北的燈歌《鑼一板來鼓一板》等。如果再看一段漢劇《二度梅》唱的【西皮一字】，則會發現它們是一家親友。

譜例2：

這段腔也是 ABCB'四句，並且也按順序終止在宮、徵、羽、徵。漢劇旦角的【快西皮】、【慢西皮】都是這一類型的終止規律。應該說是先有前面類型的民歌，才會有後面類型的戲曲音樂。

如此看來，秦腔確實是由湖北人融進羽形三音列之後，首先形成了襄陽腔，然後再進一步發展成【西皮】腔。而民間音樂在其中又起到重要作用。

【二黃】和「西皮」一樣，也是徵羽宮三形交融體。它們的音樂色調如此相近，理應是同胞姊妹。不同的是【西皮】變自秦腔、襄陽腔，【二黃】是哪裏來的呢？

有的說【二黃】產自安徽。可是，安徽徽調的高撥子、吹腔、四平調，主要都是徵音、徵宮音，一方面它們都是宮調式，另外也很少羽調式。那麼，【二黃】中的徵調式，特別是其中的羽音三音列是哪裏來的呢？誠然，安徽青陽腔中確實有不少羽形三音列，也有不少徵調式。可是，它們是通過什麼橋樑融入【二黃】腔中，而沒有影響到高撥子、吹腔呢？如果羽音形是來自民歌，那麼是什麼民歌呢？不大清楚。

有的說【二黃】腔就是江西的【宜黃】腔。因當地的「二」讀「一」，與「宜」同音，即「二黃腔」就是江西「宜黃腔」在外地的訛傳。可是，羽音三音列是哪裏來的呢？

還有說「二黃」是在陝西形成的，可能性更小。連秦腔過渡到襄陽腔都缺乏羽音三音列作「引子」，何談【二黃】！

如果深入湖北戲曲聲腔體系，就可以發現，起承轉合（即 ABCB'）「四截式」〔註53〕板式變化體結構；A 句宮終止，B 句徵終止的調式型號，不單是漢調【西皮】【二黃】的特徵。而且，具有這一共同特徵的，還有湖北省龐大的打鑼腔系統家族。包括鄂東南陽新採茶戲的【北腔】、鄂東黃梅採茶戲的【七板】、英山採茶戲的主腔、羅田的東腔，鄂東北東路花鼓戲的【東腔】、黃陂孝感的老楚劇【迓腔】，鄂北隨州花鼓戲的【蠻調】，襄陽花鼓戲、鄖陽花鼓戲和遠安花鼓戲的【套腔】（當地叫桃腔或陶腔），以及荊州花鼓戲的【圻水】等。這一現象卻是陝西、安徽、江西都沒有的。【二黃】腔形成於湖北，應該是比較清楚了。

簡而言之，梆子腔面世後，很快地傳入湖北。由湖北融入羽音三音列，形

〔註53〕劉正維，〈論四截式與回歸式板式變化體〉〔J〕，《中國音樂學》，1999 年第 1 期，第 88～98 頁。

成徵宮羽三形交融以及男女與行當分腔的湖北襄河越調——襄陽腔（楚調）。接著是漢調【西皮】面世。這就是皮黃腔的重要音樂特色。人們常讚歎京劇音樂手段多，發展快，效果好。原因很多，關鍵之一就是佔領了「三形」的制高點。不僅如此，湖北的徵羽宮三形「三音列」，也影響了長江中游八個省區，同時也是男女與行當分腔的打鑼腔聲腔系統；還發展了傳入湖北的梁山調，創造了梁山調的旦角腔、小生腔、老生腔、老旦腔、黑鬍子調、白鬍子調、哭板、板半半板。這是湖北對我國戲曲聲腔的形成和發展做出的特殊貢獻。

三、地方民歌對湖北地方戲曲的貢獻

浠水縣地屬鄂東地區的黃岡市。黃岡市有八個縣市，從音樂的地域性上劃分為三大同類區。

圖 5　黃岡市地圖

圖中羅田、英山、團風四縣以浠水為中心，位處黃岡地區中部，由於方言區別很小，民間音樂也十分近似，為一個音樂同類區，這一區域以「浠水民歌」為代表；西北方向的麻城、紅安兩縣是一個方言和民間音樂同類區，以「麻城東路子花鼓」為代表；東南方向的蘄春、武穴、黃梅三縣為一個方言和民間音樂同類區，以「黃梅調」為代表。

黃岡是「四戲同源」，即楚劇、漢劇、京劇和黃梅戲四大劇種的源頭。四

戲之中，來自黃梅縣的黃梅調是安徽黃梅戲的源頭已成共識，自不待言。而以「浠水民歌」為代表的浠水、羅田、英山、團風四縣的民間音樂則是京、漢、楚三大劇種的源頭。

（一）「呵哦腔」的產生與傳播路線

自古至今，浠水縣農村流行著一種勞動號子。每當收割季節，特別是暴雨來臨之前，農民為了加快搶收進度，就模仿公雞打鳴的聲音，尖著嗓子打出一串串「哦呵、呵、呵……」的高音。這種聲音農民叫「打哦呵」，打哦呵是用假聲發音，農民叫「邊嗓」或者叫「寡婦腔」，哦呵聲高亢尖亮，可以調動人的勞動熱情，在浠水，「打哦呵」貫穿在很多勞動活動中，如天干車水比賽時，用「打哦呵」來統一節奏和鼓勁，還有榨房打油時，先來一聲哦呵，然後喊一聲「油來」。平時農民聚在一起高興起來也喜歡打哦呵，浠水人叫做「打窩兒瘋」。後來農民把打哦呵的假聲發聲方法同山歌的真聲結合起來，形成了真假聲混聲演唱的民歌——「呵哦山歌」。

「哦呵山歌」至少有一千年歷史。宋代蘇東坡謫居黃州時就聽過這種山歌。他在他的筆記志林（卷二）中說「余來黃州，聞黃人二、三月常聚而謳歌，其詞固不可解，其音亦不中呂律，然婉轉其聲，往返高下，似雞鳴爾。土人謂之為山歌。」這個雞鳴似的山歌實際指的就是「哦呵山歌」。

如果進一步追溯「雞鳴歌」的歷史，還可以上朔到楚漢相爭之時。據《史記·項羽本紀》載：「項王軍壁垓下，兵少食盡，漢軍及諸侯兵圍之數重。夜聞漢軍四面皆楚歌。項王乃大驚曰：『漢已皆得楚乎？是何楚人之多也！』」東漢應劭注曰：「楚歌者，謂『雞鳴歌』也，漢已略得其地，故楚歌者多雞鳴時歌也。」所謂「楚歌者多雞鳴時歌」說明「雞鳴歌」或為楚歌的典型代表音樂形態。浠水農村至今還有一句俗語叫做「打一個哦呵，要翻三個山頭」，足見聲音傳播之遠。這種由多人吼唱的雞鳴歌就具有摧毀敵人意志的威力。在雞鳴歌最流行的浠水北部山區，還保留著「雞鳴河、雞鳴尖、雞鳴村」的地名。

哦呵山歌旋律線上的顯著特點是不乏十度大跳。這就決定了哦呵山歌不僅要突破方言語調的限制，還要突破真聲的限制，於是產生了中國最早的假聲唱法以及真、假聲相結合的混聲發聲方法。這為後來哦呵山歌發展為中國地方小戲的基礎腔體——哦呵腔準備了最原生態的演唱方法。

哦呵演變到哦呵山歌並沒有就此止步，受敘事性「鼓書」「漁鼓」和「小曲」的影響，人們又在哦呵山歌中加進敘事因素，這樣就演變成有三小人物表

演，鑼鼓伴奏，人聲幫腔的哦呵腔，三小即小生，小旦，小丑。哦呵腔的出現，為後來清末民初花部小戲在全國興起奠定了音樂結構和演唱方法的基礎。

《湖北戲曲概覽》中寫道：「東路花鼓戲形成於浠水、羅田、英山、麻城等地，後復流傳至黃岡、紅安、黃石、大治、鄂城等地。浠水始終稱哦呵腔……哦呵腔在省內向西流傳又演變出一些劇種。大鄂西北的鄖陽一帶化成八岔，並遠播陝西商洛地區；在襄陽一帶化成桃腔，太平天國失敗後，隨應山、隨州等地移民傳到皖南，當地稱之為淘腔」。

其實，受到浠水哦呵腔影響的遠遠不止以上所說的幾個地區。劉正維教授認為：「打鑼腔腔系流向鄂、豫南、皖中南、湖南東半部、江西北半部、浙西與閩西北八省。中心則在鄂東北。……打鑼腔系分五條主要支系：羅羅腔支系與圻水腔支系，流行最廣，影響最深，它們構成打鑼腔腔系的主幹。」

浠水「哦火腔」傳到外地被統稱為「圻水腔」，因為浠水縣原來叫圻水縣。隨著哦呵腔的流行，也將浠水民歌中的山歌、小調和燈歌傳播四方。所以叫「圻水腔」更能全面概括哦呵腔的傳播內容。「圻水腔」傳到外省被稱為「湖廣調」。至今外省的一些劇種的老藝人還堅稱他們的劇種聲腔是「湖廣調」，並以此為正宗。

哦呵腔在湖北本省主要走了五條線路，一條在鄂西隕陽化為八岔，一條在襄陽化為桃腔，一條是在麻城形成東路子花鼓戲（東路楚劇），一條到黃陂縣與黃陂鄉音結合成西路子花鼓戲（西路楚劇），西路楚劇進入都市漢口後又與其他的戲曲音樂元素結合後形成了漢劇，還有一條到江漢平原與當地方言結合後形成荊州花鼓戲的主腔「圻水腔」。

（二）哦呵腔與楚劇（西路子花鼓戲）

楚劇聲腔的主要特色是「哀訴」，在哀訴文化基礎上形成的楚劇就是以憂傷的迓腔和近似哭泣的大悲、小悲為主腔。

浠水民歌中的哦呵腔男腔是「宮調式」，它與黃陂語音結合後，在農村演變成為楚劇中的男迓腔。但是由於後來楚劇有了女演員，女演員唱哦呵腔就不能完全像男演員那樣唱了，本來哦呵腔的女聲唱腔既用「宮調式」，也用「徵調式」，於是就借用浠水徵調式民歌中的小調、漁鼓、鼓書調中的音樂元素，融合而成「徵調式」女迓腔，至今浠水小調中的「小媳婦回娘家」和浠水「漁鼓調」還有「鼓書調」的聲音裏還可以捉摸到楚劇女迓腔的音調。於是這些音樂中的「哀訴」情緒也帶到楚劇中來。而楚劇中的大、小悲腔就是對民間哭腔

的旋律化。這種以表現悲傷訴說為主的劇種音樂不太為當代年青觀眾所接受，但在湖北農村仍然有很大的觀眾市場。

（三）哦呵腔與二黃聲腔

京劇的二黃來自漢劇的二黃。據楊靜亭的《都門紀略》與王夢生的《梨園佳話》，漢劇的二黃出自黃岡、黃陂。「此調創興於此，亦曰漢調，介兩黃之間，故曰『二黃』」。

武漢主要屬黃陂地界，有一句話叫做「無陂不成街」，老漢口基本是黃陂人的天下，武漢的官話實際是以黃陂話為基礎的綜合性語音。因此，哦呵腔進了黃陂，不可能不對漢口城市的音樂文化形成影響。

漢劇原來叫「楚調」，實際上漢劇和楚劇是兩個「同源異流」的同根劇種。早期楚劇的主要市場和發展方向在農村，面對的觀眾主要是農民，農民愛的是接地氣的音樂文化，所以楚劇不管怎樣千變萬化，到頭來還是個「下里巴人」。

但漢劇在形成過程中就不同了，它面對的是新興的市民觀眾，其中包括文人學士，達官貴人，他們的欣賞情趣決定漢劇必須由最初原生態的「楚調」向著「陽春白雪」方向發展，對楚調進行雅化，以適應市民階層的藝術情趣。比如在藝術上的方法之一是在浠水民歌中的燈歌和小曲中的五聲音階中加入「4和7」這兩個調式偏音，這就把燈歌和小曲中的鄉土氣息漸漸消解掉了。同時在演唱方法吸收了崑曲的演唱方法。楚劇和漢劇在劇目上也走了兩條路，楚劇演的是民間故事題材的內容多，而漢劇劇目中更多的是宮庭戲和歷史戲武俠戲，總之必須是迎合都市觀眾的需求，漢劇中的西皮一聽就是從北方來的音調，在與陝西相鄰的襄陽進行湖北本土化後形成西皮，這個過程中又與二黃結合一起，於是就形成了漢劇「皮黃合奏」的格局，這就是漢劇的來歷。漢劇在唱法上又吸收了崑曲的「水磨腔」的演唱方法，如此漢劇藝術上越來越高雅，越來越完善，但是二黃腔離它的源頭也就越來越遠，人們已經聽不出原來的鄉土味了，儘管如此，無論是京劇和漢劇的二黃，我們都能在浠水燈歌和小曲中找到旋律原型。

漢二黃進了北京，必然要適應北方觀眾的藝術要求，同時吸收了幾個大劇種的藝術營養而演變成為京二黃，儘管漢二黃與京二黃有明顯的區別，但變形不變神，形變而神韻依舊。

至此，圻水腔走過了從土二黃到漢二黃，再從漢二黃到京二黃的發展嬗變的全過程。

第三章　湖北地方戲曲與鄉土生活的日常

　　湖北鄉土文化是一個複雜的文化系統。湖北地方戲曲是這個文化系統中的一個有機構成。研究湖北鄉土文化，無法跳過湖北地方戲曲。鳥瞰湖北民眾生活的日常，同樣無法繞過湖北地方戲曲。

第一節　鄉土生活中的精神食糧

　　戲曲在湖北都市，尤其是鄉間社會，是民眾生活中的一部分，更是一種精神生活，精神享受。

一、情至深處，嗜之越篤

　　湖北鶴峰柳子戲有一個深受歡迎的劇目，叫《凌勾劈柴》，也是柳子戲丑行的教學劇目。劇目寫山區農婦梁氏，帶一子二女清貧度日。農曆七月半，因無錢過節，乃命子凌勾劈柴以烤酒自用，並囑其不得唱戲玩耍。凌勾應允，然在劈柴時聽到鑼鼓聲後，卻又情不自禁地演唱起來。梁氏相繼命二女前去督促凌勾幹活，但二女反被凌勾逗引成了唱戲的幫手。梁氏生氣親往懲罰，也被凌勾所唱之「梁山調」吸引，竟忘情同唱，最後為頑皮的子女所戲耍。《凌勾劈柴》雖然是一種藝術加工，但卻生動表現了民眾對戲曲不可割捨的喜愛。

　　這樣一種喜愛，從古代起就多有記載。

　　明代的湖北藩王是戲曲的狂熱愛好者。江陵、武昌等藩王府，歌舞戲曲

盛極一時。〔註1〕遼王朱憲㸅竟然「自製小詞、豔曲、雜劇、傳奇」,「最稱獨步」。「有《春風十調》《唾窗絨》《誤歸期》《玉欄干》《金兒弄丸記》,皆極婉麗才情」。〔註2〕今武昌水陸街,舊稱「御菜園」,是楚王專蓄歌姬之處,清人湯思孝有《過楚故宮》長短句:「覓覓故藩遺跡,何處歌臺舞衣?⋯⋯只今惟見⋯⋯斷風斜日,御菜園舊事,宣和有誰重說。」〔註3〕

清人葉調元作《漢口竹枝詞》,描寫清代道光年間漢口社會生活,其中多有漢口大眾癡迷喜愛戲曲的記錄。

無數茶坊列市圜,早晨開店夜深關。粗茶莫怪人爭嗑,半是絲絃半局班。

(女唱曰「絲絃」。屠戶、菜傭聚集而唱曰「局班」)

嶽神誕日進香來,人海人山擠不開。名是敬神終為戲,逢人嘖嘖贊徽臺。

(東嶽廟在曠野,三月廿八日廟前搭徽臺)

蘆棚試演梁山調,紗幔輕遮木偶場。聽罷道情看戲法,百錢容易剩空囊。

(《梁山調》所扮皆淫媒之事)

茶香煙霧媧燈光,為戀清歌不散場。四座無言絲肉脆,望湖泉外月如霜。

河岸寬平好戲場,子臺齊搭草臺旁。

(野地演戲,謂之「草臺」,旁搭高廠以安婦女,謂之「子臺」)

吳謳楚調管絃催,翠鬢紅裙結伴來。除卻寒風和暑雨,後湖日日有花開。

亂彈才唱舌偏調,哈哈呵呵學擔挑。習俗潛移人品壞,優伶材料腳夫苗。

(小家兒女多染此習)

各幫臺戲早標紅,探戲開人信息通。

把門漢子狠如羆,酒戲開場士客齊。醜煞旁人貼對子,眼中雖飽肚中饑。

(酒戲有人守門,其強入而靠壁者,謂之「貼對子」)

梨園子弟眾交稱,祥發聯陞與福興。比似三分吳蜀魏,一般臣子各般能。

(漢口向有十餘班,今止三部)

月琴弦子與胡琴,三樣和成絕妙音。啼笑巧隨歌舞變,十分悲切十分淫。

(唱時止鼓板及此三物,竹濫絲哀,巧與情會)

曲中反調最淒涼,急是西皮緩二黃。倒板高提平板下,音須圓亮氣須長。

〔註1〕 參見:朱偉明,《漢劇史論稿》〔M〕,北京:人民出版社,2016年,第39~42頁。中國戲曲志編輯委員會編,《中國戲曲志・湖北卷》〔M〕,北京:文化藝術出版社,1993年,第5頁。

〔註2〕 陳田輯撰,《明詩紀事2》〔M〕,上海:上海古籍出版社,第56頁。

〔註3〕 (清)杜毓秀纂修,《(康熙)武昌府志》〔M〕,1662年,卷十。

（腔謂不多，頗難出色；氣長音亮，其庶幾乎）

繡甲珠冠雉尾飄，弓鞋三寸月牙翹。百回舞躍氍毹上，不羨春鶯織柳條。

俗人偏自愛風情，浪語油腔最喜聽。土蕩約看花鼓戲，開場總在二三更。

燈前幻影認成真，熱了當場看戲人。一把散錢丟彩去，草鞋幫是死忠臣。

（俗謂高興曰「熱」，賞識者曰「忠臣」）

如上竹枝詞猶如一幅漢口都市戲曲生活的長卷，戲曲演出場所（茶坊、戲院、蘆棚、草臺、土蕩），戲班、伴奏樂器、唱腔曲調、演員表演、觀眾身份、觀劇情緒以及場景，一一生動呈現。

《漢口叢談》卷六記載，清乾隆時期，漢口已有專業的戲班子出現，武漢名伶有李翠官、臺官，兩人「名擅江漢間」，號稱「倆美」。他們一登場，「觀者咸嘖嘖稱讚」，「場下數千人，無或嘩者，出則目迎之，入則目送之」。癡迷狀態可見。

民國漢口報刊以及藝人回憶錄也多有關於漢口市民觀劇場景的報導：

陳春芳在《我所知道的漢劇「天」「春」科班》一文中，回憶說：漢劇「天」「春」班在長樂戲院演出時，「日夜兩場，星期天早中晚三場，光茶房就有四十人，每天賣的現洋、銅板，由十幾個茶房往錢莊上挑。」〔註4〕

楊鐸《漢劇六十年在武漢》保存了諸多關於漢劇歷史的珍貴資料，其中有二則頗有意思。

一則記敘是記載了一個笑話：「漢戲某班應漢陽城守營的差戲，天未大明，即由漢口過河應差，時城門尚未打開，由領班親身叫城，管城門的以為是賣菜的，或則是扒糞的，開口大罵說：『天還未亮，哪裏這麼早。』那領班人說：『我們是戲班的，來唱戲的。』那守城的當時就改口罵道：『你們這些忘八蛋們，怎麼這個時候才來？』」。楊鐸先生評論說：「你看，你看，同一叫城，而其對待之分別如此。這固然是個『笑話』，可見，當時對於唱戲的是怎樣輕視了。」其實，楊鐸先生的理解有誤，「你們這些忘八蛋」，在這裡不是輕視而是昵稱，接下來的一句「怎麼這個時候才來」，更說明對戲班子的盼望和急切期待。

另一則則講同光之間的漢劇名角范三元的故事。

范三元是名傾一時的膛音三生。人稱范三哥。在某酒店門首，有一個賣燒

〔註4〕陳春芳，〈我所知道的漢劇「天」「春」科班〉〔J〕，武漢文化志辦公室編，《武漢文化史料》第2輯，武漢文化志辦公室，1983年。

臘為業的是個漢戲迷，尤其是傾倒於范三哥，每日在營業時，他總要哼幾句漢劇。有人知道他傾倒於范三哥，每當去買燒臘的時候，在他切肉時，總是提起范三哥，故意說昨日在某會館看了范三哥的某戲，唱得真好，某句的行腔如何圓潤，某處的表演如何老到，你是越說越好，他就越切越多，及至發現肉已過於所值，他在高興之上就叫你拿去算了。倘若有人不知道他這個脾氣，他與你談起范三哥，或者你自己談起范三哥，你說范三哥的壞話，道范三哥的「貶」，他就非常不耐煩，話也少說，肉也少切，你若爭講，他說「夠了，夠了」。

據楊鐸先生說，這個故事稍熟悉漢劇掌故的人是都知道的。〔註5〕

都市如此，鄉間同樣如是。

王葆心《羅田風俗志》載，明代嘉靖時，鄂東出喪前二三夜，「鄰友各攜肴坐夜，或高歌吹唱，或搬雜劇。」康熙年間，鄭晃任鄖西縣令，發現當地的「有力之家」，「修齋之外，扮演雜劇，賓朋滿座，女眷盈庭，其門如市，歡呼達旦。」〔註6〕真可謂熱鬧非凡。

黃梅流行採茶戲。清人號「紹興師爺」者傳抄秘本《示愈集錄》記載：「梅邑城鄉村鎮，自新正以來，演唱採茶者，殆無虛夜。」〔註7〕每到春節等演出高峰季，黃梅「一去二三里，村村皆有戲」。幾乎每到一處，都能看到一個班社搭建的戲曲舞臺。

七十年代末八十年代初，文曲戲在黃梅城關劇院演出，一日四場，場場爆滿，觀眾為了買上戲票，竟自帶行李，夜臥售票窗外站班購票，盛況空前。〔註8〕1983年冬，武穴文曲戲劇團在余川電影院演文曲戲《狀元媒》，小鎮萬人空巷，許多沒有戲票的觀眾趴在電影院的鐵門外，過一場聽戲癮，手指凍腫也在所不顧。〔註9〕

清代咸寧地區，自雍正後，戲臺遍布各縣之廟宇、祠堂、儺堂、宗堂。在通城大源鄉政府周圍不到一平方里地，有四座古戲臺，其中一廟宇、一祠堂、兩「響堂」。通山縣城在建國前有十一座古戲臺，焦、夏、程、樂、阮、吳各姓祠堂及三闔廟、城隍廟、吳主廟、江西會館等。據通城《文史資料》：該縣

〔註5〕揚鐸著；揚宗琪整理，《漢劇在武漢六十年》〔M〕，北京：中國檔案出版社，2001年，第20～21頁。
〔註6〕鄭晃，《禁出殯演戲示》，《同治：鄖西縣志·藝文志》〔M〕。
〔註7〕新正：指農曆新年正月，或農曆正月初一，元旦。
〔註8〕王若熬，《鄂東地方戲——文曲戲》，《武穴文曲戲》〔M〕（未刊稿）。
〔註9〕孫濟春、郭橋萍，《漁歌小調登上大雅之堂》，《武穴文曲戲》〔M〕（未刊稿）。

城關建國前有十八座廟宇和三十一家堂，其中絕大部分有戲臺。〔註10〕湖北省戲劇工作室編的《戲劇研究資料》載《咸寧地區戲曲情況調查》記載陽新通山交界的龍燕地區民謠：「陽新龍燕，四十八堰，搶起枕頭一摺肩，愛看一整天。」這個「搶起枕頭一摺肩，愛看一整天」的是當地流行的採茶戲。

　　崇陽民眾酷愛戲曲。民國三十四年，為慶祝抗日勝利，崇陽青山華陂的民眾邀請蔣春寶等人組班演唱提琴戲。一連演唱 47 天才散班。〔註11〕2009～2013 年，安徽有個黃梅戲劇團團長駐在崇陽天城鎮中津州廣場演出，擠佔和影響了崇陽私營劇團的演出市場。2013 年 6～7 月，崇陽 14 個私營劇團自發組織起來，在黃梅戲演出場地的對面搭臺，連續演唱《拷打紅梅》《三寶記》《狀元拜母》《清風亭》《春江月》《母子淚》《孟江河》《朱氏割肝》《賣妙郎》《賣子葬母》《燈籠記》《桂姐賣身》《秦雪梅》（上下兩本）《晚母淚》《三娘教子》劇目 16 場次。為了和黃梅戲劇團一爭高下，各提琴戲劇團挑選優秀演職人員搭班，有 8 個劇團請傳統文樂拉得好的琴師吳大華主胡，盡力用傳統聲腔板調演唱，將百分之八十的觀眾吸引在提琴戲的演出臺前。崇陽戲迷表現出極大的熱情，除天城地區的戲迷外，石城、青山、白霓、銅鐘等地的戲迷不顧炎天暑熱，有的開三馬，有的騎摩托，有的騎自行車，早早來到提琴戲的臺前等候。開演後，密密麻麻的觀眾把場地擠得水洩不通，戲不演完不散場。歷時 20 餘天連續觀看，人數多則 5000 餘人，少則 3000 左右，而安徽黃梅戲臺前愛看黃梅戲的觀眾不到看提琴戲的十分之一。演出中途，各劇團按習慣打彩，崇陽提琴戲各劇團收到彩金少則三四千，多則萬餘元，獲得了可觀的經濟效益。黃梅戲劇團少則 300 元，多則千餘元，難以為繼。2011 年「咸寧新聞網」登載記者張大寧寫的報導《盛開在田野上的奇葩——鄉戲》，文中引用崇陽縣提琴實驗劇團王完保團長的描述：「戲班子一個屋場一個屋場地唱，哪個屋場也不肯示弱，多多少少都要唱幾本；看的人也便一個屋場一個屋場的看，一追幾十里」。5 年前，王完保在高視鄉創下聯唱 22 場的記錄，成為山裏的「明星」，有著大批「粉絲」。〔註12〕

〔註10〕鍾清明，〈咸寧地區戲曲史料調查報告〉〔J〕，湖北省戲劇工作室編，《戲劇研究資料》第 15 期，1986 年 6 月。

〔註11〕饒浩良主編，《崇陽提琴戲劇志》〔M〕，湖北省崇陽縣提琴戲協，2015 年，第 3 頁。

〔註12〕饒浩良主編，《崇陽提琴戲劇志》〔M〕，湖北省崇陽縣提琴戲協，2015 年，第 478 頁。

　　恩施雖處鄂西大山，但康熙年間的容美土司田舜年父子都是戲曲愛好者，田舜年的戲班，「女優皆十七八好女郎，聲色皆佳，初學吳腔，終帶楚詞；男優皆秦腔，反可聽。」田舜年的長子昺如「自教一部，乃蘇腔，裝飾華美，勝於父憂，即在全楚亦稱上駟。」〔註13〕最有意思的是，田舜年父子暗中在戲班子上較勁，昺如將其戲班「秘之，不使父知」。「女旦皆剃髮男裝，帶刀侍立如小校。」昺如欲演出，「必俟君移於別署之夕，乃出以侑酒，戒下人毋得泄，仍布人偵探，恐父至則匿之。」〔註14〕父子之間，還十分計較賓客對戲班的評價。田舜年「喜人譽其女優，客之謔者，必盛言昺如女優之劣，以為萬不及父。」田舜年遂評論說：「彼字且不識，安責知音」。田昺如同樣如此。客謔言：「太都爺行頭潦草，關目生疏，不如主爺教法之善。」昺如輒曰：「老夫固強為知音者。」〔註15〕百載之下，讀此記述，令人忍俊不住。在恩施，戲曲愛好不僅屬於田舜年父子。羅玉的《南劇若干資料》記載：清道光年間有一個協臺叫白昂雷，據說他自己愛唱戲，要營兵也學戲。據調查，何武、吳雙魁、曾儒林、余蝦子等著名藝人均在操房教過戲。營兵們也經常演戲，武聖宮就是他們的住處，裏面有戲臺。結果，操房好像設了科班。〔註16〕無形中為戲曲的傳承打下基礎。

　　筆者到來鳳採訪之時，當地南戲傳承人生動講述當地民眾癡迷於戲曲的逸事：

　　吳兆云：比如說，有時候我們演員演出時會偷詞，有四十句唱詞，但是他只唱20句，我丈母娘他們一聽就聽得出來。

〔註13〕高潤身主筆，《容美紀遊》整理小組編，《容美紀遊注釋》〔M〕，天津：天津古籍出版社，1991年，第45頁。王錫祺《小方壺齋輿地叢鈔·容美紀遊》中「昺如」作「丙如」，「終帶楚詞」一句作「略帶楚調」。

〔註14〕高潤身主筆，《容美紀遊》整理小組編年，《容美紀遊注釋》〔M〕，天津：天津古籍出版社，1991年，第46頁。

〔註15〕高潤身主筆，《容美紀遊》整理小組編，《容美紀遊注釋》〔M〕，天津：天津古籍出版社，1991年，第46頁。朱偉明等著，《漢劇史論稿》第53頁引《容美紀遊》中關於田舜年宴會賓客的記載，稱其間有「適從田間來，滿脛黃泥者」，認為這體現了一種土司與治民的和諧關係。此實為大誤。顧彩在《容美紀遊》中說容美土司中，「官屬旗鼓最尊，以諸田之賢者領之，國有征伐，則為大將，生殺在掌，然平日亦布衣草履，跨驢而行，絕不類官長。」因此，這些「適從田間來，滿脛黃泥者」絕不是普通農夫。這一句應當放到全書背景中理解。

〔註16〕羅玉，〈南劇調查情況〉〔J〕，湖北省戲劇工作室編，《戲劇研究資料》第12期，1984年8月。

徐釗元：我也有個故事。有個看戲的觀眾，他家裏失火了，他還要堅持看完戲。

吳兆云：我的岳母啊，她上街買菜要把她看戲的錢省下來。

徐釗元：我們這裡原來有一個老年人叫秦又元，這裡的人都喊他「土梅蘭芳」。

吳兆云：他家裏是幾百套屋子啊，是個大地主。他要唱戲，就把那些師傅像馮雲霞啊，都接到他家裏去給他教戲。冬天，那些藝人就都到他家去。所以他家裏的幾百套屋子被他搞完了，解放以後他就成了貧下中農。

吳兆云：他為什麼能叫「土梅蘭芳」呢，可想而知，他在群眾當中的威信是有多高，他唱的味道是很多人模仿不出來的。

清代沙市戲班薈萃，各路藝人爭奇鬥豔，賽技比藝，十分熱火。其中，以三元班和太壽班最有影響。光緒年間，三元班得四川幫會首羅三老爺的青睞，獲茅草巷（今名瑤草巷）內川幫房產，搭戲臺擺擂獻藝。太壽班亦得布商資助，常演出於下段「名廟」「會館」。由此逐漸形成以舊市區中段的「拖船埠」（今名新建街）為界，「上忠三元、下忠太壽」的格局。所謂「忠」，也就是今天的 fans（粉絲）。由於喜好不同，崇拜不同，有時一家之內，父忠三元，子愛太壽；或是妻好太壽，夫喜三元。大家各誇己之所喜，貶斥對方所愛，常鬧得夫妻吵架、父子反目，因好事者蓄意詆毀旁人所忠的名優巧伶而釀成鬥毆之事也屢見不鮮。所謂「戲迷城」真非虛言。〔註17〕

湖北省戲劇研究所編的《戲曲研究資料》第15期記載了應山民眾喜愛應山花鼓戲的兩個故事。有婆媳兩個做飯時，聽見戲臺上的鑼鼓響了，那媳婦慌了手腳，沒注意筲箕是「扣」在瓦盆上，忙用葫蘆瓢在鍋裏舀煮的米往筲箕背上倒。燒火的婆婆看見，生氣的說：「看你，把花鼓（筲箕）撲到是麼樣濾飯？要不是花鼓（火鉗）占住了手，我就打你一花鼓（巴掌）！」這真是口口聲聲不離花鼓。還有一個青年婦女，耳聽戲臺鑼鼓響了，生怕看不到戲的開頭，慌忙跑進臥室，把枕頭誤當成熟睡的嬰兒，抱起就跑，她的婆母娘看見忙說：「你抱的是枕頭（意為不是嬰孩）！」媳婦卻把「枕頭」誤聽為「本頭」（即劇目名稱），邊跑邊回答：「只要是花鼓，不管麼本頭。我都喜歡看！」

―――――――――――――――

〔註17〕劉光祿，〈沙市「四大名班」拾零〉〔J〕，湖北省戲劇工作室編，《戲劇研究資料》第15期，1986年6月。

著名劇作家沈虹光著有《胡新中與站花牆》一文，文中寫道：「春節前，省統戰部慰問專家，聽口音發現一位副部長也是天沔人，便問他可看花鼓戲？副部長竟一發而不止地說起了兒時跟著爺爺趕戲場的人生：把那幾碗餛飩賣完了，就倚在擔子邊看戲。他也就這樣跟著爺爺看上了癮。便宴後專家們自娛自樂地唱歌，副部長跑到我跟前，低聲說：『你給我主持，我來唱一段花鼓戲！』他唱的就是《秦香蓮》，唱得不怎麼樣，高音聲嘶力竭。但就這樣我也非常感動。」

筆者到江漢平原調研時，也親眼看到了民眾對花鼓戲的如癡如夢的熱愛。

訪談對象：原仙桃市委宣傳部副部長劉純文

劉純文：首先就是群眾喜歡花鼓戲，我們這裡看花鼓戲的程度啊，可能您過去沒看到過。

項目負責人：我們看了，村民們在那坐著，大太陽，就坐地上看啊……

劉純文：我舉個例子，那天，我們原來葉部長的母親要看戲，葉部長把火燒好了之後，什麼都安排好了之後就開車回去。路上葉部長打電話給他的母親，她正一手拿著一個饅頭就在路上走。葉部長問，怎麼不在家做飯呢，不是準備好了嗎？因為要搶位子坐，拿那個小凳子揣著。這就拿著個饅頭，吃飯來不及了。

訪談對象：天門花鼓戲劇團青年演員蔡帥、劉柱綱、曾慶宇

項目負責人：你們已經開始去演出了吧？那下鄉的時候會不會有戲迷啊……？

曾慶宇：這個很多人嘛，有有有，他有的戲迷開那個麵包車，跟著開車。

項目負責人：跟著你們？

劉柱綱：我們去哪他們就去哪看。

項目負責人：哦！是嗎！

蔡帥：哦！現在也有，也還是蠻多。

訪談對象：仙桃花鼓戲劇團嚴愛軍、魯美姣

嚴愛軍：我們仙桃有一句話「呦艾子呦，害病不吃藥」。「呦哎子呦」是我們花鼓戲的悲腔，只要聽到我們的戲「呦哎子呦」，生病都好了。

項目負責人：這個評價真高！

魯美姣：花鼓戲，我們江漢平原這兒的人還是挺歡迎的，蠻喜歡看花鼓戲的，我們現在花鼓戲都鋪開了，一般幾歲的小孩都去學花鼓戲了，對花鼓戲都

很熱愛。

　　項目負責人：現在？

　　嚴愛軍：現在仙桃學花鼓戲的人不少，上萬人。從業的人有上萬。

　　項目負責人：光仙桃嗎？

　　嚴愛軍：對。

　　項目負責人：仙桃整個是多少人？

　　嚴愛軍：150 萬，光一個小舞臺就超過 80 個，一個鎮超過 80 個。

　　然而，戲曲命運多舛，晚清民國時期，屢屢受到政府禁令和士紳的打壓，但這些打壓都不能泯滅民眾對戲劇的喜愛。

　　道光《黃安縣志》訓斥說：「近有不可訓者二：曰呀戲、曰影戲。子弟不列於梨園節奏不諧乎絃管。呀戲演於晝，其詞淫，其態媚，觀之易迷；影戲演於夜，其詞俚，其音土，聽之易曉，價廉費省。故一村乍停，一村復起，男女輻輳，樂此不疲，荒職業而壞人心，莫此為甚！」

　　光緒《沔陽州志》載劉拱關於風俗的「雜論」。文章說，「夫小民終歲勤動所得，除上供外，不足以給朝夕之需，而一聞演戲，即典質稱貸，有所不辭，寧受他日凍餓之苦。」「日中登場，夜闌未畢，亂男女之別，長淫盜之風。士子以之喪其子，農工以之費其業，非小禍也。方今市鎮城郭，以演戲為生者，皆衣美衣，食美食」。

　　1917 年 1 月 5 日的《大中華日報》報導：「上自天沔京潛一帶，下迄黃孝以及黃州等處，每屆新年藉酬神演唱花鼓，甚至組織臨時賭場，一般男女趁此閒月，如醉如狂，傷風敗俗已達窮極，行政官屢次示禁，直如具文。」

　　李之龍在《為什麼要提倡楚劇》一文中指出：「前清的時代，官廳禁演花鼓，是何等的嚴厲，但是觀眾的歡迎，反愈加增進。在農村開演的時候，三十里內外的居民卜都如醉似狂趕去參觀。託庇於租界開演的時候，有座必滿。」〔註18〕

　　「一村乍停，一村復起，男女輻輳，樂此不疲」。「一聞演戲，即典質稱貸，有所不辭，寧受他日凍餓之苦」。「行政官屢次示禁，直如具文」。戲曲在這裡，已經不是一個一般性的藝術形式，而是讓民眾「如醉如狂」的精神食糧。

〔註18〕李之龍，〈為什麼要提倡楚劇〉〔J〕，湖北省戲劇工作室編，《戲劇研究資料》第 30 期，1990 年 7 月。

　　為了躲避政府的禁令，民眾想方設法發明多種方式，創造觀賞戲劇的機會。王崇文在《夜半臺和陰花鼓》一文中回憶說，在政府禁止演出花鼓戲的命令之下，監利縣城很少有戲班子公開演出，但是，民眾中卻流行另外兩種演出形式。一個叫夜半臺，一個叫陰花鼓。所謂夜半臺就是半夜開鑼，演至天亮。唱「夜半臺」的演員，由花鼓戲愛好者從外地接來，白天不出門，躲在花鼓戲愛好者的家中，夜深人靜，街上無人走動時，戲班子就開始活動。他們集中到某一街頭或者巷尾，找一寬敞的堂屋，然後，用幾條屠凳和幾塊門板搭起一個簡易的戲臺。為了慎重起見，開鑼時將鑼、鼓、鈸均貼上黃表紙，使聲響微弱。連街上打更的更夫也事先塞錢，以防止告密。陰花鼓的演出，以「戲神」附體為障眼法。扮演者（通常是兩個，一男一女）先是坐著，把頭撲在桌子上，以手為枕，彷彿昏沉沉入睡。兩個打夾手的開始點香焚紙張，念誥祈禱。在念了二十分鐘的祈禱詞後，「戲神」開始附身在扮演者身上顯靈，搖搖晃晃仰起頭，雙目緊閉，雙唇緊扣，顫顫起身站立，然後，睜開雙眼，但毫無表情，眼珠子直瞪，是活人似死人。這時，打夾手的開始打起鑼鼓唱起曲，他們唱什麼戲，「戲神」就表演什麼戲。打夾手的怎麼唱，「戲神」就怎麼演。如果打夾手的人唱錯了或者漫不經心，「戲神」就會倒到地上回到起初的睡眠狀態。這時候，打夾手的又必須焚香點紙，重新念誥祈禱，賠罪道歉，方可使「戲神」再次降臨。〔註19〕項麼在《我的花鼓藝術生涯》中也有關於「夜半臺」的回憶：「當時官衙有令，不准花鼓戲進城演戲，但城裏幾個名門大戶像曾家、董家、王家、張家的老爺、太太、小姐們想看戲，就請我們去唱：『夜半臺』，晚上十一、二點後，關門鎖柵，在大堂屋搭平臺，掛衣演出，用皮紙把鑼鼓家業蒙著敲打，一直唱到第二天快亮。白天我們就休息。這樣演唱，連大戶的內親外戚和官廳的權勢人家家眷，都被請來看戲。」〔註20〕讀這些回憶文章，想像「夜半臺」和「陰花鼓」的演出情形，前半段有敵後武工隊的感覺，後半段彷彿在看一場陰森森的皮影戲。以如此形式堅持觀看演出，可見民眾內心對戲曲的巨大需求。

　　1924年11月漢口市政府交涉署向法領事交涉，要求禁止共和、天聲、春仙三家戲園演出花鼓戲。股東王少卿、曹熙白、鄭胖子等十餘人於24日在春

〔註19〕王崇文口述，胡建成整理，〈夜半臺和陰花鼓〉〔J〕，湖北省戲劇工作室編，《戲劇研究資料》第16期，1986年3月。
〔註20〕項麼，〈我的花鼓藝術生涯〉〔J〕，湖北省戲劇工作室編，《戲劇研究資料》第16期，1986年3月。

仙戲園聚會，研究對策，決定五十餘名黃孝花鼓戲演員全部換掉藝名，以示「換了班子」。

1925 年 2 月，法領事為應付漢口市政府交涉署禁演花鼓戲的函件，派法捕房勒令共和、天聲、春仙三家戲園停演，三戲園股東「異想天開，將戲目略為變更，言改良通俗歌劇」蒙請法領事應允，繼續上演胡琴伴奏的黃孝花鼓戲。〔註21〕

從更換演員藝名到變更戲目，言改良通俗歌劇，都是偷樑換柱之法。更為嚴重者則是暴力抗禁戲。

1917 年 5 月 9 日，「橫店警察分所長朱彭口，因橫店附近左家巷演唱花鼓戲，派往查禁之警士為吳金粗、陳春山，二人中途被地痞徐治者率眾朋毆，受傷頗重，快槍兩杆為痞口奪去。次日，縣署派往查拿之法警胡金才亦被該痞等毆傷。」〔註22〕

1920 年 12 月 30 日，「礄口外舵落口地方，有警所長及該所警士十餘人，至韓家崗八溝，捉拿演唱花鼓淫戲之鄉民三人，正欲回所罰辦，忽鄉人蜂擁追來，喊打之聲，有如獅吼。所長及警士等，見勢不好，紛紛抱頭鼠竄，卒以寡眾不敵之故，被鄉人扭住警察二人，飽以老拳，受傷甚重，當時臥地不起，所長奔走不慎，誤墜於泥中，渾身都被污毀，兼之地理不熟，直跑至天亮，始問路而歸。」〔註23〕

這兩次襲警事件，都是因禁戲而起，可見民眾對官方禁戲的強烈情緒和反抗。

這種情形在建國後與文革中復現，雖然形式上發生了改變。

《崇陽提琴戲劇志》載：1950 年下半年，崇陽縣委、縣人民政府派工作組深入各鄉村，組織發動貧苦農民群眾開展土地改革運動。一天，河嶺鄉工作劇組通知晚上召開群眾大會，大部分群眾卻在陳家大屋看艾家洲吳家劇團上演的太平戲。當有人提醒「今天唱戲影響開會」時，貧雇代表陳玉成卻說：「莫怕，只管唱，工作組有狠還敢捉人？」經陳撐腰，戲班繼續演唱一夜，群眾也觀看一夜，會議沒有開成。第二天，鑒於陳玉成的言行，加之太平戲還將繼續演唱，工作組以破壞土改的罪名，將陳送縣看守所關押六個月。出獄後，陳玉

〔註21〕李志高，《楚劇志》〔M〕，武漢：湖北科學技術出版社，2015 年，第 23 頁。
〔註22〕《演戲毆警之真相》〔N〕，《漢口中西報》，1917 年 5 月 16 日。
〔註23〕《警察禁戲被毆》〔N〕，《漢口中西報》，1920 年 12 月 30 日。

成仍不甘心，帶頭組織河嶺陳姓青年創辦業餘提琴戲劇團，把劇團辦成境地實力最強的劇團之一。1952 年一天，白霓長城劇團正在演唱《孟姜女哭長城》提琴戲，正在當地搞土改的第三區幹部以宣傳迷信為由，把極力要求唱該劇目的戲迷曾祖山、曾念祖抓到區公所關押 5 天。雖經恐嚇，當地群眾看提琴戲的熱情仍然不減，竟有女青年曾完圓加入劇團學戲，成為白霓境地第一個登臺唱戲的女演員。〔註24〕

1975 年 2 月春節期間，崇陽東堡公社柳林大隊連續三次演出《孟姜女哭長城》，觀眾達 400 餘人。大隊黨支部 7 名支委中有 4 人積極支持或參與活動，受到中共崇陽縣委的通報批評。〔註25〕

根據「關於東堡公社柳林大隊演《孟姜女哭長城》等壞戲的調查報告」，此次事件經過如下：

1975 年 2 月 15 日晚，大隊文藝宣傳隊在柳林大隊支部書記梁員安所在隊演出，演完後梁員安對宣傳隊員說：「今夜唱點老戲，你們要用心聽，用心看，大隊很支持你們，一定要把步子、腔調學到。」這晚由副書記王保仁、支委王員祥為主角演出了《范杞梁跳城》《孟姜女哭長城》和《柳明英下海》等被認為是「壞戲」的劇目，支委王怡堂也上臺演了配角。

2 月 18 日（農曆正月初八）晚，宣傳隊在八生產隊演出，節目還未演完，副書記王保仁叫人催宣傳隊去宵夜，乘機演「壞」戲，由支委王員祥主演了《梁山伯訪友》，文藝宣傳隊負責人李天河宵夜出來，見他們在臺上唱「壞」戲，隨即上臺制止，並將鑼鼓拿走了，這齣「壞」戲才半途而止。

2 月 22 日（農曆正月十二）晚，支委王員祥邀了一個姓何的湖南人到八生產隊以教所謂「宣傳隊」的「武打」為名，演了一個通宵的舊戲，直至凌晨六點。這天晚上書記梁員安在縣裏開完會回家，找大隊幹部開會研究事情，聽說初八也演了老戲，今晚又準備演，便說：「開始演唱影響不大，初八演民憤就很大，老戲演不得，玩不得險。」大隊幹部會到十一點鐘結束後，王保仁回到八生產隊，隊裏已搭好了臺，看戲的人很多，王開始猶豫不決，最後還是登臺表演，演了《跳城》、《哭城》、《訪友》和《下海》，觀眾達二百餘人。

〔註24〕饒浩良主編，《崇陽提琴戲劇志》〔M〕，湖北省崇陽縣提琴戲協，2015 年，第269 頁。

〔註25〕饒浩良主編，《崇陽提琴戲劇志》〔M〕，湖北省崇陽縣提琴戲協，2015 年，第5 頁。

　　三次演出，觀眾達四百餘人。大隊黨支部七名支委，有四人積極支持或者參與活動。支部書記梁員安是積極支持者，副書記王保仁、副書記兼民兵連長王怡堂（又是業餘文藝宣傳隊隊長）、支委王員祥親自登臺表演。

　　1975 年已是文革後期，但是，八個樣板戲仍然佔據舞臺中心，舊劇、老劇被視為「四舊」，因此，這一事件受到縣委的嚴肅處理。中共崇陽縣委宣傳部和東堡公社革委會組成聯合調查組，對這次事件進行調查，並於一九七五年三月十五日發表調查報告。報告指出：

　　這個大隊公然多次演壞戲的主要原因是：

　　第一，大隊黨支部沒有認真學習馬列和毛主席著作，路線覺悟低，分不清是非。七四年下半年成立業餘文藝宣傳隊後，他們利用地方提琴戲、花鼓戲移植了《喜事新風》、《送貨路上》等革命文藝節目，並於十二月份到公社和高堤渡槽工地進行過演出，效果較好。但也有少數人說步伐不大對，腔調不太行。黨支部書記梁員安聽了不加分析，提出要原來唱過老戲的人教宣傳隊步伐、腔調，從而把舊戲劇原封不動地搬上了舞臺，這就為「四舊」復活大開了綠燈。

　　第二，批林批孔運動搞得很不夠，特別是對意識形態領域裏的階級鬥爭抓得不力，「四舊」批得不深。全大隊無一所政治夜校，浸透孔孟之道毒汁的壞書、壞格言、壞戲等根本沒有觸動。極少數「老戲狂」留戀舊戲劇，一有機會就粉墨登場，副書記王保仁、王員祥原來是唱老戲的班子。

　　第三，個別脫產幹部極力支持和慫恿。第三次演的壞戲最多，時間最長，就是曾任過塘口公社黨委副書記（現塘口公社林業站幹部）汪仁生極力支持和慫恿的。二月二十二日晚，王保仁怕再演脫不了乎，對八隊保管王天雲說：「你們要搞，我就到學校去歇，去脫我的乎！」這時，汪仁生說：「怕還不許你教書吧？你走也得演，不走也得演，走了哪樣？」他還歪曲新憲法說：「新憲法上規定了，有信仰宗教的自由，有言論、結社、集會的自由……」王保仁想：他當過公社書記，可能懂政策。就沒有走。隨後，汪又說「還是你和王員祥上臺唱點好的看看」，王即上臺，又同其他人唱了《跳城》、《哭城》、《訪友》、《下海》等。汪仁生在這裡充當了什麼角色，是十分清楚的。

　　事情發生後，東堡公社黨委很重視，抽調兩名幹部到柳林大隊進行調查，派武裝部長沈伯通、宣傳委員鍾志大到柳林大隊發動群眾，開展革命大批判，組織了一次六百人的批判大會，參與了演壞戲的支委初步向群眾作了公開檢

查。公社黨委並沒收了該大隊「老戲班」的服裝，並組織群眾進行討論。

三月二十日，中共崇陽縣委文件發出「關於東堡公社柳林大隊復活『四舊』上演《孟姜女哭長城》等壞戲的通報」。通報原文如下：

各公社（鎮）黨委，縣直各科、局黨總支（支部）：

東堡公社柳林大隊於春節期間先後三次演《孟姜女哭長城》等壞戲，流毒甚廣，影響極壞，現通報全縣。

毛主席最近指出：「列寧為什麼說對資產階級專政，這個問題要搞清楚。這個問題不搞清楚，就會變修正主義。」柳林大隊出現的問題，進一步證明了學習毛主席這一偉大指示的極端重要性。這個大隊從表面上看是演幾齣「老戲」，實質是搞倒退，搞復辟，是資產階級在意識形態領域向無產階級猖狂進攻的反映，是在上層建築包括各個文化領域誰專誰的政的問題。各級黨委務必引起高度重視，看看你們那裏有沒有類似情況。要進一步領導好幹部、群眾認真學習馬列和毛主席著作，特別是學好無產階級專政的理論，提高路線覺悟和識別能力。要切實加強馬克思主義理論隊伍建設，學習小靳莊，狠批孔孟之道以及「三壞」（壞書、壞戲、壞歌）、「四舊」，肅清孔孟之道在各個角落的流毒。

中共崇陽縣委員會（章）

一九七五年三月二十日

東堡公社柳林大隊此次「復活『四舊』上演《孟姜女哭長城》等壞戲」的事件，留給我們觀察文革期間地方戲曲與鄉村生活的重要文本。雖然批林批孔運動轟轟烈烈，但是，在農村基層社會，「浸透孔孟之道毒汁的壞書、壞格言、壞戲等根本沒有觸動。極少數『老戲班』留戀舊戲曲，一有機會就粉墨登場，副書記王保仁、王員祥原來是唱老戲的班子。」「老戲班」的服裝也暗中得到保留。群眾對上演舊戲表現出空前熱情，三次演出，吸引來觀眾達四百人。大隊開會後，已經十一點，演出繼續進行，可見演到深夜。更值得注意的是，文革中的農村幹部用憲法條款「有信仰宗教的自由，有言論、結社、集會的自由」為演出的合理性辯護，實在令人刮目相看。

在文革反修反封建的高壓氣候下，戲曲仍然如此頑強生存，可想而知，當這樣的高壓一旦消失，民眾對戲曲的喜愛會以如何噴湧的形式出現。

1978 年，文革期間一度藏匿消失的花鼓戲重新恢復上演，激起江漢平原上的熱潮。當年秋天，洪湖曹市因為搶看花鼓戲曾發生慘案。某日，一河之隔的

仙桃演出花鼓戲，戲迷蜂擁，乘渡船過河看戲，因人員嚴重超載，結果翻船，發生死難。此事雖為不幸，但也由此亦映現出民眾對花鼓戲的狂熱。〔註26〕戲曲在中國鄉間社會如此深入人心可見一斑。

二、戲曲與民眾精神世界的共鳴

　　民眾為什麼對戲曲如此癡迷，如此喜愛，不能簡單的概括為傳統鄉間文化生活單調，惟有以戲曲為唯一娛樂形式。事實上，民眾對戲曲的熱愛，更深層的原因，在於戲曲和民眾的精神需求發生共鳴。

　　大革命時期，共產黨員李之龍撰寫了《為什麼要提倡楚劇》，用「平民的藝術」、「民間的文學」、「農村的文化」等概念來描述楚劇的特性。〔註27〕民國二十三年二月，殷霄為陶古鵬的《楚劇概言》作序，稱楚劇是「湖北現代唯一社會平民劇」。〔註28〕這些概念，其實都可以用於湖北的地方戲。湖北民眾喜愛地方戲曲，是因為戲曲中的歷史，戲曲中的人生，往往寄寓了他們的理想，給予了他們另一個世界，而戲曲中的生活倫理，則往往和他們的倫理思想或生活邏輯發生共鳴。

　　柳子戲、提琴戲均有劇目《小經堂》，又名《惡媳變牛》，寫惡媳麻氏去娘家「躲生」（回娘家過生日），以半升米囑婆母鄧氏為其子備午膳。鄧氏無食忍饑至經堂持齋修善。觀音變一道長前往化緣。鄧氏無物可施，捨之以米。麻氏返家詢知盛怒，打罵婆母，並罰其冒雪砍柴。鄧氏忍淚上山，觀音又變道長贈花衣、金釵，令其付予媳婦，可得孝順。麻氏見衣物急奪之加於己身。鄧氏饑寒乞食求火，麻氏令食貓兒膳，烤佛前燈。鄧氏無奈，復入經堂念佛。麻氏聞聲震怒，操斧欲劈供神，被觀音暗中使法而變耕牛。其子驚變告婆，鄧氏祈神解救，觀音乃現道長形，於訓斥之後方復麻氏人身。麻氏得此教訓，遂對神盟誓，痛改前非。此戲演出後頗有影響，鄂西南農村至今猶傳「小心變牛」之讕語，說明該戲深入人心。

　　江漢平原上有一類俗語：「花鼓戲開了鑼，不是張德和就是於老四。」、

〔註26〕洪湖市曹市花鼓戲劇團：水鄉藝苑中的奇葩〔EB／OL〕，荊楚網，http://news.
　　　　cnhubei.com/gdxw/201105/t1709373.shtml，2011-05-20。

〔註27〕李之龍，〈為什麼要提倡楚劇〉〔J〕，湖北省戲劇工作室編，《戲劇研究資料》
　　　　第30期，1990年7月。

〔註28〕殷霄，〈楚劇概言序〉〔J〕，湖北省戲劇工作室編，《戲劇研究資料》第30期，
　　　　1990年7月。

「唱熟於老四，天天有飯吃。」於老四串戲中，於老四和張二妹「一場爭鬥」、過界嶺到竹山，「心想的出人頭地」、「發大財面掛金牌」。結果到竹山後又賭又嫖，「楊梅瘡長地順腿血流」〔註29〕。當地俗語稱「打瓦」。張德和串戲中，張德和的僕人張三隨主人到南京貿易，老婆與其不睦而投河。據兩個情節，當地流傳一對戲聯：「於老四過界嶺，遠走高飛，那料竹山打瓦；張小三下南京，寬心樂意，豈知妻子投河。」〔註30〕對聯寓含了一個樸素的生活哲理：事情並非如自己所想像和願望。福兮禍所依，萬事不可太樂觀。

乾隆年間發生於廣濟的張朝宗告經承與瞿學富告壩費（詳見本書第二章），是下層士紳反抗當地腐敗權力的事件。以這兩個事件為題材的戲曲，深為人們喜愛。大革命時期，農會邀來戲班演出這兩場戲，藉此鼓舞大家和惡霸地主鬥爭的士氣。有人撰對聯：

看瞿學富控壩費，義正辭嚴，劣紳喪膽；

觀張朝宗告經承，心雄氣壯，惡吏消魂！〔註31〕

《站花牆》一戲描寫書生楊玉春懷揣信物「珍珠寶衫」到京城王府家認親，途中卻被同窗張寬竊取，當地俗諺因此說到某個壞人時都會把他比如成「張寬賊子」。

因此，都市底層和鄉村民眾之所以熱愛戲曲、癡迷戲曲，重要原因之一，在於戲曲中融貫了民眾的喜怒哀樂；融貫了民眾的基本倫理情感。宜城群藝館彭先一館長說：「戲曲唱的內容，和人民和老百姓的距離很近。現在你覺得唱戲沒人看，過去可是有人看，要不很多大姑娘看完戲後跟唱戲的跑了。有個戲叫《屠夫狀元》，這個事可能並不存在，但為什麼會有這個戲，把屠夫當狀元呢？因為人民想要這個樣子。你說包公，這樣的清官，哪有這樣的人，所以戲曲家就把很多人的事情積聚到他身上，需要這樣的清官。」他又概括說：地方戲曲「總體上的方向是懲惡揚善、善有善報，惡有惡報。戲就是這樣教育人的。」〔註32〕

〔註29〕此處依：李娜、李征康著，《青塘「武當神戲」藝人口述劇本集》〔M〕，武漢：湖北人民出版社，2016 年。

〔註30〕莫誠齋，〈黃梅戲楹聯叢話（三）〉〔J〕，《黃梅戲藝術》，1988 年第 2 期，第 60 ～63 頁。

〔註31〕莫誠齋，〈黃梅戲楹聯叢話（三）〉〔J〕，《黃梅戲藝術》，1988 年第 2 期，第 60 ～63 頁。

〔註32〕2017 年 8 月 3 日上午在宜城群藝館的調研訪談記錄。

　　農村民眾喜愛戲曲，還因為希望借助戲曲活動，實現自己最為日常最為普通也最為切合生活需要的願望。

　　襄陽藝術研究所所長任曉雲在筆者採訪時談到當地戲劇酬神的內容。

　　項目負責人：您這兒敬什麼神呢？

　　任曉雲：龍神節、牛王節、馬王節，知道牛王節吧？就是牛王過的節日，這一天，要請戲班子唱戲，唱了戲，你的牛一年都不會發瘟，不會生病，馬王節也是的。他說還是比較靈的。〔註33〕

　　宜城群藝館彭先一館長也談到當地酬神習俗：

　　項目負責人：宜城一般祭什麼神呢？

　　彭先一：像天旱、祈風、求雨，雨下多了漲水，那也趕緊叫老天爺莫下雨了莫下雨了。祈求豐收。

　　項目負責人：都要唱戲啊？

　　彭先一：唱戲，要搞幾天幾夜。我們這裡還有一個很典型的，過去小孩存活率低，想要存活一個娃娃，就上演《麒麟送子》。」〔註34〕

　　牛不生病，馬不生病，風調雨順，一年平平安安，多子多福，這就是基層社會的民眾最樸素最基本最善良的願望。為了實現這個願望，他們通過演戲取悅於神，希望神保佑自己的願望得以實現。而回應民眾這一願望，戲班往往在首場戲打鬧臺之前「由穿紅袍或官衣的老生，一手拿『佛塵』，一手卷著用布或紙做的條幅，在鑼鼓聲中走向前臺中間，向觀眾展開上書『天官賜福』、『人壽年豐』、『風調雨順』、『國泰民安』之類的吉祥成語。」〔註35〕面對這樣的祝願，民眾怎不熱情高漲？

　　民眾癡迷於戲曲，還有一個重要原因，這就是戲曲的娛樂性。無論是都市底層還是鄉間民眾，在生活的重壓之下，在勞作的辛苦之後，在艱辛的生活困境之中，都急於渴望從精神上逃避現實生活，緩解焦慮，而地方戲曲恰恰具有精神慰藉和轉移、分散注意力的功能。正因為如此，漢劇在繁華的漢口，「草鞋幫是死忠臣」。楚劇「最大宗的光顧者」是「大兵、鄉巴佬、小生意人、太婆、土媳婦、地痞流氓」，〔註36〕是「歪戴帽、短衣褂之類的下層階

〔註33〕2017 年 8 月 2 日上午在襄陽藝術研究所的調研訪談記錄。

〔註34〕2017 年 8 月 3 日上午在宜城群藝館的調研訪談記錄。

〔註35〕桂遇秋、黃梅縣文化局，《湖北省地方戲曲研究叢書‧黃梅採茶戲志》〔M〕，北京：中國戲劇出版社，1991 年 11 月，第 90 頁。

〔註36〕《顛倒婦孺的花鼓戲》〔N〕，《民風報》，1948 年 11 月 18 日。

級」。〔註 37〕而鄉間流行的各種民間小戲，吸引的是鄉村最普通的農民、村婦。「他們不懂文化，也不談文化；不懂藝術，也不談藝術。看戲就是看戲，只要順眼悅耳，開心快意，便什麼不去理，有戲就看得樂。」〔註 38〕臺下的空氣，「不是斯文溫雅，不是高貴柔和，而是粗獷的嬉笑、叫罵」，是打采、喝彩。崇陽鄉諺云：「唱戲的瘋子，看戲的傻子」。戲曲裏的世界、演戲曲的演員，臺下的觀眾，完全融為一體，形成一種精神集體。

正因為如此，我們不難理解，早期形態的湖北地方戲曲為什麼會充滿被上層社會鄙視的粗鄙、色情與感官刺激。其最典型者莫如花鼓戲。

花鼓戲源於民間說唱。鄉間農人生活，本來就以草野「俚俗」為特色，追求感官刺激與自娛，花鼓戲的題材也因此「大半都是描寫農民原始的戀愛和野合一類的事情」。「演的時候異常偏於肉感，粗俗在所不免」。〔註 39〕正統文化因此貶稱花鼓戲為「淫戲」。清人張燾在《津門雜記》卷下中說，花鼓戲「係妙齡女子登場度曲，雖於妓女外別樹一幟，就名異實同，究屬流娼，貌則誨淫，詞則多褻」。大約同時期的諸晦香在《明齋小識》卷九中說，花鼓戲「胡琴弦子，儼號宮商，淫婦姦夫，居然腳色」。兩人一南一北，相互場合。因此，有文章稱：「花鼓戲無分南北，都是被認做『有傷風化』的一種東西。」〔註 40〕同治十二年（1873）韓荼甫在《砭俗新樂府》中以《花鼓戲》為題，描寫花鼓戲說：「一男結束真村夫，一女粉黛如妖狐，導以淫詞兼褻語，插科打諢供葫蘆。」「青天白日高臺下，男女共觀秘戲圖」。〔註 41〕甚至有文章稱：「此種戲劇，誨淫誨盜，傷風敗俗」，「亂色奸聲」，是「中國戲劇界裏最無價值的摧殘民族性的萬惡的淫戲」。〔註 42〕但是，這樣的花鼓戲卻為民眾喜愛。「俗人偏自愛風情，浪語油腔最喜聽。土蕩約看花鼓戲，開場總在二三更。」〔註 43〕於老四串戲是採茶戲最流行的劇種之一。1983 年黃梅縣劇作家陸登霞、吳洪激，根據黃梅縣老藝人演出的《私情記》串戲中的 8 個折子戲，進行了改編，名為《於老四

〔註 37〕《五六個劇場》〔N〕，《民風報》，1949 年 1 月 5 日。

〔註 38〕《楚劇在今日》〔N〕，《漢口導報》，1947 年 11 月 28 日。

〔註 39〕歐陽予倩，〈從漢調說到花鼓戲〉〔J〕，《矛盾月刊》第 5／6 期，1933 年，第 101～109 頁。

〔註 40〕〈花鼓戲無分南北〉〔J〕，《綢繆月刊》第 1 卷第 2 期。

〔註 41〕韓荼甫，〈砭俗新樂府〉〔J〕，《瀛寰瑣記》第 16 期，1873 年，第 38～40 頁。

〔註 42〕敏書，〈取締花鼓戲〉〔J〕，《社會》第 2 期，1929 年。

〔註 43〕沙月編著，《清葉氏漢口竹枝詞解讀》〔M〕，武漢：崇文書局，2012 年，第 363 頁。

與張二女》，發表在 1984 年第一期的《鄉土戲劇》上，由黃梅縣黃梅戲劇院演出，當年 4 月上旬，參加了湖北省首屆黃梅戲藝術節演出，獲舞美金獎和劇本、表演、演員、音樂四項銀獎，湖北電視臺在縣劇院進行了全劇錄相。1988年元月該劇晉京，在北京軍區禮堂、中南海、中央戲劇學院、中央黨校、人民劇場等處，向中央首長、文化部領導、戲劇界專家、首都觀眾作了彙報演出，獲得好評，文化部給「於」劇發了 5000 元獎金。1997 年 3 月，西安電視臺到黃梅拍攝了舞臺藝術片《於老四與張二女》。但是，這個「於老四」是經過改造過的「於老四」。在《青塘「武當神戲」藝人口述劇本集》中，《於老四和張二女》呈現為另一種樣式。該劇本集收有於老四系列的三個折子戲劇本。《喻老四砍刀子》《張二妹生娃子》《余老四上竹山》。〔註44〕劇本集中的喻老四、張二妹，與今天舞臺上的喻老四、張二妹形象迥然不同。《喻老四砍刀子》描寫的是：張二妹與喻老四、王老六同時相好。那日，王老六去張二妹家玩耍，喻老四也突然到來，張二妹開後門，王老六拔刀在內，欲與喻鬥毆，被張二妹攔下。張二妹開後門，王老六自行逃走，喻老四進得家內，與二妹繼續戲耍。〔註45〕《張二妹生娃子》描寫張二妹和喻老四相好，不期身懷有孕，未及墮胎，只得生下娃子。孩子生下後，張二妹要喻老四「拿片子將兒抱過，只等到三更天拋向大河」。喻老四則搖手說：「二妹不可，這個娃把給我換點酒喝。」〔註46〕《余老四上竹山》描寫余老四喜好嫖賭，和妻子二妹爭吵後閒遊竹山。余老四「到竹山心想的是出人頭地」，誰想到「時運不湊」，「楊梅瘡長地順腿血流」，「一路上苦要飯挨門乞討」。張二妹念舊情，將余老四收留，余老四對天賭咒，「從此後我改正天在上頭」。武當神劇老藝人口述劇本中的余老四和張二妹顯然是舊劇中於老四和張二妹的形象，兩人全然是鄉間不務正業的男女。正因為如此，1929 年第 1 期《社會》上發表的達可文章《零碎感想——說到影片、花鼓戲和收回租界》，就把「喻老四拜年」斥為「傷風敗俗」的「淫戲」。〔註47〕

〔註44〕這些劇本雖有「喻老四」、「余老四」等不同名稱，但據其內容，如喻老四拜乾娘、喻老四和張二妹相好、余老四上竹山等情節，喻老四、余老四都是故事流傳中於老四的變稱。

〔註45〕李娜、李征康著，《青塘「武當神戲」藝人口述劇本集》〔M〕，武漢：湖北人民出版社，2016 年，第 250 頁。

〔註46〕李娜、李征康著，《青塘「武當神戲」藝人口述劇本集》〔M〕，武漢：湖北人民出版社，2016 年，第 253 頁。

〔註47〕達可，〈零碎感想——說到影片、花鼓戲和收回租界〉〔J〕，《社會》第 1 期，1929 年。

漢劇同樣如此。1923 年 10 月 30 日的《漢口中西報》刊載《不良戲曲之取締注意通俗教育》一文，譴責說：「漢戲為吾楚故物，向守先民規矩，邇來漸染花鼓戲之積習，慣趨淫蕩，而尤以《雙橋會》《日月圖》兩曲為污穢耳目之魁。」經漢戲公會在北京教育部及湖北省教育廳立案，「旋經教廳照准，轉飭漢戲公進行，而各漢戲園不演《雙橋會》、《日月圖》者，已滿一年」。「近聞滿春戲違禁後，於是各園相率效尤，益無忌憚，硬在高臺之上，對作大男細女，說出種種誨淫不堪入耳之狀，敗俗傷風，莫此為極」。

當然，對下層民眾喜愛卻為上層社會深惡痛絕的地方戲如何作出價值評價是一個文化詮釋問題。王若愚《楚劇奮鬥史》記載了他和時任武漢市公安局行政科長的馮伯謙圍繞若干淫戲劇目的辯論：

公安局行政科長馮伯謙宣布禁演劇目。他首先提出《送香茶》犯淫，該禁。王若愚說明《送香茶》全本叫《販馬記》，是京、漢、楚都演的好戲，並非淫戲。馮又提出《蔡鳴鳳》謀殺親夫，殘暴不堪，該禁。愚說蔡鳴鳳在外好女色，屠戶又與他的妻子私通，結果都死於刀下，是寫因果報應、勸導生意人不可好女色的好戲。馮又提出《朱氏割肝》引動許多菩薩下凡，荒謬絕倫，該禁。愚說迷信一層是神道設教時代的產物，俗云「戲不夠，神仙湊」嘛！馮又提出《倒栽麻》兒子打娘，顛倒倫常。愚說，要看為什麼打。他的娘虐待前娘的女兒，他打抱不平，故而打之，大快人心，是好戲。馮又提出《烏金記》姦淫，謀命，劫財，該禁。愚語塞。鄧天南（瀾）說《烏金記》裏夫妻新婚而不相識，釀出案件，是反映舊婚姻制度之不良，有移風轉俗之力，至於社會上出現姦情、殺人等案，是社會發展使然，並非演某戲才有某案。〔註48〕

如果說王若愚、鄧天南是借用和公權力共同的話語系統來為地方戲辯護，湯鐘瑤的《憶花鼓戲》則從兩種文化觀的立場為下層民眾的戲曲嗜好辯解。他說：「這種戲（指花鼓戲——筆者注）在我的故鄉人看來本為邪戲，換句話說，有點兒傷風敗俗，縉紳先生多半是深惡而痛絕之，一聽到花鼓戲，便皺著眉頭，表示不願聽，生怕失掉他的高雅與尊嚴」。作者辯護說：「所謂縉紳先生深惡而痛絕之者，無非由於學孔夫子放鄭聲的遺風，或者由於這種戲將他們的高雅的面具揭穿了的緣故罷，但在非縉紳一流人物裏，如藝匠農夫終日孜孜於毫無意趣的職業之徒，卻從這種戲裏得到快感」。「所以一般縉紳先生、文

〔註48〕王若愚，〈楚劇奮鬥史〉〔J〕，湖北省戲劇工作室編，《戲劇研究資料》第 4 期（內部刊物），1982 年，第 47～48 頁。

章學士，高雅固然高雅，但也不能撲滅此視為猥褻的民眾戲劇」〔註49〕。

　　荊州花鼓戲國家級非遺傳承人潘愛芳總結說：我們這個地方精神食糧就是花鼓戲為主。〔註50〕這個論斷不僅適用於江漢平原，且適用於整個鄉村社會。地方戲曲在本質上是底層生活方式的直接產物，流貫著底層生活特有的新鮮血液。儘管時至今日，地方戲曲已發生巨大改造，但是，它和鄉村民眾之間仍然維繫著隱秘的精神聯繫，成為鄉村文化、鄉村民俗、鄉村傳統的內在的一個要素。

第二節　鄉土生活中戲曲的參與

　　鄉土生活由一系列環節構成：信仰、習俗、時令節日、紅白喜事、人情往來，這就是鄉土生活的日常。而這些環節，莫不有地方戲曲的參與，如果在我們研究社會生活、百姓生活的視野中缺省了戲曲，那麼，所描繪的社會生活圖景就是不完整的圖景。

一、戲曲與歲時節令

　　在中國傳統社會，戲曲與節日有著天然的聯繫。所謂「歲時祭賽，無不有劇」描述的正是這種文化習俗。

　　戲曲與節日的天然聯繫，其原因有三：

　　首先，日常生活中的節日與宗教祭祀有著密切的關聯。德國學者約瑟夫・皮柏認為：「無論是世俗的節慶，或是宗教的節慶，其根源都來自於祭祀的儀式。」〔註51〕在中國傳統節日中，春節起源於中國殷商時期的年頭歲末祭神、祭祖活動（臘祭）。漢武帝時，把「太一神」祭祀活動定在正月十五（太一：主宰宇宙一切之神）。清明節起源於古代的寒食節和上巳節，是迎春神之節。人們在此節日要祭祀高媒神──即生殖神，舉行踏青、祓禊（臨河洗浴）、野合等迎春活動，每當春日龍星到來，國家要在農社的祭壇（靈臺）上舉行隆重的祭祀，以祈求春雨。祭祀中要舉行舞龍的舞蹈，所以這種祭祀又叫「舞雩」。「端午」本名「端五」，端是初的意思。由於當時的人們認為「五月」是惡月，「初五」是惡日，因而避諱「五」，改為「端午」。懸鍾馗像是端午節習俗。中

〔註49〕湯鐘瑤，〈憶花鼓戲〉〔J〕，《社會》第 24 期，1925 年 8 月 31 日。

〔註50〕項目負責人著，《荊州花鼓戲傳承群體的社會學考察》〔M〕，北京：中國社會科學出版社，2015 年，第 38 頁。

〔註51〕（德）皮柏（Pieper, Josef）著；黃藿譯，《節慶、休閒與文化》〔M〕，北京：生活・讀書・新知三聯書店，1991 年，第 37 頁。

秋成為節日是唐宋以後的事，是由中秋時節的月神祭祀發展而來。由於中國古代的宗教是一種多神崇拜的宗教。民眾所崇拜的神靈，不僅涵蓋儒釋道三教，還包括地方信奉的神、發明的神。信奉的神祗多樣化，祭祀活動也林林總總，久而久之，由祭而慶，形成名目繁多宗教節日。

其二，戲曲與宗教祭祀有天然聯繫。民俗學家普遍認為，節日祭儀是戲劇表演之淵源。驅凶納吉的祭祀儀式中別具意涵的肢體動作實已跨進舞蹈和戲劇的領域。因此，戲劇的初始形態總是與宗教禮儀水乳交融，密不可分。由於大多節日宗教祭祀氛圍濃厚，節日演劇往往與宗教氛圍相契合，有時演劇就是整個宗教祭祀的一部分。〔註52〕雖然，在後世的歷史進程中，節日儀式的宗教意味日益消退，休養生息與娛樂色彩日益增強，但宗教祭祀中演劇的驅凶納吉的內涵已積澱在節日意義的深層。故無節不演戲，成為民眾的一種心理認知和精神需要。

其三，節日對民眾的意義，不僅是驅凶納吉，祈求人壽年豐、六畜興旺。民俗學者通常把民眾的生活分為兩個部分，一個是日常，「開門七件事，柴米油鹽醬醋茶」。一個是狂歡，狂歡是對日常的補償，而節日便是民眾約定俗成的特定狂歡時刻。戲曲本伴隨節日而生，更為節日增添喜慶、娛樂的氛圍。在觀看戲曲的過程中，民眾不是宗教儀式的參與者，而是一個娛樂者、觀賞者。

正是如上三方面原因，把戲曲與節日天然聯繫起來。考察湖北地方文獻，關於歲時節令時的戲曲活動，記載豐富。

同治宜昌府志載：

東湖縣〔註53〕：十五日，粉糯米為丸，名日元宵。晚間張燈，嬉自初十日起。至是日，有少年輩，飾婦女狀，作採茶狀，歌唱作態，金鼓喧嘩。又妝演雜劇，謂之故事。笙簫鼓樂，遍遊街市，鰲山層立，裁繪剪紙像人物、花卉，燦爛異常。又有龍鳳走馬諸燈，跳獅獅者沿門作劇，爆竹之聲喧聞震耳。

歸州縣〔註54〕：元日祀神，出天方〔註55〕、拜尊長以及比鄰賀歲，皆同

〔註52〕陳建華著，《節日視閾下的戲曲演藝研究》〔M〕，武漢：長江文藝出版社，2016年，第28、30頁。

〔註53〕東湖縣：即宣昌縣，雍正十三年（1735）升夷陵州為夷陵府，立東湖縣為府郭首邑。民國元年（1912）復稱宜昌縣。

〔註54〕歸州縣：即秭歸縣，「緣其地為楚三閭大夫屈原故鄉，屈原被放，其姊同姊，女聞而來歸，故以是是名」，唐武德二年（619）和明洪武十三年（1380）置歸州，清雍正七年（1729）升為直隸歸州，十三年廢直，屬宜昌府，民國改為秭歸縣。

〔註55〕傳統習俗，當午夜交正子時、新年到來的一刻，人們燃香明燭，敬祀天地神靈

東湖。初三日燒門神紙，初九日亦同。十五日晚間，張燈食元宵，城鄉皆有飾女妝為花鼓戲者。其蟠龍跳獅，亦如東湖。

巴東縣：元日祀神、拜尊長、親友相拜如常，惟前三日，接祖先，設主，備果品香燭，獻茶酒。三日取楮錢封之，陳於案旁，謂之供包袱，至正月三日焚之。十五日元夕，市人扮故事競燈。

鶴峰縣：元日祀神出天方及彼此賀歲與首邑同。初三，日昏時燒門神紙，亦曰送年。以白蠟樹葉合楮焚燒作聲，日「炸虼蚤」。初九日為上元，始張燈嬉至十五日比。十五日食元宵，張各色燈。是夕最盛，亦有演龍燈暨花鼓雜劇。

長樂縣〔註56〕：元旦祀神，出天方、拜尊長皆與鶴峰同。初三日燒門神紙亦同。初九日為上九，戚友拜年者以未出上九為恭。十五日元夕張燈演花鼓，多唱楊花柳詞，其音節出四川梁山縣，謂之梁山調。

乾隆《江陵縣志》：上元張燈，自十一日起，至十三、十四、十五三夜尤盛。影燈裁繪，剪紙像人物、花果魚龍、禽獸，聚於南門關廟，謂之燈市。妝演故事，俳優百戲。簫鼓喧闐，列戶懸燈於門。

同治《公安縣志》：立春前一日，邑大夫而下，具簪花盛服，迎春於東郊，民間扮演故事，遊行城鄉。

同治《通山縣志》：五月五日為端午節，插艾掛蒲，飲雄黃酒，為角黍、饅頭饋送親友；手腕束五色線，製香包、綴蒜枚以為肴：造五色龍舟競渡，曰「奪標」，又云以弔屈忠烈公。城市演劇於三閭祠。……九月九日，重陽佳節，登高為樂。更為張真人誕期，城西演戲以祝。

光緒《咸寧縣志》：上元，食糯米粉團，曰「元宵」。城鄉為張燈之戲。剡竹蒙紙為龍狀籌燈者曰「龍燈」，作魚獸狀者曰「散燈」。十三十四夜為試燈，十五為正燈，十八、十九為續元燈，釀金演劇曰「花燈」。龍燈則沿村盤舞；花燈則沿家演唱，鼓吹導從，竟夜為歡。

道光《雲夢縣志》：元宵，街市張燈，笙歌盈耳，城鄉燭龍競騰，好事者佐以花炮，鰲山燈。鄉間男、婦入城觀燈，謁神，日走百里。

和五方之神，稱為「出天方」。另一說是，根據曆書上所載新的一年的吉利方向，提燈籠向該方向出行，迎接喜神。因此，「出天方」又稱「出行」「兜喜神方」。「出天方」時，往往口中念念有詞：「東方遇財，西方遇寶，南方遇貴人，北方遇聖君。」虔誠至極。

〔註56〕長樂縣：即五峰縣，1914年因與福建長樂縣同名，又因其縣城緊挨五峰山，故改名為五峰縣。

道光《安陸縣志》：上元……十四夜為試燈，十五夜為正燈。檀板度曲，簫鼓相答，火樹互角，卜夜為歡，至十九夜方止。

光緒《孝感縣志》：正月立春，邑令迎春於東郊。各行戶裝故事，先一日演於市，奏於公堂，謂之點春。

道光《鶴峰州志》：元宵張燈，自十一、二日起，市人妝演雜劇、龍燈、羽鱗各族為戲。金鼓喧闐，爆竹之聲不絕。至是夕始罷。又以糯米粉為丸，名曰「元宵」。

光緒《麻城縣志》：端午，角黍交贈，採藥插艾莆，雄黃泛酒，繫彩辟惡，是月作紙舫祈神，為龍舟會，備旗幡鼓樂，扮人物故事，競尚華靡，動破中人之產。

同治《鄖縣縣志》：立春前一日，府縣官率屬，盛儀仗，迎春於東郊，高抬（臺）裝（妝）演戲出，觀者如堵。迎春先一日，春官著彩衣，率裝（妝）戲演於公堂。鼓樂吹笙，宣唱吉語，謂之演春。

同治《房縣縣志》：二月花朝，東泰山廟；三月上巳，西房山廟顯聖殿，皆演戲、賽會。鄉村士女，各項買賣及諸技巧，絡繹奔趨，蟻聚雲屯，堆山塞谷。

同治《宜城縣志》：正月……元夕，街市懸華燈，人家食粉團，迎紫姑神以卜歲。有龍燈、儺賽諸戲，簫鼓歌謠之聲，喧闐徹旦，沿街爆竹不絕。

同治《穀城縣志》：元旦貼宜春字，閭閻尊卑長幼往來慶賀新禧。元宵張燈打秋韆，戲舉志戶會賽，廟演高臺戲。

乾隆《江夏縣志》：上元夕，剡竹蒙紙，為龍狀，籌燭者曰龍燈，作獸狀、魚狀曰散燈。鼓吹喧闐，往來紛紛，爆聲達旦，前後數夕亦如之。……月杪，諸游手比戶醵金演劇，曰燈戲。

光緒《武昌縣志》：冬時，農工畢，多演劇以賽豐年。

戲曲在時令之日上演，增加了節日的熱鬧、狂歡的氛圍。節日期間上演的戲曲，也根據不同節日的文化內涵和民眾心理進行調整。民國四年的《漢口小志》便記錄：「漢口各戲園多按時令排演劇曲。如端午則演《白蛇傳全本》，七夕則演《天河配》，中秋則演《唐明皇遊月宮》等曲，觀者爭先恐後，每夜座上常客滿」。

時至今日，節日必演戲仍然是城鄉傳統。戲曲已經融入節日，成為節日中的元素，節日中的儀式。

二、戲曲與民間信仰

（一）酬神

傳統社會的民眾相信神靈是生活的庇護者，他們把所有美好的願望寄託在神靈的保佑，或企盼子孫繁衍、遠離災禍，或希冀全家安康，財源廣進，為此，向神祈禱，許下心願，並承諾心願實現後，一定會「擊金鼓、歌舞傀儡以樂神」。《容美土司史料彙編》中有如此一段記載：「大二三神，田氏之家神也，刻木為三，靈驗異常，求醫問壽者，往來相屬於道，神所在，人康物阜。合族按戶期應迎奉焉，期將終，具酒醴，封羊豕以祭之，名曰『喜神』，不然必居奇禍。祭時鼓鉦喧噪，苗歌蠻舞，如演劇然。」〔註57〕其描述十分具體生動。而「鼓鉦喧噪，苗歌蠻舞，如演劇然」，正是使神喜樂、高興的儀式。

中國傳統社會的各階層之所以以戲酬神，是因為人們傳說：「神酷好音樂」。《崇陽提琴戲劇志》記載一則「十太公喜歡看戲」的民間傳說。崇陽高堤龐家十太公在嶗山學法，本領高強，為人做了許多好事。十太公年老時在南泉觀修行，第二天，該高堤斜屋發生狐狸精屢害人命事件，人們將十太公請下山來做法，將狐狸精捉住殺死，安定了一方。地保將十太公的業績上報朝廷，皇帝定要重賞。十太公辭謝說：「我不要什麼封賞，只要有戲看就行。」皇帝當即下旨：「好，賞你一年三百個香頭。」自此，十太公每年贏得後人供奉的三百臺案戲。十太公去世後，他的後人一為感謝其恩德，二有皇上的頒旨，給十太公雕了一個木頭神像供奉在祖堂，每年從農曆三月初三他的生日這天開始，接來戲班，把十太公的神像敬在戲臺前，擺上香蠟供果，唱戲給十太公看。同時，禱求十太公繼續護佑後人五穀豐登，六畜興旺，家道興盛。並開臺就是三百天，形成習俗。民間稱此為唱十太公案戲。後來，此風俗沿及崇陽，不僅龐姓人唱十太公案戲，程姓、張姓、李姓、王姓也唱十太公戲。〔註58〕這個傳說，是關於「神酷好音樂」之說的最生動注腳。

由於「神酷好音樂」，故鄉鎮戲臺往往搭在神廟對面。浠水巴河鎮泉塘村、浠水散花鎮福主村的古戲臺就都建在神廟對面。浠水福主村的萬年臺修建於

〔註57〕中共鶴峰縣委統戰部等編輯，《容美土司史料彙編》〔M〕，中共鶴峰縣委統戰部。

〔註58〕饒浩良主編，《崇陽提琴戲劇志》〔M〕，湖北省崇陽縣提琴戲協，2015年，第482頁。

清乾隆年間，道光九年（1829）重建，戲臺是磚木石混合結構，歇山重簷，坐南朝北，平面呈「凸」字形。形制完整，結構精巧，裝飾工藝技法齊全。戲臺前依斜坡自然地勢，辟為可容近萬觀眾的劇場，而後面觀眾視線不受阻擋，劇場周圍植有梓、櫟、楓樹，古枝參天，構成天然涼棚。萬年臺對面即福主村福主廟。福主廟於清代、民國間是當地的祭祀中心，每年三月十五日財神會、五月十二日關帝生期、八月十四日福主壽辰，遠近鄉親、商人皆來朝拜，各行各業到此交易，商家集資接班唱戲，並抬福主和關帝塑像到戲場「觀賞」。至今每逢重要節日，地方戲劇團仍會來萬年臺演出。

關於中國古代的酬神，在唐代詩人的筆下屢有記載。白居易的《春村》一詩有「黃昏林下路，鼓笛賽神歸」之句。唐人沈亞之更有《酬神》，詩中生動描寫道：「兒載吹兮音咿咿，銅鐃吹兮哦呼眽眽。樟之蓋兮麓下，雲垂幄兮為帷。合吾民兮將安，維吾侯之康兮樂欣。肴盤列兮答神，神擺漁篁兮降拂窣窣。右持妓兮左夫人，態修邃兮佻眇。調丹含瓊兮瑳佳笑，馨炮膻燔兮溢按豆。爵盅無虛兮果擶雜佑，秋雲清醉兮流融光。巫裾旋兮覷袖翔，瞪虛凝兮覽回楊。語神歡兮酒雲央，望吾侯兮遵賞事。朝馬駕兮搦寶轡，千弨函弦兮森道騎。吾何樂兮神軒，維侯之康兮居遊自遂。」人們相信，如果只許願不酬神，就會遭到菩薩的懲罰。在湖北民間社會的一些地區，求神許願時，要在廟前立下一根木杆，表示願望實現必定請戲酬神，戲未唱則杆不拔。唱還願戲時，前面跳加官或於踩臺中要報還願人的名字，並用紅紙寫了貼在牆柱上，以表示承諾的兌現。

湖北傳統社會，酬神的活動異常活躍。襄陽藝術研究所所長任曉雲十分精闢的指出：「農民遇到什麼要解決的問題都有一個節日，然後在這個節日請戲班子去唱戲。」〔註59〕這就是中國傳統社會民眾的文化創造性。根據自己的需要，創造節日。中國文化的實用理性和民間信仰，完美的結合起來。

關於湖北農村城鎮的酬神習俗，漢劇史專家傅心一有專門論說。他說：「舊社會各季節，農村城鎮都有唱戲還願酬神的習俗，特別是農村秋收後更為盛行，一來酬神還願，二來藉此滿足文娛生活，唱神戲、會戲、還願戲的時候是正月燈會，二月觀音會、土地會，三月財神會，四月頭宮會、藥王會，五月龍船會、送船會，六月楊泗會、雷神會，七月盂蘭會（中元會）、地藏王會，八月秋收後的酬神會、牛皇會，九月觀音會，十、十一、十二月唱酬神戲和還

〔註59〕2017 年 8 月 2 日上午在襄陽藝術研究所的調研訪談記錄。

願戲的更多。此外還有唱祠戲（即譜戲）、儺戲。」〔註60〕

傅心一之說，可見於湖北各地的文獻記載。

同治《鄖西縣志》十分詳細記載了鄂西包括酬神在內的各種祭祀活動：元月，「元夕眾廣張燈度曲，步月踏歌。十三四五六等日，鑼鼓震耳，到處爭迎，沿街爆聲不絕，鄉俗以為弭火災、逐瘟疫也。」二月，「二日，福德神誕日，城市徵優演劇，農家為報賽會，酒食豐設，盡醉飽焉。」四月，「八日為佛生日，賽佛會。」五月，「於火星廟開壇作醮，紫舟送神，謂瘟火會。二十八日為城隍誕辰。」六月，「六日曝書曬衣服祀田祖，是日為楊泗將軍誕辰，沿河祀神演劇，各舟子賽會爭勝。」七月「中元祭祖先」。八月，「中秋棗梨瓜果皆登於市，合餅餌祀祖先……鄉閭社祀如春」。十月，「二十八日為城隍誕辰，徵優演劇，香火滿道，士女雜踏，靡費不貲（貲）。」「冬至日土族合祭祖先於祠堂。」十一月，「二十三四日，送灶神，迎祖先」。「除夕，迎灶神貼桃符，熾炭圍爐，爆竹聲達旦」。各種祭祀活動幾乎是無月無有，而各種活動無不伴隨戲曲的演出。

同治《崇陽縣志》：二黃絲竹，近世盛行，城中城隍廟奏曲酬神，每歲靡費不貲，鄉村市鎮，時復傚之。

光緒《咸寧縣志》：五月十三日，關帝廟為單刀會，演劇祀神，城市皆然，是日雨為磨刀雨。皂角廟，在縣治東，祀五顯之神，以傍多皂角樹故。中有所謂藥王者。荊楚故俗，謂神酷好音樂，鄉人有疾，輒於廟中，賽戲福，擊金鼓。歌舞傀儡以樂神。

同治《廣濟縣志》：三月三日，漕船齊幫於田鎮，演戲酬神。二月十九日，男女輻輳，謁觀音大士，張幕列市，備百戲，極聚會之盛。六月初六日，祀城隍神。市人分段斂錢，賽會演戲。先一日出會扮故事，男婦聚觀如堵。……縣官備羊一、豕一，演戲獻壽。

同治《宜昌府志》：俗尚淫祀，每值各廟神誕，咸釀金作會，或演劇，或誦經，為費不貲。

乾隆《江陵縣志》：荊州率敬鬼，尤重祠祀之事。今江陵之俗，當疫氣流染，社民出金作天符會，謂之去災。扮賽戲劇，以紙糊船送之江中。小幾痘疹初發熱時，以掃帚簪花供於家，至痘癒後，用紙作轎，鼓樂掛彩，送於廟中，

〔註60〕傅心一，〈關於漢劇班請臺、戲箱和戲臺制度〉〔J〕，湖北省戲劇工作室編，《戲劇研究資料》第 15 期，1986 年 6 月。

謂之送痘神。

嘉慶《荊門直隸州志》載：二月二日，土地神誕，先夜燈燭鼓樂扮戲慶賀，臨期拜祝，食壽麵，飲福酒，女不遊春，男不踏青。

同治《通山縣志》載：五月五日為端午節，……弔屈忠烈公，城市演劇於三閭祠。六月二十日，為漢馬伏波誕期，城西演劇於祠。九月九日，重陽佳節，登高為樂。更為張真人誕期，城西六月演戲以祝。

光緒《羅田縣志》載：五月二十八日，為邑城隍神誕，自康熙年間，相沿至今。每於前一日亭午，具儀簿彩輿迎神，行則前導大纛，儀仗鼓吹如王公，家家焚香楮，望與羅，拜至晚，於帳殿前演百劇、歌舞達曙，謂之神會。

光緒《蘄水縣志》記載：三月二十八日，俗謂東嶽誕辰，演劇設醮，累十日。城隍誕辰會，城隍會，則邑中獨也；余會巴蘭〔註61〕俱有之，而巴更為甚。蓋皆演臺閣故事以慶之。費金錢、靡酒食，雖貧民不避焉，謂以致力於神也。楚俗之好巫重鬼，信乎！秋社祀神，飲酒如春。又五鄉俱演劇報賽日，黃谷風蓋，自是訖於冬焉。

同治《監利縣志》：邑東有何三神者，吾邑人也，七歲溺而死，後有奇驗，鄉人駭之，立祠以奉之。至懷宗十年後，廟祀遍於邑境，割牲演戲，雜眾於庭。

道光《安陸縣志》：德安府城隍廟，宋咸淳間，府徙治漢陽，城頭山廟亦移從。元時復還德安府治，廟立南門內。東偏前為舞榭，以為春秋祈報，演樂迎神之所。

道光《鶴峰州志》：各廟神誕，輪年予派，首士屆期釀金作會，或演戲，延僧焚香誦經。

同治《巴東縣志》：每歲三四月，邑民咸出金錢，延黃冠誦經。分東西為上下街，揚幡掛榜，市中貼過街幡。書：「解瘟釋疫，祈福迎祥」各四字。往年於設臺之三四月妝演雜劇、龍燈之屬，名曰「清醮」。近年無之，名曰「素醮」。撤臺之日，以紙糊船送之江中，謂之放瘟船。

道光《施南府志》：歲終還願酬神，各具羊豕祭於家，皆以巫師將事。

同治《穀城縣志》：二月朔祀文昌，演戲大會。三月三，祖師大會演戲，設酒亭客館。

同治《黃陂縣志》：七月十五日，縣中迎城隍神，以小兒童妝演故事。各

〔註61〕巴蘭：縣西北的巴河鎮和縣西南的蘭溪鎮的合稱。

街爭勝，鼓樂喧闐，民人擁擠，所費不貲。

乾隆《江夏縣志》：城東有東嶽廟。匾額鱗萃不可數。三月二十八日為天齊會，先十數日，遠近紛來，懸榜演劇，燃闍羅十曹燭。

劉開芳整理的《隨州沙市襄樊的古戲樓》記載了隨州萬和區秘書何儒海對隨北的酬神活動調查：

正月初七，為新城城隍廟火神會；二月二十九，為界碑口虎山廟觀音老母會；三月初三，為太白頂現白雲禪寺祖師會；三月十五日，為新集太山廟祖師會；三月二十日，為解家河天齊廟祖師會；三月二十八日為新城城隍廟城隍會；五月二十八日，為新城城隍廟天佛會；十月十五日，新城龍華廟李娘娘會。在如上酬神活動中，以新城城隍廟城隍會、天佛會、太山廟祖師會，天齊廟祖師會最為隆重。如五月二十八日天佛會，河南賒店、南陽、南召、魯山、桐柏，本省萬和等地商販、絲客，早在五月二十日，便薈萃新城。

黃梅縣的酬神，以祀福神最為著名。順治十一年（1660）《黃梅縣志》載：「八月扮香戲，祀福神於村畈，竟成惡俗，祈禳必共建醮會，又不時扮戲，俗云戲願。」所謂「福神」是指福主菩薩宋益。傳說宋益是晉青州人，任番禺令，後棄官隱於黃梅之黃齡洞，有道術，能救疾疫。後人立祠祀之，以「宋公大王」隆其號。由於聖蹟卓著，自唐至明，先後六次接受皇帝旌封。至明封為昭德侯。〔註62〕黃梅地區以採茶戲酬謝福神的傳統據說始於明萬曆年間的黃梅縣知縣來山聘。傳說，有一年暑季的一個夜晚，來山聘在書房閱卷，由於過度疲勞而呼呼欲睡，一個青衣童子突然出現在面前，將他引到考田山黃齡洞龍潭遊玩。童子分開水浪，將他帶到龍潭的水晶宮。水晶宮的龍床上睡的不是龍王，而是黃梅黎民百姓崇祀的福主菩薩宋益。青衣童子叫來山聘坐在案桌邊等候福神醒來與他會見。來山聘閒坐無聊，翻閱桌上宋益的文稿，發現有一篇《二十七村恨狀》。其文怨恨西鄉村民，只要求年年五穀豐登，卻對宋益既不燒香禮拜，又不唱戲酬謝，因此再不願給西鄉各村施雨露，要讓禾苗乾死，村民渴死！來山聘讀後大驚，趕緊將「恨狀」抄了下來，並跪在龍床前作揖道罪說：「西鄉二十一村，是卑職所管的區域，因才疏學淺，對村民們教化不夠，有愧福神，千罪萬罪，罪在山聘！從今年鄉村秋收之後或福神誕生日起，我即

〔註62〕吳啟前：《黃梅福主》。另據《黃梅縣志》「祠祀篇」記載：「宋景德三年，天下大疫，縣尹李彪全家染患，（昭德）王救治得痊。尹感王德，為建廟於北邙山，至明封為昭德侯，因以名廟。」

到鄉村，曉諭百姓，唱鄉村採茶戲酬大仙。」許願之後，來山聘逃出龍潭，回到縣衙，驚醒過來，一身冷汗，原來是南柯一夢！但荷包中卻真有其手抄的《恨狀》。他為此告示西鄉各村及全縣里正，每年在宋益的誕生日至秋收結束，擺上供果，點燃蠟燭，鳴放炮竹，從神廟中請出宋益，讓他坐在臺前看鄉民演唱採茶戲。自此，黃梅以採茶戲酬謝福神成為習俗。乾隆二十一年（1756）《黃梅縣志》載：「八月二十二日宋侯德昭神亦然，至西鄉村俗，建壇設額，誦經演劇，更為動眾，俗云報功，靡然繁費矣。」道光九年（1829）別霽林《問花水榭詩集》有一首竹枝詞：「多雲山上稻菽多，太白湖中魚出波。相約今年酬社主，村村齊唱採茶歌。」《黃梅縣志》中說的「宋侯德昭神」以及別霽林詩中所說「社主」，就是福神宋益。所謂來山聘夢中見到宋益「恨狀」的故事當然出自於虛構，不過是這個縣官「神道設教」的一個方式。但無論如何，這個充滿「神諭」的故事給予鄉間以戲酬神的正當性合理性。

穀城民間流行越調。「越調就是還願的」，穀城文化館的越調老藝人葉祥成如此斷言。「當時也沒有戲院，都是給人家還神了願，父母有病了，唱廟會啊。」酬神既是越調的主要職能，也是它生存的一種方式。而當地的酬神，主要酬雷神、火神。祭祀雷神火神的信仰根植於楚文化。「楚國的最高神是祝融，祝融就稱為火王爺，這是楚文化的標誌。」〔註63〕

湖北各地如此，武漢亦如是。

漢口商賈雲集，「或以地域，或以商幫所組合，或以會館，或以公所為名稱者，日益加多，至清季共達八十餘所」。「所內悉設置神座，如寺觀然，平時以此為本幫聚議地，春秋二季，必演戲酬神，動耗數百金。」〔註64〕這種類型的「演戲酬神」被稱為會戲。會戲在神仙生辰與行幫祖師誕辰上演。其時漢口會館、公所各種會戲上演的盛況，在鄧家祺主編的《漢劇志》中記錄甚詳。

正月十五：元宵會戲，玉皇會戲
二月初二：花朝會戲，觀音會戲
三月初五：財神會戲，送子娘娘會戲
四月初八：佛祖會戲，青苗會戲
五月初五：端陽會戲，單刀會戲
六月初六：楊泗會戲，牛王會戲

〔註63〕2017 年 8 月 4 日上午在穀城文化館的調研訪談記錄。
〔註64〕《樗園漫識》〔N〕，《漢口中西報》，1933 年 12 月 31 日。

七月十五：盂蘭會戲，藥王會戲

八月十五：中秋會戲，魯班會戲

九月初九：重陽會戲，老君會戲

十月十九：太陽會戲，水官會戲

十一月初一：火官會戲，軒轅會戲

十二月二十三：灶神會戲〔註65〕

乾隆五十八年的《江夏縣志》載：「城東有東嶽廟，匾額鱗萃不可數。三月二十八日為天齊會，先十數日，遠近紛來，懸榜演劇，燃閻羅十曹燭。鐃鐸步虛，聲不絕市，中百戲百戲邏陳，觀聽騖集，多趁墟者。」

葉調元的《漢口竹枝詞》記：「沈家廟裏戲酬神，一節入官二百文。求福人多還願眾，戲臺押得一包銀。」其下自注：「廟供關帝，願戲頗多。管臺者率以一本得錢二百，聞其押銀五百兩，亦異事也。俗以五百為一包。」

1948年5月27日的《羅賓漢報》刊載文章《二郎廟酬神，來漢邀名角》。文章報導：「武昌二郎廟鄉為了酬神，已決定隆重舉行劇演。日昨，由最執迷漢劇之蕭鴻儒君，邀約該村負責人李建、徐世才等渡江洽商，茲探詢詳情如次：該村定於本月十六日開鑼，連續演唱三天，預定的角色，為漢劇名角胡桂林、徐繼聲、劉順娥、劉金屏、陳春芳、李羅克、李天中等前往助陣，聞該鄉所耗之款，大抵在四億元左右。」〔註66〕演唱三天，請來名角，耗費鉅資，酬神演戲分量之重可以窺見。

李茂盛回憶民國時期的酬神戲說：謝神戲總是在秋冬季節，農民豐收了，是土地菩薩的保佑，要寫戲來酬謝菩薩。戲臺搭好後，在戲臺對面較遠處擺一方桌，用一床曬花簾子圍住桌子的三方，桌上供著土地公和土地婆，擺上香爐、燭臺，每天開鑼前，當地人燒香、磕頭，放鞭炮。唱謝神戲，一場六個鐘頭他還嫌少，巴不得從上午十點唱到日落，最後一晚麼鑼後還要拜臺，敬菩薩。〔註67〕

酬神願戲根據不同的還願類型選擇不同的演出劇目。如「漢劇酬神，青苗、祈雨、禹王等還願戲，拜臺必唱《小賜福》，天官上場念『五穀豐登，入

〔註65〕鄧家琪主編；《中國戲曲志·湖北卷》編輯委員會，武漢市文化局編，《漢劇志》〔M〕，北京：中國戲劇出版社，1993年，第210頁。

〔註66〕曉雲，《二郎廟酬神》，《來漢邀名角》〔N〕，《羅賓漢報》，1948年5月27日。

〔註67〕李茂盛，〈演出習俗〉〔J〕，湖北省戲劇工作室編，《戲劇研究資料》第16期，1986年3月。

喜神歡』。祭祖願戲拜臺唱《五福圖》，表演五代同堂；土地願戲拜臺唱《收癆蟲》，濟公上場了念『掃盡瘟魔，收蟲已畢，一方清泰，阿彌陀佛。』」〔註68〕因此，酬神還願實際上是和民眾生產生活密切關係的一項活動。

今日湖北鄉村，酬神戲仍然活躍。

筆者 2018 年 2 月採訪崇陽中洲提琴戲藝術劇團副團長洪波。

洪波：你知道菩薩吧？

項目負責人：知道。

洪波：求菩薩保佑，要許願，比如，我向你求子，給我送一個子，我就給你唱戲。或者是菩薩的生日必唱。觀音娘娘有三個生日，二月十九，九月初九，十月初九，三個生日都得唱！

項目負責人：哦！主要是觀音菩薩唱？

洪波：觀音菩薩外還有很多呀！

項目負責人：是當地的嗎？是崇陽的嗎？

洪波：崇陽的，我們這邊很多很多菩薩，都是崇陽的菩薩。

圖6　筆者採訪洪波

〔註68〕鄧家琪主編；《中國戲曲志‧湖北卷》編輯委員會，武漢市文化局編，《漢劇志》〔M〕，北京：中國戲劇出版社，1993 年，第 211 頁。

同一時間採訪演員崇陽中洲提琴藝術劇團胡望明。

項目負責人：這是一個什麼廟？是不是供奉地方上的土地神？

胡望明：是，保佑風調雨順。剛剛修建起來。

項目負責人：這裡廟修好了，請不請戲來唱呢？

胡望明：以前毛主席的時候，破除封建迷信，就不能行。

項目負責人：之後呢？

胡望明：之後有啊。

項目負責人：那戲班子是誰請呢？

胡望明：這個地方的人，一般是這個廟的廟主。

項目負責人：廟主是不是像祠堂的堂主一樣？

胡望明：不是，不是，就是負責廟宇會。

項目負責人：廟宇會是怎麼回事呢？

胡望明：就是大家在一起選幾個人來管理這個廟宇，廟宇會是自創的，就這樣。

項目負責人：這裡的廟建起來有沒有什麼儀式？

胡望明：小廟沒有儀式，就是唱戲。

項目負責人：今天什麼時候開始唱戲？

胡望明：下午兩點。

項目負責人：唱到什麼時候？

胡望明：兩個多小時，唱到四點多

項目負責人：哦，晚上還唱嗎？

胡望明：唱，晚上 6 點半開始唱。

項目負責人：唱到幾點？

胡望明：唱到十點多。

項目負責人：明天唱不唱呢？要唱幾天？

胡望明：唱兩天。

項目負責人：要唱兩天。都是從下午開始唱唱到晚上。噢，那有沒有搞儀式呢？

胡望明：沒有什麼儀式，就是廟主上來說幾句話，慶祝這個廟建成啊，感謝出錢出力的人啊。

項目負責人：唱什麼戲呢，有什麼講究？

胡望明：今天在這個廟裏唱戲，要唱神戲，唱觀音出世。

項目負責人：今天下午唱的就是這一齣吧？

胡望明：嗯。

項目負責人：那晚上呢？

胡望明：晚上唱崇陽的《雙合蓮》。

項目負責人：下午唱《觀音出世》，晚上唱《雙合蓮》，明天唱什麼呢？

胡望明：一樣的。

圖 7　筆者採訪胡望明

2018 年 6 月 11 日，筆者在咸寧市崇陽縣白霓鎮白石港採訪。適逢當地汪氏的祖先神大汪爹爹的生日。由村子裏的三戶人家出面張羅請戲。

項目負責人：您貴姓？

汪天冬：姓汪，這裡很多姓汪，兩個隊，沒有雜姓，我叫汪天冬，這是婆家。75 歲。

項目負責人：今天是什麼原因接戲班演出？

汪天冬：大汪爹爹生日。

項目負責人：前面有個廟嗎？

汪天冬：有，有個大汪爹爹的廟，是汪氏的廟，汪家的廟。

項目負責人：這個戲是您專門請，還是整個隊裏面請的呢？

汪天冬：是我們幾個娭毑，三個娭毑，幫著收錢。

項目負責人：每一家出多少錢？

汪天冬：50 的也有，50 的多，100 的也有，但少。

項目負責人：有多少交了呢？

汪天冬：有一百個人捐錢，兩個隊出錢。

項目負責人：兩個隊多少家呢？

汪天冬：兩百多戶，有的出了，有的沒有出。

項目負責人：大家出的錢是專門請戲，還是用於廟裏面的呢？

龔敏慧：廟。

項目負責人：廟裏面又是誰來請戲的呢？

龔敏慧：我請的，我姓龔，龔敏慧，52 歲。是大家委託我請的，我為首的。

項目負責人：是不是因為您是隊長？

龔敏慧：不是，就是信任我。請戲班子就是我請。

項目負責人：像你們這樣請戲的多不多呀？就是請戲班子來唱戲。

黃三義〔註69〕：多。

汪天冬：我們這裡最多是太平戲。

黃三義：太平戲一般都是廟裏面的，沒有什麼儀式，給他唱戲保平安，紀念他，悼念他。

汪天冬：大汪爹爹是有名有姓的，沒有哪一個人不知道。

項目負責人：捐給廟裏面的錢歸誰負責呢？

汪天冬：還是龔敏慧負責。她拿著錢來請戲。

項目負責人：其他的錢用來幹嘛呢？

汪天冬：今年用不完的錢，然後到明年再用來唱。

項目負責人：這個錢主要是用來唱戲嗎？

汪天冬：是的。

項目負責人：唱戲以後，還要做什麼嗎？

汪天冬：用一張紅紙，捐了錢就寫名字寫在上面。然後就燒過去。讓大王爹爹保佑。嗯，保佑這些人。

項目負責人：就是說你們這裡捐了款的，都要簽名到紅色的紙上，唱戲拜完神以後，就把它全部燒掉。為什麼要全部燒掉呢？

汪天冬：求菩薩保佑撒，保佑整個彎子。

〔註69〕黃三義，崇陽中洲提琴戲藝術劇團副團長。

圖 8　筆者在咸寧市崇陽縣白霓鎮白石港採訪

（左一趙淑紅、左二黃三義、左三龔敏慧、左四汪天冬、左五項目負責人）

圖 9　大汪爹爹廟

（圖右為燒捐款名單紅紙的盆）

　　汪氏供奉的汪大爹爹實際上是祖先神，供奉汪大爹爹的廟也就是「家廟」。汪氏族人捐錢為汪大爹爹祝賀生日，既是娛神，也是賄神——賄賂汪大爹爹保佑汪家族人。這是千年不變的民間信仰傳統。

　　仙桃花鼓戲劇團副團長王軍向筆者介紹了當地謝神戲的幾個習俗。

　　一是放鞭殺雞。放鞭的意蘊是驅邪，殺雞放血的意蘊是破掉煞氣把旺盛放出來。

　　王軍：演謝神戲按規矩要供奉三牲，就是三種動物的頭，我們這裡沒有羊頭，就是豬頭。後來演戲上供就以公雞來代替。不過，殺雞不是每天都殺，只有開鑼的那一天會殺雞謝神。殺雞謝神，和祭祀相似。雞諧吉，表示心願能成。

　　項目負責人：但是是殺啊，把吉殺了？

王軍：好比人們進廟堂敬神后吃貢品一樣，破煞（殺），雞血表示旺（盛）。

二是戲臺對面供土地神像。

王軍：以前的戲班演謝神戲，要敲鑼打鼓，把土地爺請到戲臺的對面。要搭一個簡易的棚子，把土地爺就供奉請到那裏。等戲演完了後，就再把土地爺送回原位，回到他原來的地方。演出之前和演出之後都要放鞭，在哪裏放呢，就在土地爺神像的旁邊放。這個放鞭的形式現在還有，只要到鄉下演出，現在呢，就少了一樣，就是殺雞。因為很麻煩，要找當地買公雞，有的主家捨不得。所以我們就免了這個程序，讓丑角上臺敬五方，有的說是敬四方，但是我們是敬五方。也就是把五方的神鬼敬一下，作揖啊，放鞭啦，燒紙啊。土地神是保護一方百姓的神！有時候如果場地方便，也會直接把舞臺搭在土地廟前。但現在好多地方沒有土地廟了，土地神在老百姓家裏輪流供奉。所以，一般是把土地神請到舞臺對面。

項目負責人：在什麼情況下會把土地神請到戲臺對面呢，不是每場戲都如此吧？

王軍：每次下鄉大型演出都會這樣。

仙桃郭河花鼓戲劇團的李彩霞和郭河初級中學的武思凡老師也和我們談到當地接土地神的習俗：

李彩霞：我們這裡的謝神戲，很多是謝土地公公。

武思凡：祈求風調雨順。

項目負責人：一般是誰來請呢？

武思凡：今年你，明年我，後年他，輪流坐莊。

項目負責人：那個神像在哪裏？

李彩霞：現在沒有廟了，今年在這家，第二年另一家要做事，抱了孫子什麼的，就接到他們家，就是這樣輪流接。明年又是另一家。

酬神的傳統，就是如此頑強的從上古沿襲到今天，充分展示了民間草根信仰的深厚和不移。

（二）敬儺與驅儺

儺是古代驅疫降福、祈福禳災、消難納吉的祭禮儀式。在古代，這一儀式通常在季春與季冬舉行。儺禮上，巫師頭戴面具，身披獸衣，裝扮成面目猙獰、兇神惡煞的樣子，揮舞武器，手舞足蹈，作出驅鬼動作。後世驅儺之俗沿襲周代儺戲遺續，保留披獸皮、戴面具，與鬼祟作戰的形式。如清人昭槤《嘯亭續

錄·喜起慶隆二舞》載:「又於庭外丹陛間，作虎豹異獸形，扮八大人騎禺馬作逐射狀，頗沿古人儺禮之意，謂之《喜起舞》。」

儺禮有二大任務，一個是驅儺，也就是驅邪逐疫；一個是敬儺，也就是敬奉儺神。傳說中的儺神往往兼有戲神和儺神兩種身份。如關公，因一身正氣，神勇無敵，在民間驅儺習俗中，被奉為壇神或戲神。在梓潼縣有「關公掃蕩」的習俗。每年春節或關公生日，均要從廟裏抬出關公像，在田野、村寨中遊走（掃蕩），以借關公之威，驅邪納吉，保一方平安。屆時，當地群眾，在村頭莊尾，設壇迎送，氣氛熱烈隆重，可謂一大宗教民俗景觀。在這個儀式中，驅儺和敬儺高度的結合起來。再如唐明皇，因酷愛音樂，精通音律，又親自選定「梨園」作為音樂戲曲活動場所，因此被奉為戲神兼儺神。同樣，二郎神、老郎神、太子神，都兼有儺神和戲神的雙重身份。此外，還有來自神話傳說的始祖神，儺公和儺婆（或儺公、儺娘）、鍾馗等等。

儺戲就是從原始儺祭活動中蛻變脫胎出來的戲劇形式，是宗教文化與戲劇文化相結合的孿生子。一種觀點認為，儺戲初是以歌舞演繹故事，待到鍾馗形象在儺儀中出現，儺戲才應運而生。鍾馗，眾所周知是打鬼和驅除邪祟的代表性人物。因此，儺儀及儺戲中的一個重要特徵，就是假面（面具）並作驅鬼狀。

「楚俗尚鬼，而儺尤甚。」其敬儺逐疫、演儺戲的習俗形式多樣。

鄂南盛行「儺案戲」。同治《通城縣志》記載:「三春之月，迎儺演戲，謂之還香火。市中建醮，謂之太平醮。」同治《崇陽縣志》記:「秋冬至春月，沿戶迎儺，夜燈演劇，觀者如堵牆。」鄂東也如是。光緒《麻城縣志》記載「敬儺」儀式:「儺人朱衣花冠雉尾，執旗鳴鑼，俗名急腳子，比戶致祝，大抵祛沴祈福之語。」同治《廣濟縣志》記載，每年正月，「鄉人始儺，一月乃罷，或三、四月罷。」活動甚為盛大。顧景星的《白茅堂集》記載廣濟儺戲的詳細情況說：敬儺時，「刻木為神。首被以彩繪，兩褏散垂，項繫雜色粉帨。或三神，或五六七至十餘為一架焉。黃袍遠遊，冠者曰唐明皇。左右赤面，塗金粉。金銀兜鍪者三，曰太尉，高髻步搖。粉面而麗者二，曰金花小娘、社婆。髯而翁者，曰社公。左騎細馬，白面黃窄衫如俠少者，曰馬二郎。行則一人肩架前導大纛、雞尾、雲罕、爆槊、格澤等旗，曲蓋鼓吹，如王公迎神之家。男女羅拜，蠶桑疾病，皆祈問焉。」光緒《應城縣志》記：上元演造龍燈，鉦鼓喧闐，亦古鄉儺逐疫遺意。

　　土家族聚居的鄂西，毗鄰湘川地區，清代改土歸流，打破了「土不出境，漢不入峒」的禁規，大量漢人流入土家族地區，帶來了儺。儺一經傳入土家族地區，就與土家族悠久的巫文化傳統一拍即合，很快為土家族所吸收，並將其納入本民族的巫文化系列。清代土家族地區的儺事活動遍見地方志記載。

　　明代天啟年間，容美土司田信夫錄入《田氏一家言》詩集中的《澧陽口號》「山鬼參差迭裏歌，家家羅幫截身魔，夜深響徹嗚嗚號，爭說鄰家唱大儺。」從這首詩中可以看出當時儺戲已相當盛行。雍正十三年鶴峰首任知州毛俊德頒布《禁端公邪術文告》，規定「切不可妄信儺神怪誕之術，上幹法紀」，並大肆「查繳妖魔鬼像與裝扮刀劍等物焚毀」，「但巫儺之風照行不輟」。乾隆五十九年（1794），鶴峰《甄氏族譜山羊隘沿革紀略》稱，鶴峰「宿辰儺願為要務，敬巫師，吹牛角」。道光《鶴峰州志》記載，鶴峰一帶「有祀羅神者，為木面具二，其像一黑一白，每歲於夜間祀，名曰完羅願，此湖南客戶習俗」。〔註70〕又記：「羅公黑面，手持斧，吹角……為蜀人所祀，而流傳於楚，其來已久。」這裡的「羅」其實與「儺」通，故「羅戲」即「儺戲」，「完羅願」亦即「完儺願」。同治《來鳳縣志》記載當地「還儺願」之習俗：「一曰還儺願，延巫屠豕，設儺王男女二像，巫戴紙面具，飾孟姜女、范七郎，擊鼓鳴鑼，歌舞竟夕。」

　　傳統儺戲還有一種面相，就是「宗族儺」。「宗族儺」就是以跳儺的方式，追憶祖先。所跳之眾儺神皆為其祖先神。

　　同治《通山縣志》記載：「儺雖古禮近於戲，亦間有行之者。以爵顯而功於民者為像，遍行同姓，少長咸集，儀衛甚齊，演劇盡歡而去。」這個記載有兩個要點：1.儺是爵顯而功於民者；2.行儺時是「遍行同姓」。換言之，這個行儺時遍行同姓的儺神，就是本宗族內的有功業者。鍾清明對咸寧地區的儺文化有詳細的描述：將「有功於民」的先祖雕成木偶，敬在「儺堂」裏，平時由一人燒香膜拜，這個人便是案主或儺主。敬神的香火錢則同宗族的各戶承擔。到了規定的時間，由儺案主請出儺神，「少長咸衛」，鑼鼓銃炮，遊行於同姓各村莊屋場，這就叫「行儺」。〔註71〕《崇陽提琴戲劇志》也記載，崇陽地區的遊儺，多在每年的正月至三月農閒時進行，保佑一年的吉慶太平。做法是：用銃

〔註70〕（清）吉鍾穎修；（清）洪先燾纂，《道光・鶴峰州志・14卷》〔M〕。

〔註71〕鍾清明，〈咸寧地區戲曲史料調查報告〉〔J〕，湖北省戲劇工作室編，《戲劇研究資料》第15期，1986年6月。

炮將案神接至某一屋場，供奉三至五日後，另一屋場又迎接去，或將神送回原處，在供奉期間則邀班唱戲。遊儺不限於在某神案所屬範圍內進行，戲班由迎神的屋場自定，戲錢以攤派方式籌集。〔註72〕

黃梅張勝二灣的行儺有個傳說，據說，久遠時代，張姓族人的一位祖先在朝為官，因救幾個被姦臣陷害下獄的翰林，慘遭殺頭之禍。後來，翰林冤案昭雪，他也得到平反。這個「有功於民」的祖先，就被封為儺神。每年災荒時，張姓的貧苦農民就會在籮筐裏把根據這位祖先故事而雕刻的無頭木雕菩薩，裝在籮筐裏乞討四鄉。傳統劇目《逃水荒》中有一段唱儺神的對白：

蔡光輝（屠店老闆）：我就喜歡黃梅縣那個沒頭菩薩。

唱儺神者：儺神菩薩嗎？我帶來了，……

蔡光輝：你這個儺神菩薩，麼時興的呢？

唱儺神者：（念）唐朝起，宋朝興，唐宋元明到如今。

蔡光輝：你是黃梅哪里人？

唱儺神者：（念）老闆問我哪里人，黃梅縣，出北門，張勝二的老儺神。

蔡光輝：儺神姓什麼？

唱儺神者：（念）儺神姓張我姓張，今年門戶是我當；家貧門戶當不起，肩挑儺神化香米。〔註73〕

行儺祭祖的儀式頗為壯觀。每年春季或秋季，宗族各房頭輪流抬本族先祖的塑像巡遊同族各村，每戶焚香點燭，行接送之禮。其後，將先祖塑像安置於宗族祠堂，供於儺堂，並面對戲臺看戲。行儺演戲的劇目，劇中人定要是與本族同姓的達官貴人之吉祥戲。如李姓行儺，就演李世民的戲。楊姓行儺則演《楊家將》。在項姓演出，演《鴻門宴》而不能演項羽烏江自刎的《廣武逼霸》。若同姓的劇中人登場時，也要鳴鞭放銃致敬。但不能觸犯外姓的忌諱。如有蕭姓人在場，演《楊家將》就不上蕭天佐、蕭天佑。如與陳姓村灣毗鄰，則忌演《秦香蓮》。如有熊姓人在場，就不能上演楚平王（熊姓）的《鞭屍八百》；秦姓人忌演《岳飛傳》。若犯忌，就有鬥毆的危險。

一般而言，為了保證行儺持之以恆，宗族內部會制定「儺約」。鍾清明的《咸寧地區戲曲史料調查報告》中收載了一份民國壬午年（1942）陽新龍港茶

〔註72〕饒浩良主編，《崇陽提琴戲劇志》〔M〕，湖北省崇陽縣提琴戲協，2015年，第479頁。

〔註73〕桂遇秋、黃梅縣文化局，《湖北省地方戲曲研究叢書·黃梅採茶戲志》〔M〕，北京：中國戲劇出版社，1991年11月，第68頁。

僚張氏宗族訂立的《儺約》。這份《儺約》首先聲明制定「儺約」的動因說：「我張氏姓由江右武寧紫庶嶺三溪莊遷居茶僚，不數代蔚成大族，每逢歲首照例奉行春儺合計二十一夜，而行戶只十八莊，其不行者為之客儺，而每夜招待客儺五六十名，按年行戶須演戲三本，一切費用頗形繁重。近因時代變遷，戶口多寡不齊，甚至一二單煙而當一年行戶。即不當行戶，亦須供儺客二三十名不等。負擔既重，阻礙實多，若不變通辦理，則春儺定難久行。為是，合族聚議，古禮既不可廢，而儺例不得不均，截長補短，興頂廢除。庶祖儺得以永遠推行，而消長盈虛得以隨時補救，敬宗睦族，和氣呈祥。」可見行儺是宗族生活中的一件大事。新《儺約》規定：

每年演戲三日四夜，戲價公出，惟抬箱無論遠近，行戶擔任。

舊行戶十八莊出錢百一十二串，共得實錢一千九百八十串以為基本金，每年取息演戲，不得撥動基本金。

接儺之戶每夜出香花錢三串，以助行戶裝神之費。

每夜接儺之戶只供儺客午飯一頓，酒席需稍形豐盛，以敦族誼以致敬意。

凡承擔案戲者，每年到時非唱不可，賣房也要拿錢出來唱，不唱也要出錢。所謂「軍差儺案」指的是儺案猶如派軍差，不可免。〔註74〕

鄂西南的恩施地區，也有還儺願和祭祖儺合一的「宗族儺」。民國《恩施縣志》（手稿）記載：「本邑土戶，多屬蠻裔，崇尚巫教，有病不肯延醫服藥而專用巫禳。……更於秋後殺牲，延巫跳舞，以祀其先祖，謂之『還神』。」一些大戶人家，認為其家道殷實、歷史久遠是受到陰間封為「壇神」的祖先庇佑。平日裏在堂屋設壇禮敬。歲末年初之際，家家戶戶都要給祖先的神位換一下壇缽。而換壇缽之時，就必須做一場法事，以祭祀祖先，稱之為「還壇神」。行壇地點（舞臺）一般設在東家堂屋。在堂屋正中置一個方桌，桌下置一幔，桌面上放升和斗，升、斗中盛滿穀糧，以插香燭和置放法器。升、斗後供儺神神像。儺壇正面設一屏幔，上面掛有儺壇諸神圖，即儺壇圖。儺壇正面有彩門，彩門左側為鼓師演奏席位，彩門右側為鑼師演奏席位，儺壇法師在儺壇正面空間行儺。儺壇後面左角設一個小桌，供奉戲神和判官神像，桌下供奉武郎神（獵神）神像〔註75〕。儺戲「壇班」並沒有固定成員和組織形式。具有

〔註74〕鍾清明，〈咸寧地區戲曲史料調查報告〉〔J〕，湖北省戲劇工作室編，《戲劇研究資料》第 15 期，1986 年 6 月。

〔註75〕吳振琦、崔彬、邱綺，〈恩施土家族苗族自治州鶴峰縣儺願戲的田野調查〉〔J〕，《民間文化論壇》，2011 年第 3 期，第 105～111 頁。

掌壇資格的端公在接受邀請後，通常根據規模要求臨時組織「壇班」。除自己「掌壇」、總負責外，還需邀約一兩位熟識的端公「壇」，以及一些端公學徒「跑趟子」或打鑼鼓。同時，還需專門的「響器班子」配合。整個行儺分為儺祭和儺戲兩個部分。儺祭是驅邪、祈福，是演給神看的，整個祭祀過程共有24壇法事，需要24個面具，每個面具都對應著一尊神，也就對應著一年中的24個節氣，以祈求神靈保佑東家來年風調雨順、五穀豐登。由於整個祭祀過程耗時較長，到了下半夜，人們都很疲倦了，就開始唱戲給東家和當地的老百姓聽。「盤古開天闢地，儺壇生旦淨丑。」這是鶴峰儺戲藝人的口頭禪。由於地理上的隔絕機制，在恩施地區的鶴峰、五峰、來鳳、咸豐、宣恩、恩施、巴東、建始等縣市，至今儺戲仍然遺存，恩施市三岔鄉有「湖北省儺戲之鄉」的稱譽。

筆者於2018年8月24日採訪了恩施市非遺中心主任譚驍，他對儺戲作了相關介紹。

項目負責人：除了儀式表演外，儺戲現在還有人請嗎？

譚驍：一般是臘月和正月。外出的儺戲演員打工回來，有很多酬神還願的老百姓就請他們去，那個時候老百姓都在家。……還願結婚的時候他們去演通宵，就是頭一天晚上演到第二天早上，但是這種大鑼戲現在已經很少了，一般的大戶人家得要錢請啊。有一次，一個在城裏工作的搞廣告公司的小夥子回家結婚，他奶奶很高興，拿出了所有的積蓄請來兩支儺戲表演隊演通宵。

2019年6月15日筆者又採訪了恩施市三岔鄉儺戲傳承人張永明。張老師給筆者詳細介紹了三岔的儺戲。

項目負責人：請問，三岔的儺戲有什麼特點呢？

張永明：它的特點就是有24壇法式。

項目負責人：24壇法式到底是什麼？為什麼叫24壇？

張永明：簡單的說，就是我們這裏的儺戲有24程序。第一是交牲，交牲就是呼叫叫應，通知神靈。第二是開壇。第三是請水，就是相當於觀音菩薩淨瓶裏的水，要灑淨，淨水、聖水。第四是箭灶，就是通知他們家的神靈。我們這邊是土家。每一戶人家都有一個灶，通知灶神爺。第五是開壇操神。叫了神要訓練一下。第六封淨。按照我們農村的方言就是比較潔淨。把一些不潔淨的東西打發掉。第七是簽押。

項目負責人：那就是向神靈作保證。

張永明：對對對。第八是放牲祭豬。講豬的更生，講豬的來歷。就好像和我們人一樣，和盤古開天地那個伏羲姊妹一回事。第九是祭豬打印，就是給身上打上道教的法印。第十是祭豬裏面的操刀。把刀操起來準備殺了。第十一是交刀。

項目負責人：為什麼要交刀呢？怎麼交？

張永明：交刀就是絞刀，就是屠夫把豬殺死了，然後把刀要絞一下。唱詞就是「屠關師傅起黑心，刺你一把見閻君，白刀子進紅刀子出」。豬殺了，殺豬宰羊都搞完了，下面第十二是迎百神，不止一百個神，各種各樣的神靈。第十三是回熟，就是解封，就是把前面簽押了的解封禁，封條解開，把不乾淨的東西封起來，然後通知神靈，不會受到干擾，這就叫回熟。第十四是拆壇放兵，每一戶農家，每家每戶都有一個壇缽，就像法海用的那個壇缽，把東南西北的兵放起來，放到壇缽裏面。

項目負責人：神仙缽啊。

張永明：唱詞就是「日在陽間排兵卡，夜在陰間幽州趕鬼街」「天門路上乾上行，地門路上坤上行，乾門路上更傷過，鬼門路上正上行」。

項目負責人：那這個兵相當於護衛？

張永明：對。第十五是發聖。12個聖母，講聖母的來歷，講它的更生，出生地。第十六是小開山，主要講小鬼，這個小鬼和別的地方小鬼不一樣，這個小鬼主要是引路的。第十七是招兵。前面把兵放出去了，現在就召回來。

項目負責人：為什麼放出去又召回來？

張永明：比如說我本來就有兵，把兵放出去通知各路的神靈，我現在又把他們召回來。第十八是出領兵土地，把兵召回來以後還要有一個帶領的，主要是講土地的更生，土地爺的來龍去脈。第十九是箚壇，就是通知各位神靈，可以安營紮寨了，高興了。第二十是開筆敬酒。第二十一是記簿，記下來，做一個筆記。第二十二是勾銷，這個和其他的勾銷不一樣，比如主人家許了什麼願，許下了就打個勾。第二十三是開財門，裏面內容豐富得很，要見血的，比如我們在別人家裏面做法式，如果要看主人家順不順利，財源廣不廣進，就要在自己的額頭上用刀開一下財門，這樣就可以看到人家財運。

項目負責人：是不是有些類似於開天眼？

張永明：對，第二十四是安神，各位神靈有沒有坐的，有座的要把他安奉起來。

項目負責人：好複雜。

張永明：24 壇法式裏面有很多戲，而且戲中有戲。裏面內容非常豐富，說的唱的挺多。因為恩施這裡偏僻，所以很多傳統的東西，保留的很好。

無論是三岔的儺戲還是其他地方的儺戲，本質還是一種祭神戲、酬神戲，不過形式不一樣而已。

（三）神戲

湖北省丹江口市習家店鎮青塘村，位於鄂豫兩省邊界，在歷史上是武當山北神道香客集散地之一。河南、陝西而來的端公、信徒，經青塘後，西轉古均州城，朝拜當時的武當八宮之一的淨樂宮，然後南下武當，朝拜祖師爺——真武大帝。青塘離武當山還有 70 餘公里，從陝西、河南翻越伏牛山系餘脈以後來到青塘的信徒，一般都要在這裡歇息一下。正如《敬神戲》所唱：「泰山廟，娘娘殿，齋公每年都上武當。路過此地住幾天，唱神戲來再上燈火錢。香火旺盛人讚揚，捐送銀錢修廟堂。此神道上一大站，看罷神戲朝武當。」

青塘村不僅是信徒朝拜武當山的中轉地，而且在元代「一修武當」時期就劃為武當廟產，明代確立道教的國教地位以後，青塘又成為武當道教建築就地取材的後勤材料基地之一。明永樂皇帝大修武當時期，山上的琉璃瓦就是從青塘燒製。

青塘一地，流行「調子戲」，據說「調子戲」是當地大戶王氏家族從河南淅川引進。

王氏家族原籍陝西，其始遷祖王鳴鳳於萬曆三十二年（1604）遷到青塘，生下了三兒一女。王家家產雄厚，聚居成為當地最大的豪紳，青塘也被呼為「王家營」。王家世代喜愛戲曲，先捐錢在當地的道觀建了朝拜路上的第一座戲樓，據說，戲樓是三層閣制，底下一層可以歇客，中間一層唱戲，最上一層木頭雕的八卦、鳥獸，因為是木製空心結構，唱戲的聲音會傳得很遠。王家又於天啟四年（1624）前後，從河南引進「調子戲」戲班，作為自家的私家戲班。「調子戲」進入青塘後，經與均縣的地方風俗、語言等結合，成為丹江口的地方小戲。古均州凡興建廟宇、彩化神像、大戶人家許願、香客集會，以及會館活動，都要唱「祭神戲」。據當地老人王德學回憶，「即使是農忙的端午節前，前來還願的信徒也會許上 3 天的大戲，在王家大院的西南位置連唱不衰，一年四季不曾停過。」青塘有句老話叫「王家營敲鑼面，東西二溝來一半」，王家大院成為當地的戲曲中心。而王家引進的「調子戲」也因廣泛流行，

並融進了道教音樂和文化元素，被武當山道教和當地民眾默認為武當道教「祭神戲」的唯一戲種。

中華人民共和國成立初期，青塘全村 400 多人，會唱「調兒戲」的有 100 多人。六十多年過去，青塘村能唱「調子戲」的只有 9 人。2008 年，當地政府對「調兒戲」加以搶救。2011 年，「調兒戲」與當地流行的民間小調「八岔子」戲〔註76〕以「武當神戲」之名，正式獲批為國家非物質文化遺產。

今天的「武當神戲」當然絕非當年武當山的祭神戲，歲月的湮滅和今人的改造，已使當年的武當祭神戲面目全非。但在老藝人記憶的戲曲底本中，我們還是可以看到當年敬神戲的一些痕跡。

（幕啟，現祖師像）

執事（向內喊）：我說眾人役上來呀！

（眾演員分兩廂上場，奏樂，吹「小開門」；演員一對一上場；執事請神，班主請神；鼓樂齊鳴「登殿調」。）

班主、執事（念）──請真武祖師（作揖磕頭）

二請太白金星（作揖磕頭）

三請玉皇大帝（作揖磕頭）

四請南海觀音（作揖磕頭）

五請三仙娘娘（作揖磕頭）

六請各路尊神（作揖磕頭）

七請八仙下凡（作揖磕頭）

八請泰山閻君（作揖磕頭）

（唱）（插花調）各路天神來看戲，我殺公雞敬天神。

天官賜福到人間，保我百姓享太平。

（殺雞，放鞭炮，演員手執兵器拔雞，笑哈哈下場。）

（鼓樂中吹尾聲牌子「大開門」下場）

班主（白）：各路尊神，各歸各位。

這個痕跡也保留在武當神戲的省級傳承人王德學的回憶中。〔註77〕

項目負責人：王老您好，您是什麼時候開始唱神戲的？

〔註76〕「八岔子」戲是古均州古老獨具本土特色的民間小戲曲，該劇種始自清朝末年，由襄陽花鼓與當地燈歌小調結合演變而成，因伴奏時樂器共八件而得名。

〔註77〕2018 年 8 月 6 日上午在丹江口習家店鎮青塘村的調研訪談記錄。

王德學：我是從 1964 年開始唱的。

項目負責人：您是跟誰學的呢？

王德學：馬來發。

項目負責人：他原來是在哪裏唱？

王德學：他原來就在我們戲班子唱，他跟著他爹馬長春唱。

項目負責人：還能再往上追溯嗎？

王德學：馬長春上面是王道洪，那是我們王家的老祖先。

項目負責人：王道洪大概是什麼年間的人？

王德學：大概是清朝吧。

項目負責人：以前的神戲都幾個人唱？

王德學：一般是五六個人。

項目負責人：這五六個人是怎麼分配的呢？

王德學：有道士念經，還有上香的。還有一個靈官，就是武當道教裏面的一個人物，還有一個太平居士。還有殺雞、上香、敬神，然後唱戲，連樂器，得十幾個人才能唱一齣戲。

項目負責人：敬神都敬的什麼神啊？

王德學：敬的太上老君，真武大帝，凌霄玉帝，還有觀音，三仙娘娘，三仙娘娘就是楊二郎——楊戩的妹妹，還有八仙，還有各路真神。

日本學者田仲一成認為：「祭祀戲劇，特別是那些與巫術相結合的巫系戲劇，乃是中國戲劇的原發點。」〔註78〕事實上，祭祀戲劇不僅是中國戲劇的原發點，而且其傳統一直蔓延在中國戲劇之中，並參與到對中國鄉村與都市民間信仰形態的形塑。「武當神戲」的名稱雖是後來者的打造建構，與其他酬神戲也並無根本的區別，但它更多的保留了「祭神戲」的樣態，是今天人們追蹤當地信仰文化的一個重要線索。

三、戲曲與生命禮儀

人生是一個過程，出生、成人、婚姻、生辰、死亡，是這個過程中的重要節點。圍繞這些節點而舉行的禮儀，是人類處理生命的一種儀禮，它活生生介入於人的生活生命之中，沒有誰能置諸度外。生命正是透過這些禮儀才能顯示

〔註78〕（日）田仲一成著；錢杭、任余白譯，《中國的宗族與戲劇》〔M〕，上海：上海古籍出版社，1992 年。

其存在意義。中國古代的大儒或聖王，無不著意於制禮作樂，對人生禮儀加以制度上的規定，正是體悟到人生禮儀對於社會，對於文化的重要意義。

一般而言，人生禮儀中最為重要的有誕生禮、成年禮、婚禮、壽禮和葬禮（白喜事）。數千年來，無論是草根民眾，還是豪門貴族，都以這些人生禮儀為重，而人生禮儀的高潮往往是演戲。

2010 年 7 月，筆者在仙桃採訪天沔花鼓劇團（民營）後勤劇務管理人員李和平。

李和平：我們這個鄉里一般都是婚慶啊祝壽啊搞這個慶豐收啊，這個紅白喜事啊……迷信文化是不是啊，挑一個比較吉利的比較紅火的日子開鑼，吉祥日子開鑼，你要等幾天啊是不是，到咱們今天是個單日，明天蠻吉祥，比如說到這個幾時幾時要開鑼，是吧，你就要等啊，把時間等出來。有時把我們拖到那裏去的時候，天沒亮，人家還沒有起來，你被子都冒得，你就是坐也要坐那幾個小時晾在那裏，就是這種情況，還是蠻多的。

2018 年 2 月，筆者採訪崇陽提琴戲老藝人王東明。

項目負責人：一般你們會因為什麼活動被鄉民邀請演出？

王東明：結婚的、生子的，但祝壽的比較多。

項目負責人：生小孩唱什麼戲？

王東明：有《三喜臨門》，有《三子貴》，這就是生了小孩的戲。

項目負責人：祝壽呢，有沒有什麼儀式？

王東明：有祝壽的儀式，祝壽的有八十歲大壽，七十大壽，要把老壽星請到臺上去，合影，講話。

2018 年 6 月 11 日，筆者在咸寧市崇陽縣白霓鎮白石港採訪中洲提琴戲藝術團（民營）後勤管理人員陳正剛。

項目負責人：您在這個劇團多久了？負責什麼工作？

陳正剛：15 年開始的，在這裡主要負責燈光，電路以及這個背景幕布的管理，我從 96 年就開始幹這行了，以前從別的劇團過來的。

項目負責人：村民一般什麼時候會請戲班子唱戲？

陳正剛：我們這裡一般都是祝壽，生小孩，周歲，喬遷還有太平戲，結婚都會唱戲。

壽戲的演出，在鍾清明的《咸寧地區戲曲史料調查報告》中有描繪。調查報告說：壽戲多唱吉利戲；開鑼先唱《趙顏求壽》，接唱《九錫宮》。戲班向貴

賓行加官禮，貴賓賞以彩錢。到了正壽日期，演員扮成八仙和麻姑仙子，下臺到客廳向壽星佬祝壽，唱「壽筵開」曲牌：「壽筵開，春光好，觀看壽滔榮耀，麻姑敬瓊漿，西池王母赴蟠桃，壽香馨，壽燭耀，全盤壽果長壽桃，玉杯壽酒增壽考，恩福如東海，壽比山高。」扮麻姑仙子的演員捧著酒盤敬酒並致祝詞：「麻姑捧瓊漿，敬送壽星佬，福如東海，壽比南山。」壽星接酒後，要打賞麻姑一盤彩錢；扮八仙者亮手中法寶，一齊向壽星祝賀，壽星再賞紅紙包的彩錢，名曰「八仙慶壽」。〔註79〕

　　然而，更為形象呈現傳統壽戲樣式的莫過於浠水縣博物館所藏戲曲瓷畫。該瓷畫鑲嵌在一套清代木質屏風中間，計有 21 幅人物畫及四幅物品畫，現被鑒定為國家二級文物。據考證，這套屏風是清道光年間一位長期在浠水散花鎮做生意的江西商人，為感謝散花的顧客對他的關照，特意在主人壽誕之期，在景德鎮特製了這套瓷畫作為壽禮，為主人祝壽。瓷畫中畫的就是他在散花看到的戲曲故事。

圖 10　浠水縣博物館所藏戲曲瓷畫〔註80〕

〔註79〕鍾清明，〈咸寧地區戲曲史料調查報告〉〔J〕，湖北省戲劇工作室編，《戲劇研究資料》第 15 期，1986 年 6 月。

〔註80〕李玖久、岑東民，〈從《屏風瓷畫》看清代鄂東戲曲的繁榮景象〉〔J〕，《黃梅戲藝術》，2010 年第 1 期，第 67～70 頁。李玖久、岑東民，〈從《屏風瓷畫》看清代鄂東戲曲的繁榮景象〉〔J〕，《黃梅戲藝術》，2010 年第 1 期，第 67～70 頁。李玖久、岑東民，〈從《屏風瓷畫》看清代鄂東戲曲的繁榮景象〉〔J〕，《黃梅戲藝術》，2010 年第 1 期，第 67～70 頁。

瓷畫中的戲曲人物，可分為兩個類型：一類是天上的神仙，有玉皇大帝，王母娘娘，福祿壽三星，趙公元帥、麻姑仙子等；另一類是人世間的統制者，有帝王、侯爵、將相、官員、貴婦等社會高層人物等。據專家對屏風畫中戲曲人物的身份、服飾與場景考證，屏風畫表現的是在鄂東生存了三百餘年的戲曲劇種——漢劇。而屏風瓷畫畫的是正戲前面加的「饒頭戲」，即贈送的慶賀戲。這套瓷畫用祝壽的情節線，把前後的內容有機地聯繫起來。前幾幅單個人物畫中，分別是福、祿、壽、財等神仙及鄂東籍的神仙麻姑，他們分別從各自的仙山福地出發，向這位被祝壽的主人祝壽。其中王母娘娘陪伴玉帝，一人捧著仙桃送給太白金星的畫，表示玉帝正派太白金星下凡為壽主送仙桃祝壽。後面一幅頭戴清代官帽，身穿清代官服的長者，畫中有「遐齡不老同龜鶴，永作皇家柱石臣」的詩句，顯然這個長者就是祝壽的對象。他手拿紅色官憑，表示是一個身份高貴的官員。上有「道光乙酉年中秋月穀旦」時間介紹，表明時間是 1825 年，也就是清道光五年。隨後的一幅畫像，是兩位孫子在為祖母拜壽，旁邊站著的一位官員是兩個孫子的父親。他們的穿著是唐朝打扮，其意讚頌這位官員如同唐朝的開國元勳們一樣，封妻蔭子，榮照祖庭。畫上的詩句：「穀城百壽古稀年，南極祥雲降老仙。呦鹿鳴特稱上壽，蟠桃熟處（歲）千千。」是當時表示祝壽的套語。再後一幅畫上有「昔年整旅服遐荒，今日聯騎赴帝鄉」對子句。畫中一老一少兩位武將，打著貢字旗，共騎一匹馬，向朝廷方向奔去。畫的是漢代大臣姚期與其子姚剛打敗南蠻，與父親回朝的故事。藉此歌頌那位上壽的官員在歷史上曾經立下汗馬功勞而又不斷地報效國家的意思。緊接著是一幅寫著：「不用占耆與訊龜，功名尚在赤松期。」赤松有三解：一是一種樹；二是道教的一個神仙；三是時間，按古書解釋是紅煞日，不吉利。但這裡的意思是，即使是對眾人不吉利的日子，對壽主家也是吉利的，別人得不到功名，壽主家的子孫也可以得到功名。什麼原因呢，後面的一幅畫作了注解：「昔子我翁在出外時，於池口仰見轜車繡幄中有一美女自天而降，翁祝禱長壽而富。女笑曰：子大富貴而壽考。言訖而升。翁採福壽功名獨冠古今。」就是向人們解釋，神仙賜給他世代享受功名利祿的福祉，因此用不著著急與費力，一定可以陞官發財。再後面的幾幅畫像是祝頌此翁的子孫只要赴考，都可以命中皇榜，受到皇帝的贈封。最後三幅畫的是皇家賜予的物品，也可以理解為即將獲得的寶物或賞賜。瓷畫中的人物，從戲曲行當類別上看，差不多囊括了所有的戲曲行當。這正好印證了歷史上漢劇有很多行當齊

全，有相當表演水平的大戲班在鄂東活動的記載。從瓷畫中人物形體、動作式態來看，中國特有的程式化表演格局已經定型。最為典型的是手拿仙花、摺扇，正在前進的神仙，按舞臺人物規定的丁字步站立，持仙花的右手由下向上形成了一個圓，持扇的左手由外向內形成了一個圓，人物造型雖然粗獷，但形體卻給人一種內在的畫面美。從瓷畫人物勢態還可以看出，當時的戲曲已經熟練地掌握了中國戲曲特有的虛擬與指代表演手法。如幾個神仙揮舞著雲帚向前行走，就是用虛擬的手法示意他們正從仙山福地向人間前進。從瓷畫中的人物形態、神態、情感來看，清代藝人的表演能力已達到了較高的水平。瓷畫中的人物帶有鮮明的表演成分，說明此畫是依據戲曲劇目的人物先行描繪後，再送出燒製的。由於畫工的依據是舞臺的表演，所以將舞臺表演特徵也繪製在畫中了，由此透視出了當時的表演特徵與表演水平，〔註81〕也向我們展示了清代壽戲的形態。

2018 年 6 月 13 日上午，筆者在咸寧市崇陽縣白霓鎮金星村箭樓屋隨劇團調研，正好碰上一場壽戲。舉辦壽戲的是陳姓人家。陳家門外搭起一個舞臺。舞臺正面是一個大大的「壽」字。「壽」字的上方，大書「恭祝陳府正良鍾氏二老古稀壽慶」，兩側是一副對子：「比南山不老松」，「如東海長流水」。

我們走進陳家採訪。

項目負責人：您是東家是吧？

陳敏：對呀。

項目負責人：您今天是為誰祝壽啊？

陳敏：我爸爸。

項目負責人：您家裏有幾個兄弟呀？

陳敏：三兄弟。就只有我們三兄弟。

項目負責人：您是老幾呀？

陳敏：老大。

項目負責人：您為父親祝壽。怎麼想到要請戲班呢？

陳敏：嗯，搞熱鬧一點。

項目負責人：您們這裡祝壽一般都會採取這個方式吧？

陳敏：一般都這樣子。

〔註81〕 李玖久、岑東民，〈從《屏風瓷畫》看清代鄂東戲曲的繁榮景象〉〔J〕，《黃梅戲藝術》，2010 年第 1 期，第 67～70 頁。

項目負責人：父親今年高壽啊？

陳敏：70。

項目負責人：那平時就不會請戲班？

陳敏：一般像這樣子的情況才會請戲班。

項目負責人：你請這個劇團大概花費多少錢？

陳敏：大致四五千吧。3800 的樣子。

項目負責人：這是光戲班的錢吧。是不是還要請客吃飯什麼的？

陳敏：吃飯呀什麼的都不算在內。

項目負責人：吃飯大概要花多少錢？大概總共像今天這樣搞下來，要多少錢呢？

陳敏：1 萬多吧。反正就是 1 萬以上 2 萬以下。大概有二三十桌。

項目負責人：除了吃飯還有什麼？

陳敏：酒水，煙，都有。

項目負責人：您的父親現在在哪裏？

陳敏：在外面。

項目負責人：他對演戲祝壽很喜歡吧？

陳敏：怎麼可能不喜歡呢，70 大壽演戲祝壽，這邊是有這個風俗。

項目負責人：平時還有什麼時候請戲呢？

陳敏：生孩子，小孩十歲，太平戲。

項目負責人：如果是太平戲，整個隊裏都捐錢是吧？

陳敏：是的。

項目負責人：嫁姑娘請戲嗎？

陳敏：嫁姑娘不請，接媳婦請，還有生兒子，老人祝壽。

此時，陳正良老先生〔註82〕正坐在屋外看戲班搭臺，我們前往採訪。

項目負責人：您好，您是陳正良老先生吧？

陳正良：是。

項目負責人：您喜歡看戲吧？

陳正良：看呀。經常看。

陳敏：他就是個老戲迷。他有個收音機磁帶的那種。

項目負責人：看提琴戲還是看花鼓戲呀？

〔註82〕東家陳敏的父親，老壽星。

陳正良：提琴戲。

項目負責人：您今年70高壽？

陳正良：是。

項目負責人：老伴多大年紀呀？

陳正良：65。

項目負責人：您到這個地方來多久了？

陳敏：他就是這個地方出生的。從爺爺那個時候。

項目負責人：這裡平時來唱戲的人多不多呀？

陳正良：有時候唱有時候不唱。

項目負責人：一般什麼情況唱呢？

陳正良：結婚呀，祝壽啊。

項目負責人：平時兒子們回的多不多？

陳正良：我家三個兒子都回來了。

項目負責人：您是三個兄弟，共同出錢是吧？

陳敏：是的。

項目負責人：這次祝壽一共花多少錢啊？

陳正良：不知道，老大在主持。

項目負責人：您兒子知道您喜歡看戲，用這種方式為您祝壽，您高興啊。

陳正良：當然。

當然，各地各個劇種的祝壽戲並不相似。2018年6月20日上午，我們在仙桃市沔陽花鼓戲劇團採訪了原副團長王軍。

項目負責人：王老師，請教一下，祝壽戲一般有沒有什麼儀式？

王軍：第一場非得要有一個帽子戲。什麼叫帽子戲呢，這個大戲的前面加一個小戲，就好比一個人戴一個帽子一樣的。這是一個謝神的戲。

項目負責人：一般壽戲唱什麼戲呢？

王軍：一般的唱大天官。大天官是八個神仙。我們唱的是上八仙。

項目負責人：上八仙是哪八仙？

王軍：①大天官，俗稱瑞仙，也叫福德星君。以前有一個蒼帝，比我們的玉皇大帝更早。蒼帝之子就是大天官，瑞仙。在群星會上稱他為福德星君，凡間人稱之為瑞仙。

②南極仙翁。是長壽的，保壽的。福如東海壽比南山。

③麻姑聖母。他是釀酒的，保你千杯不醉，萬壽無疆。

④五穀牛郎。保豐收的。五穀豐登。六畜興旺。

⑤天仙織女。蠶絲茂盛。絲帛豐盈。

⑥送子張仙。瓜蒂綿綿，長發其祥，這是送孩子的意思。為什麼不是送子觀音呢？因為觀音可以保佑很多事情。他並不是專門保佑送子女的。送子張仙，他就是專門送子女的。當然，他不僅僅送子，就算是瓜果之類的他都送。

⑦文昌帝君。他就是管學習之類的。保你中狀元。詩書萬代，指日高升。

⑧增福財神，也有叫做正福財神，我們一般的叫做增福財神。堆金積玉，積金堆玉。

魁星是最後一個，不是八仙之一。他是一個破煞氣的神仙，其實差不多就是雷公，魁星點斗，他這個是破煞辟邪。

項目負責人：唱大天官時他們都上臺？都唱兩句？

王軍：有的說兩句。有的唱，現在都不唱了。大戲太長了，就不要唱了。上去就稍微演一下。然後說一些祝福的話。瑞仙是主要唱的，他不只有兩句。

除了老人祝壽，孩子滿月、周歲甚至十歲，也往往是要請戲班來唱戲的。2018 年 2 月 1 日，崇陽白馬村從江浙回來的孫燕女士請來戲班子為她的十歲孩子慶生，筆者對孫燕女士進行訪談。

項目負責人：您貴姓，多大？

孫燕：孫燕，36。

項目負責人：今天是您孩子生日吧？

孫燕：是，十歲生日。

項目負責人：你們這裡孩子生日都請戲班子來演出嗎？

孫燕：我兩個小孩，周歲的時候也唱戲，十周歲的時候也唱戲，我們一大家人都喜歡唱戲，喜歡熱鬧，好像一唱戲就有那種氣氛。

項目負責人：您今天請他們唱一下午，一晚上？

孫燕：對。

項目負責人：那得多少錢呢？

孫燕：4000 塊錢，比較便宜

2018 年 6 月 12 日上午筆者跟隨崇陽中洲提琴戲藝術團，來到咸寧市崇陽縣天城鎮竹山鄉，此地有一場慶賀孩子周歲的演出。劇團搭建舞臺期間，我們採訪了孩子的家人。

項目負責人：您好，寶寶叫什麼啊？

許婷：吳詩涵

項目負責人：媽媽怎麼稱呼呢？

許婷：許婷

項目負責人：爸爸呢？

許婷：吳柏松

項目負責人：聽你的口音不像是本地人哦。

許婷：不是，我是廣東人，潮汕那邊。

項目負責人：那你倆怎麼認識的呢呵呵？

許婷：他是做面料的，我是做服裝的。嫁到這邊來的……

項目負責人：哦，你老公是崇陽當地人。

許婷：我們一般過年過節回來一下。

項目負責人：那現在是怎麼回來的呢。

許婷：一周歲了嘛！奶奶說要擺酒，在深圳已經擺了，老家還沒擺，深圳是擺滿月酒……

項目負責人：這個戲班子是你們請的吧？

許婷：對，是的。

項目負責人：你們這邊是不是經常接戲呀？

許婷：那是看什麼情況吧。

項目負責人：結婚的時候唱戲了沒有呢？

許婷：有。結婚搞得也挺隆重的。吹喇叭，走走，動動那種。

項目負責人：您好，您是寶寶的……？

張豔萍：我是寶寶的奶奶張豔萍。

項目負責人：聽說這個戲班子是您請來的。

張豔萍：是。

項目負責人：為什麼寶寶滿周歲要請戲班子？

張豔萍：就是辦喜事，圖個熱鬧。這個文化的傳承。不能讓他失傳下去。如果辦喜事不請這個劇團的話，這個劇團不就失去了嗎？

項目負責人：崇陽這邊有很多劇團，您為什麼要請中洲提琴戲藝術團。

張豔萍：本身的人際關係。跟他們熟一些。

項目負責人：演一場大概花費是多少？

張豔萍：工資伙食費大概幾千。煙酒肯定還要的。大概花費六七千。

陳正良老先生的壽戲和兩位小朋友的慶生戲，代表了人生的兩個節點，前者祝福老人健康長壽，後者祝福小朋友鵬程萬里。比較有意思的是吳詩涵小朋友的周歲戲：一個劇目是《巧配姻緣》，是祝福孩子長大有美滿姻緣；一個劇目是《鳳中龍》，是祝福孩子長大後事業成功，成為女性中的姣姣者。

喪禮也是人生禮儀中重要的一環。中國傳統葬禮的主色調為白色和黃色，故亦有白事之稱，與紅事（喜事）相對。親友們通過喪禮，哀悼、紀念、評價亡人，寄託哀思。各地喪事禮儀不一，有請劇團唱戲的，也有不請的。有的劇種進靈堂，有的劇種不進。

2017年8月筆者在鶴峰採訪恩施州儺戲非遺傳承人張永明。

項目負責人：您這個儺戲進不進紅白喜事？

張永明：進，請過啊，人家過生日的時候都請過。但是，我們這裡儺戲是不進靈堂的，它是報喜不報憂的。我們一般搞喜慶的，就是給別人家里保平安祈福。

2018年2月1日，筆者在崇陽白馬村參訪提親戲老藝人孫中良。

項目負責人：您們唱戲，一般是什麼時候請您過去？

孫中良：一般做生日的時候唱，還有娶媳婦，生兒子、考學，都唱戲。不過，像常德那邊，有一點事，都喜歡唱戲。

項目負責人：有很多儀式嗎？

孫中良：嗯，有儀式的。

項目負責人：那喪事呢？喪事唱不唱？

孫中良：喪事不唱。

項目負責人：喪事不唱？

孫中良：喪事一般不唱戲。

孫燕（請戲的東家，筆者注）：以前不唱現在唱。

項目負責人：哦，那是為什麼，以前為什麼不唱？

孫燕：以前覺得老人走了，唱戲熱鬧不孝。現在21世紀，觀念不一樣了，人老了，走了，熱熱鬧鬧的辦一場，鄉里鄉親都來熱鬧一下。

孫中良：對，一般都是唱孝戲。唱那個《秦香蓮弔孝》。

2018年6月20日，筆者到仙桃花鼓戲劇團採訪，得知劇團正在洪湖市南林村參加一個喪禮，遂前往考察。行前，該劇團原副團長王軍向我們介紹了當

地哭靈的習俗。

項目負責人：當地對哭靈有沒有什麼講究？

王軍：有啊。哭靈要把那個老人的遺像請到舞臺上。我們演員是不能下臺的。我們在臺上是屬於神，下去就是人。神不能下臺。如果你沒有穿戲服，不算是神，如果你穿了戲服下去就不好了。你下臺的話就得把衣服脫了。

項目負責人：那麼，整個哭靈的儀式是什麼樣的？

王軍：晚上會把這個遺像請到舞臺。那不是要成神了嗎？基本上演員在舞臺上就不是自己了，就進入角色，把這個老人的遺像請到舞臺上。把老人的相片相框請到舞臺上。就把所有的孝子，晚輩，叫到舞臺上跪著。然後要演員披麻戴孝來唱。然後就邊哭邊唱。邊唱邊哭。用花鼓戲腔調唱。

項目負責人：一般唱的什麼內容？

王軍：就是代表著孝子、孝女的身份，代替他們來哭。你們不會哭，我們來哭。這叫做哭靈。

項目負責人：有沒有唱詞呢？

王軍：一般都是即興的。比如，今天這個喪事的老人是男的女的是幹什麼的，根據這個來即興編唱詞，就等於唱這個老人的故事，一生苦了，受累了，好不簡單，撫養兒女成人，為什麼就這樣撒手人寰，這樣子的。這裡有老百姓的文化在裏面。非常有意思。

項目負責人：紅事有哪些規矩？

王軍：紅事不准唱有受傷情節的戲，戲裏的角色不能是受傷了，打死了，被斬了，這樣子的都不能。人家做好事，然後你在上面哭啊嚎呀，那是什麼意思呢！比如說人家結婚，明明唱一個站花牆，結果春香被人給一刀殺了。

項目負責人：您這邊祝壽呢，也是一樣的吧，不能唱悲戲？

王軍：不能。

項目負責人：那唱什麼戲呢？

王軍：唱《珍珠塔》《打金枝》《三女拜壽》《五女拜壽》。白事隨意，什麼都可以唱。沒什麼忌諱。他都是上天的人，你還有什麼忌諱，他都成神了。

我們到達洪湖市南林村，已是下午一點。這次演出的劇目是《私生恨》，已經演到第六場《定計害命》。觀看戲曲的過程中，筆者採訪了逝者的兒子楊文廣。

項目負責人：您好，今天來演戲的戲班子是你們請的嗎？

楊文廣：是我們請的。

項目負責人：一般是怎麼請呢？

楊文廣：幾千塊錢。一個人平均 200 塊錢。

項目負責人：是什麼渠道請的？

楊侄子：通過我的侄子楊文同，他在這個地方很熟。

項目負責人：請個戲班子來，要不要做儀式？

楊文廣：做儀式不是他們的事兒。

項目負責人：他們只是唱戲？

楊文廣：老人家過世嘛，就盡一下最後的孝心。送老人家一程。就是最後的一個心意。表達一下我們的孝心心情。

項目負責人：家裏有多少子女呀？

楊文廣：多。

項目負責人：這個唱戲的劇目是您要求的，還是他們自己定的？

楊文廣：肯定是我們要求呀。是經過協商決定的。一個原因是聽戲的都是一些老人。因為我們年輕一輩肯定是不很懂的。要讓老人家上一輩高興一下。

項目負責人：除了演出的錢以外，是不是還要請人吃飯、喝酒？

楊文廣：嗯。

筆者通過訪談復原了這場白喜事的過程：

表5　2018年6月20日仙桃市花鼓戲——白喜事的過程

	演出都是前一天晚上把舞臺和基礎設備都準備好。
8：00	演員準備出發。
10：30～11：00	到達主家，演員到達演出現場，並做好演出的準備。
12：00～12：30	午飯後，稍作休息，開始演出，主家與戲團確定中午演出的劇目，這次邀請戲團的主要原因是主家楊文廣先生的母親辭世了，想要以這種方式表達自己的最後一份孝。 劇目：《私生恨》 演員：許孝中扮演者王早陽，周福生扮演者謝莉，快走扮演者廖明星，許前進扮演者謝莉，許後進扮演者王早陽，王氏扮演者劉菊梅，嚴氏扮演者王愛瓊（共五人）。 樂隊：孟憲雲演奏主胡，李謎方演奏電子琴（共倆人）。
13：30	採訪主家楊文同先生，戲團的連絡人。

14：30	演出時間為倆個小時，下午演出結束。
17：00	演員晚飯時間。
19：00	開始晚上的演出。晚上演出的劇目是一個簡單的劇目。 劇目：《雙鑼紗》 演員：周文扮演者謝莉，周母扮演者劉菊梅，江芙蓉扮演者王愛瓊，許龍扮演者王早陽，家院扮演者廖明星，許傳宗扮演者謝莉。
21：30	演出結束。
21：50	哭靈。東家要求為已故逝去的老人哭靈，就是由專業演員用地方花鼓戲的唱腔來哭靈（演員代替孝子孝女哭老人的一生苦難，哭唱的內容是根據老人自己的兒女所述老人的經歷臨場發揮）。這是地方的一個風俗習慣，在哭靈的同時逝者的所有後生晚輩都要在旁邊陪跪。

在鄉村現實生活中，戲曲與人生禮儀是如此緊密的聯繫在一起，是人生禮儀的一部分，無法分割。但是，這種禮儀在當下行政的干預下，正面臨被摧毀的極大危險。洪湖楊文廣向筆者傾訴他對這種做法的不同意見。

項目負責人：這裡的喪禮是不是都採用這樣的方式？

楊文廣：現在政府管的比較嚴，這樣請戲班唱戲很少。但是，我們昨天也商量過。我們可以辦。第一，我們不是公務員，我們不是什麼當官的，平民老百姓自娛自樂。現在在外面談生意，唱個歌，一晚上都是一兩萬，為什麼別人可以消費，為什麼盡個孝心，花幾千塊錢不可以呢？何樂而不為呢？如果連略表心意都做不到，作為後人我們能夠做什麼呢？這是一種美好的傳承。要繼續傳承下去。

項目負責人：你們有沒有別的方式可以用來表示心意？是不是只有專門請戲更能夠表達你們的心意呢？

楊文廣：我們這裡的鄉俗沒有其他方式了，我們都是一些農民還能玩什麼呢？我們表達的心意不是表達自己的心意，我們表達的是一種文化。什麼是正能量？那就是孝敬老人。老人過世以後，鄉親們來看一下，喝一杯水，領上一包糖，坐下來吃個飯，看個戲，這也是一種禮儀。家裏面沒有事，怎麼請鄉親們來看戲？沒有那個心情，沒有那個能力。唱戲是最好的方式。孝敬我的長輩，也孝敬回報社會和父老鄉親。老人離世是很孤獨的，父老鄉親送他一程，這不感到很高興嗎？送自己老人家最後一程，借錢，也要送一程。以前賣身葬父都可以，我為什麼不可以呢？幾千塊錢，盡點孝心，最後一次。送老人

家一程，讓他平安的離開。這個比什麼都重要，比兒子結婚也重要。這個孝道就是最後一層。

襄陽藝術研究所所長任曉雲談到在鄉村維護人生禮儀的重要性。她說：「現在我們的社會進步了以後，跟原來完全脫節了斷裂了，為什麼呢？人們都忙於生存和被五光十色的現代化所吸引。原來的人每做一件事情有一套儀式，鄭重其事。出生、結婚、人死，各種，都有他傳統的一套觀念，他有儀式感，我們現在是沒有儀式感了。有的人認為我們復興越調是老古董的事，沒什麼價值，他們不知道這裡面的價值，他只是停留在填飽肚子或者是掙更多的錢，等他們知道的時候就已經晚了，很多東西已經沒有了。我們目前要做的就是把傳統中能夠保存下來的儘量的保存下來，怎麼解讀是後人的事情，傳統一定要傳下去。」〔註83〕

四、戲曲與宗族活動

宗族是中國傳統社會的基本社會組織。為了敬宗收族，敦進族誼，宗族內常常舉行戲曲活動，成為鄉間生活的重要內容。

同治《房縣縣志》載：冬至日，大戶開祠堂，張筵演劇，大會宗族以祭。

同治《通山縣志》記載：「大族各建祖祠，置祭產，立祭會。清明寒食間，合族老幼，衣冠輿馬墓所。掛楮錢，殺牲備物以祭，鼓吹聲不絕於道，祭畢而歸。計口分胙，紳耆倍之。秋冬聚族於祠祠，以序昭穆，遵行三獻禮，招優演劇，以燕或百數席不等。亦敬宗收族之一端也。」

《咸寧地區戲曲史料調查報告》記錄了當地宗譜中關於族戲活動的記錄。

陽新茶港《龍僚張氏宗譜》記：該宗族自繁衍發展後，「分為各祭，以致祠堂傾頹」，「嘉慶四年秋，各莊集祠妥議，仍合立祭。……訂為八祭，近地輪辦，於十月初三、初四、初五演戲三部。」嘉慶十三年戊辰八祭公擬條規：「……自初三至初五日共演戲三部，戲價首人自理，不涉公事。」

譜戲也是族戲的一種。所謂譜戲，宗族在宗祠修譜、續譜、點譜、開譜之日，需接戲班唱戲。唱譜戲時，將族譜供奉在祖先案桌上，祠堂內點大燭、外放鞭炮，全族人穿戴一新，恭迎新譜。戲唱至正本時，藝人二老生扮文昌大帝，文武小生扮文武狀元，花臉扮魁星，由臺上走到祖先案桌譜前。魁星執紅珠筆對著宗譜，文武狀元雙手扶著魁星握紅珠筆的手，族長把籮筐用繩套

〔註83〕2017年8月2日上午在襄陽藝術研究所的調研訪談記錄。

在魁星拿紅珠筆的手上，文昌大帝念：「一舉成名兒，雙視為老實，錦衣歸故鄉，單點世男兒。一點解元，二點會元，三點狀元，連中三元。」隨即族長向籮筐丟銅錢壓魁星的手，至筐中錢滿，再蓋上幾塊銀元。此時，魁星手上的紅珠筆才能點到譜上，然後放鞭放銃，族人歡呼「譜戲買得一點紅」，希望大吉大利。如果戲上的文昌大帝、文武狀元，魁星不當著眾人面前點譜，族長是不敢開譜的。若是不點譜就開譜，則被人視為是沒有經過祖先通過的私譜，對後人不利。〔註84〕

80年代以來，宗族在農村復活，重修族譜和重建祠堂成為潮流。族戲也相隨活躍起來。「以某個宗族為主的村，到了一定的時候，要進行一些祭祀、慶祝活動，這時就需要請人唱戲，有的『祭祖戲』要唱三年（每年固定的時間唱），有的『千年戲』年年都唱。」〔註85〕

2019年2月，孝感毛陳鎮三軍臺澴東孫氏家族四修譜告竣，舉行盛大的「三軍臺澴東孫氏四修譜告竣暨頒譜慶典」，孝昌縣楚劇團應邀在慶典上演了五天的譜戲。劇團演員向筆者介紹演出情況。

黃應東〔註86〕：我們出演的是孫氏家族的譜戲。這個活動首先把祖先的排位供奉著，由當地的他們家族的頭人，帶領各方的同姓同族的，對祖先三拜九叩。參加這個活動的，不是說只是當地一個村的，全國各地的，只要是他們同姓同宗，同族的，都要必須請到位。

肖穎：當時我們在孝感毛陳，演出的地方在武漢到孝感城際鐵路的槐蔭站附近，一出站就看得到我們的舞臺。那邊的觀眾實在是太多了，是我們有史以來第一次見過的，真的是場面好大。

如圖11、圖12是他們提供的現場照片。

和譜戲同屬於宗族活動的還有唱祠堂。肖穎介紹說：有的時候遇到唱祠堂的，就是太公他們過生日的那種戲，我們開鑼的那天，還要去到祠堂跟那些太公磕頭什麼的。

參加過多次譜戲和唱祠堂的胡桂芳老公黃應東談到他對這一類戲的感受：這些慶典活動表明了他們這個家族對祖先的非常的敬重、崇拜，都是顯耀本家族的一種榮耀、歷史的榮耀。

〔註84〕轉引自鄭維維著，《社會史視角下的漢劇 1912～1949》〔M〕，北京：人民出版社，2015年，第123頁。
〔註85〕文化廳報告。
〔註86〕黃陂劇團胡桂芳的老公。

圖 11　接譜儀式

圖 12　演出現場

　　戲曲參與宗族活動還有兩種形式，一種是禁戲，即宗族祠堂為保護山林、田地莊稼及蔬菜瓜果，每年春節前後接戲班子唱禁戲。開鑼之前，由當地禁長或群眾中較有聲望的人向全村宣布禁令，要求各家各戶知曉，照令執行。〔註87〕另一種形式是「罰戲」，也即「以戲代罰」。所謂「以戲代罰」，就是在農村宗族社會，對於違法村規族約的行為，嚴重者報官或於祠堂懲處，情節較輕者，則罰酒或罰演戲。如宣恩縣萬寨區芋荷坪的芋荷坪石刻，禁止砍伐他人樹木，如有違反者，「罰落演戲酒常隨宜」。同治九年興山立有《公議禁碑》，對違反鄉規民約者，罰「捐資刊碑治酒演戲」，其具體規定為：「縱放六畜、踐踏跛麥者，一經拿獲，法（罰）戲一臺、酒一席、錢二百。」「窩藏盜賊並設局圍賭，引誘良家子弟，一併查出，或法（罰）酒演戲，或稟官懲辦。」湖北神農架有一通碑，記黃賢壽等人因擅伐山林，自知情愧，央請地保公人，刊碑永禁。「倘若日後再擅伐者，罰戲一臺，罰錢十千充公。酒席十張。」這樣一

〔註87〕饒浩良主編，《崇陽提琴戲劇志》〔M〕，湖北省崇陽縣提琴戲協，2015年，第480頁。

種「以戲代罰」，雖然具有經濟上懲治的意義，但更為根本的是讓觸犯族規者以罰戲的方式，向宗族全體公開道歉，並取悅於大家，得到大家的認可。

如果說酬神戲中寄託了民眾的信仰和願望，族戲則是增強了宗族在鄉間的秩序和凝聚力，也即所謂「敬宗收族」。然而，不論是哪一種類型，都給民眾帶來娛樂機會，也進一步加強了戲曲和民眾生活的黏度。

五、戲曲與鄉土人際交往

戲曲在傳統都市與鄉間生活中，具有多方面功能：酬神悅神、敬宗收族，為年節增添喜慶氛圍，貫穿婚喪嫁娶以及出生、成長等人生禮儀，除此之外，戲曲還深入社會交往習俗，成為鄉村社會中人們交往的一項重要活動。

（一）社會地位的符號

清代以來，武漢成為湖北省中心城市，對於湖北其他地區的市縣乃至鄉村來說，「武漢」往往意味著高上大，在這樣一種文化意識的影響下，能否哼唱作為武漢名片的漢劇，往往也成為格調高下的一種符號。

穀城文化館越調老藝人葉祥成的訪談：

項目負責人：葉老師，您好。穀城一帶流行漢劇和越調，它們的觀眾是不是一樣？

葉祥成：漢劇呀，我跟你講，穀城裏出頭的、像樣的、有風頭的人都會唱兩句，要是不會唱兩句漢劇，說明你在人群之中不算像樣的人。

項目負責人：那麼，越調呢？

葉祥成：越調是一種還願的戲。漢戲不一樣。我們城關的人都會唱兩句漢劇，過去青紅幫也都會唱，不會唱漢戲感覺低人一等，唱兩句漢劇說明你還像個人物。

項目負責人：是不是有些像流行歌曲？

葉祥成：跟現在的流行歌曲還不一樣，唱流行歌曲的都是年輕人，唱漢劇的都是老頭，都是有聲望的人，江湖上的人。穀城唱漢劇講究圍鼓堂，有地位的人見面，說兄弟辛苦了辛苦了，來玩點漢劇。這個場所是誰給錢呢，都是有錢人攤的。我跟我父親從鄖陽一直到武漢，沿路唱漢劇，吃飯不要錢，走的時候還送點路費。

項目負責人：越調呢？

葉祥成：越調是屬於民間藝人的，不是都會唱的，有錢人不唱這個，農人

喜歡看。

　　項目負責人：為什麼呢？

　　葉祥成：越調普通，都懂得。

　　著名導演徐克曾經說：「劍，除了是一種武器外，它還是一種身份，一種修養。」套用他的話，在穀城，戲，除了是一種娛樂外，它還是一種身份，一種修養。會唱漢劇意味著有地位，有面子；唱越調者則地位低下。戲曲和社會地位聯繫在一起，其文化內涵更為豐富。

（二）給面子、爭面子、做面子

　　中國人的面子是一篇大文章，早在 18 世紀 90 年代，美國傳教士明恩溥就寫作了《中國人的氣質》一書，其中，注重面子是中國人特性之首。雖然，如今還沒有哪一個研究者能給面子下一個公理性的或為科學家共同體普遍接受的定義。但大致來說，面子是一種根植於文化的社會心理建構，是一個人自尊與尊嚴的體現。面子有自我知覺到的，有他人感知的，是一張無形的臉。在中國人的社會交往、人際交往中，「做面子」、「給面子」、「爭面子」、「撐面子」、「丟面子」、「挽回面子」，不僅往往是人們的口頭禪，而且在實際上支配人們思想和行為。明恩溥在《中國人的氣質》中說：中國人「經營體面（face）也，有原理；得此體面（face）也，有方法。我西洋人決不能知之」。〔註88〕他的論斷雖然武斷，但大致也不錯。

　　在中國傳統鄉村社會中，面子在人際交往中具有第一等重要性。而戲曲往往和面子糾纏在一起，呈現出都市與鄉村文化的另一面相。

1. 給面子、還面子

　　李茂盛在《演出習俗》中講到湖北天門流行的一種演出習俗，叫「供麼臺」。「供麼臺有送大麼臺、小麼臺之分，小麼臺一是幾斤肉、幾斤酒、幾條煙，還有粑粑餅子等。送麼臺都是在白天上半本戲唱完後送上去，送時還放鞭炮，要動用打擊樂以表示感謝。」他描述具體場景說：「一九四八年，龍頭灣唱戲，城內送麼臺的物資擺了一路：一頭活羊，一頭宰了的整肉豬，還抬著大魚、雞蛋、豆腐、雞、鴨、香煙、柑桔，挑著劈柴等。那天唱的《秦香蓮》，賽雲霞扮演秦香蓮。演到「講宮一場」，說將王相爺的禮物呈送皇上時，下面的觀眾就鑼鼓喧天地將這些東西往臺上送。」

〔註88〕　（美）明恩溥（Smith）著，《中國人的氣質》〔M〕，北京：中華書局，2006 年，第 2 頁。

「供麼臺」的內涵是多層面的，例如，觀眾對劇團的情感；例如，「地方與地方之間的一種情感」。關於前者，將在下文展開，關於後者，實際上是鄉間社會交往的一種形式。李宗盛說的「張灣唱戲，李灣送麼臺去，以後李灣唱戲，張灣就要還席」，其表面形式是「地方與地方之間的一種情感」，其實質是「你給我面子，我還你面子」。這樣一種類型的「送麼臺」也有一種「圈內」的標識，正如李宗盛所說：「送麼臺都是有觀點的，看對方是否與自己和好，否則就不送。」「例如，天門縣的龍頭灣、城內、北門是一派，東門、西門、官路上、窯上是一派。同派的唱戲都送腰臺去。」

與此種情形相似的風俗還有崇陽地區流行的「送茅影」。所謂「送茅影」即甲村唱戲時，就造輿論，逼著鄰近的乙村去接戲班。乙村如果不來寫交單，甲村就偷偷的紮成一個稻草人，稱為「茅影」。再在稻草人身上貼著一張大紙，寫上乙村一個較有名望的人的名字，並寫上這樣一段話：「我們××屋場，實在太窮，唱不起戲，請四鄉父老原諒！」或者寫：「你們都要來看戲，明天的戲在我屋場唱，如果唱不成我就是你們家的狗。」寫好後，將茅影送到大路旁或乙村的禾場上，用以激發乙村的人。由於村與村，姓與姓之間，都講面子，當乙村人見了這種茅影後，爆跳起來，資金一下籌齊，立即接戲班唱戲，甚至唱的本數比甲村還要多，以不示弱。這種送茅影的行為屢見不鮮，對方也知道是誰所為，但都不懷敵意。要是下年再唱戲，又會出現類似做法，只看誰爭主動。〔註89〕

這種把戲曲演出和「給面子」、「還面子」綁在一起的還有當代農村更普遍的請客戲。崇陽中洲提琴戲藝術團業務副團長洪波向我們介紹鄉間請客戲的情形。

洪波：我們這裡有一種戲叫「客戲」。

項目負責人：什麼叫「客戲」？

洪波：就是「請客戲」。也就是這次你請我看戲，我給你打彩，打彩的錢歸主家得。下次我請你看戲，你也來打彩，打彩的錢也歸這邊的主家得。比如，主家請戲班子的錢是三千元，最後打彩所得是五千，那麼，主家就還賺了二千。這個是還人情。

2018 年 2 月 1 日，筆者在崇陽白馬村與從江浙回來的孫燕女士交談，孫

〔註89〕饒浩良主編，《崇陽提琴戲劇志》〔M〕，湖北省崇陽縣提琴戲協，2015 年，第480～481 頁。

女士也談到農村相互打彩的情形。

　　項目負責人：您在哪裏工作？

　　孫燕：我在江浙一帶工作，在那邊待了七八年。

　　項目負責人：您是過年回來還是已經從外地回來定居了？

　　孫燕：過年，在那邊打工，大部分過年回來。

　　項目負責人：然後一回來就請戲班子，是你們出錢還是？

　　孫燕：我覺得，我覺得現在唱戲跟以前有點不同了，以前唱戲呢，都是主人家自己掏錢多一點，現在呢都是朋友，很給面子，朋友都來湊熱鬧，打彩，所以現在主人家也花不了什麼錢。

　　項目負責人：那以前不打彩嗎？

　　孫燕：以前也有，但以前人們生活條件沒那麼好，現在經濟條件好了，不那麼在乎錢了，這也是一個面子問題，是吧？有的家裏今天都已經打到了 6000 多吧。

　　項目負責人：哇，就是剛才那一下嗎？別的家裏是不是也這樣？

　　孫燕：大部分人家都是這樣的，主要是現在家庭條件好了，親戚啊，都比較愛熱鬧，就是說比較給面子，捧場，我們家也是這樣，親戚都給面子，捧場搞熱鬧一點，大部分都是這樣。

　　戲曲在這樣的場合實際上扮演了一個親朋好友互相給面子的角色。通過互相給面子，人情達到溝通和平衡。

2. 掙面子與做面子

　　1948 年 6 月 19 日的《羅賓漢報》刊載一篇題為《漢劇演員籌商「六月六會戲」對策》，文中說到，「漢劇界的大小演員每年在暑天裏，有一種以外的收穫，就是漢口及漢陽兩個地方的『楊泗會座唱』。」「楊泗會」是漢口行商和碼頭工人的會，信奉的是「平浪王」楊泗將軍。傳言他能馴服水患，對於靠水吃水、渴望平安的來往於長江漢水上的行商以及沿岸大大小小碼頭上工人來說，這個神祇特別要緊。因此，「從禹歷四月半起，直至七月初止，每個碼頭，你起我落，都是做會」。「每個碼頭的首人，都抱著好勝心理，多接幾個大王就有面子，多接幾個坤伶覺得體面好看，用錢並不惜的。這幾個大王也唱得上氣不接下氣，一天要趕三五個地方」。在這個過程中，熱鬧、排場是表象，隱蔽其中的是做面子、爭面子的文化心理。

　　戲曲在鄉村社會，也常常是爭面子、做面子的手段。孩子考上大學，請來

戲班唱上三天三夜，既是與鄉親共同慶祝，也不無做面子、爭面子的意味。

2017 年剅河鎮芭芒村在外經商的成功人士捐贈資金邀請花鼓戲團到村裏來為村民唱戲，連續三年，〔註90〕既寄寓了這些成功人士的鄉梓之情，也在家鄉為自己和家人掙足了面子，做足了榮光。

2019 年 4 月，京山市橋河村的一位企業家請來天門市文盛花鼓戲劇院，為村民唱六天大戲，臺下觀眾達近千名。〔註91〕這個陣勢在鄉民眼中，也是做足了面子。

崇陽中洲提琴戲藝術團洪波在筆者採訪時談到，在鄉村還有另一種情況，這就是「比著搞」。「這個村，這個隊唱一晚上戲，隔壁的村、隔壁的隊比著比著，你唱一個晚上，我唱兩個晚上。」〔註92〕這種「比著搞」比的是誰的面子大，誰更榮耀。

「面子」與戲曲的關係，深刻揭示了戲曲在鄉村社會中是如何深入日常，如何和鄉村社會的文化心理、社會交往緊密聯繫在一起。以往研究未能關注戲曲的這一功能，而要真正瞭解鄉土文化，這一條線索不可忽視。

六、戲曲與賭博習俗

賭博習俗歷史悠久，由於它能給人帶來物質和精神的雙重刺激，迎合投機與僥倖心理，因此長盛不衰。在傳統社會，為了招徠賭徒，賭場老闆往往請來戲班子，「以戲招賭」。

1921 年 5 月，《飯後鐘》第二期刊載一篇「寶塔歌」，題目是《開賭兼唱花鼓戲》，歌中講到：種田大戶沈某，在李家茶館聚賭，「呼盧喝雉交關起勁，一年到頭銅鈿賭弗清。一點弗怕地方董事巡警，日日夜夜劈栗拍拉切零零，賭賭銅鈿夾忙頭裏花樣翻新。邀請花鼓戲男男女女四個人，惡形惡狀怪聲怪氣有何好看好聽。打動紅男綠女挨挨擠擠軋得鬧盈盈。」這首寶塔詩雖然寫的是江蘇的情事，但在湖北城鄉，賭戲也是尋常可見。

王若愚《楚劇奮鬥史》記敘說：「鄉村集鎮的茶園、賭場，利用花鼓戲班招徠顧客。戲班花旦每夜在賭場手提茶壺，不時遞給賭博佬一杯花茶，並說『口

〔註90〕許立菊、黃麗萍，《剅河在外成功人士連續三年請鄉親看大戲》〔N〕，《仙桃日報》第 02 版，本埠新聞，2019 年 3 月 23 日。

〔註91〕全媒記者廖志慧，《演出火爆，渴望更多「雨露」——一個民營花鼓劇院的喜與憂》〔N〕，《湖北日報》第 009 版：文化，2019 年 5 月 10 日。

〔註92〕2018 年 6 月 13 日下午在崇陽對洪波的調研訪談記錄。

乾了，喝杯茶」，接茶的人便賞些錢。臺上唱完三齣戲，全體花旦上臺接彩，打彩的人往往爭強好勝，越打得多越有面子。這樣，一唱就是幾個月。」〔註93〕

花鼓戲藝人李茂盛回憶，民國時，在農村演戲，有一種類型叫「刨場戲」。「刨場戲」實質就是賭博戲，由當地聚賭的老闆邀來戲班子，目的是招來觀眾賭博。他們從中抽頭子錢，戲錢也是由頭子錢付。唱刨場戲，演員比較輕鬆，上臺後，鬧臺時間打得長，只唱兩個多鐘頭就要休息，而且休息時間很長，為的是使觀眾見戲沒開演，就到賭博場去。記得有一次，中間休息時間短了，又接著開了鑼，頭人就上臺發怒地說：「你們連二接三的唱，還要不要戲錢的呀？」〔註94〕

《漢戲志》有「賭戲」一節，「1949年建國前，農村集鎮的『青紅幫』頭子、流氓賭棍每逢豐收之年，皆要與官府勾結，大設賭場，並聘請戲班（戲價抽賭錢支付）招徠觀眾，聚眾賭博抽頭斂財，名曰『唱賭戲』。賭戲有大小賭場。小賭場，地頭蛇賭棍在邊遠『三不管』的地區擺賭場，邀請小戲班或『二斗班』（漢劇和花鼓戲藝人合班）演出。在小賭場唱戲時，往往有官府來抓，因此戲班早有準備，『官府抓賭場，各人拿靴網』（逃跑）。」大賭場則有官府保護，邀請較大的漢班。小商小販齊趨賭場，有的農民用船裝糧食和牲畜，或肩背草藥獸皮等物資赴賭場，交易後賭博。官府流氓和大小頭聚賭抽頭，坐地分贓，坑害盤剝農民。凡在大賭場唱戲的，多是「江湖班」，演出有的長達近兩月之久，每天日夜兩場，不重複上演劇目。〔註95〕

《崇陽提琴戲劇志》也記載當地的賭戲。即在戲場內大設賭場，戲錢由賭徒們拿出。〔註96〕

據恩施來鳳南戲省級傳承人徐釗元回憶，南戲的起源就與賭博有關，「300多年以前，有個小鄉村，叫二梯岩，那裏有個大戶人家擺賭場，它為了招攬生意，就從湖南接了兩個戲班子。開始辦的時候叫鳳明班。」〔註97〕

〔註93〕王若愚，〈楚劇奮鬥史〉〔J〕，湖北省戲劇工作室編，《戲劇研究資料》第4期，1982年11月。

〔註94〕李茂盛，〈演出習俗〉〔J〕，湖北省戲劇工作室編，《戲劇研究資料》第16期，1983年6月。

〔註95〕鄧家琪主編；《中國戲曲志·湖北卷》編輯委員會，武漢市文化局編，《漢劇志》〔M〕，北京：中國戲劇出版社，1993年，第212頁。

〔註96〕饒浩良主編，《崇陽提琴戲劇志》〔M〕，湖北省崇陽縣提琴戲協，2015年，第480頁。

〔註97〕2017年8月21日上午在恩施來鳳的訪談記錄。

1928 年 1 月 14 日，《中山日報》刊登《大冶縣為禁戲賭釀命案》一文，詳細報導大冶十區發生的一場警方與當地民眾因禁賭戲而發生的衝突：

該縣十區胡道生村，月前演戲聚賭，該縣長趙新宇以時局不靖，從嚴禁止，並派警備隊士七名、常練隊士七名，於二十四日天明，交由警備隊長周憲德，帶往該村，令其和平勸阻。至晚六時，該隊長等始達到胡道生村戲場，戲尚未唱，賭箱均已擺開，周隊長當即令將賭箱檢在一處，後即與保董說話。隊士等站在一旁，適有胡咸淮等抬來戲箱一口，預備上臺。隊士李宏發上前攔住，奈胡咸淮不服攔阻，口出惡言，李宏發想拉見隊長，胡咸淮等即抽槓子便打，李宏發攔開槓子，胡咸淮等便來奪搶，兩下相持不放，戲場之人，越圍越多。隊士曹廷祿、錢洪鈞、羅松臣、張國鎮等見勢不好，攏來救護，彼此互毆，不知打傷胡咸淮何處，登時倒地斃命，一時民眾喊叫，並集中將周隊長隊士，圍在場內。經隊長派人回署，報請縣長設法救援，縣長趙新宇聞報，即函請司法委員洪震東一同前往詣驗是夜四時，隨帶檢吏書記員馳赴肇事地點，開導眾人令其檢吏驗屍，驗得胡咸淮屍身一具，確係因傷斃命，隨即當眾宣論由趙縣長出體恤費洋一百元，並論十區地方，籌備棺木費一百元，擬將隊長撤差，各隊士依法懲辦，一時在場民眾，咸稱縣長之處理得當，屍親亦極為服輸云。〔註98〕

此次禁賭戲，以縣政府告輸而收場。由此可見當地賭徒與民眾的強悍。

即使在當下，農村賭戲也仍然存在。2017 年 6 月，湖北省文化廳在關於「報送《湖北地方戲曲劇種普查報告》的函」中談到目前湖北民間戲曲演出市場的四種形態時，賭博戲居其中之一，「就是請一個戲班唱戲，聚眾賭博，愛看戲的看戲，當然也成了幌子。」〔註99〕可見源遠流長的賭博戲傳統，既是湖北農村也是中國農村的一種鄉間文化，當然是一種負面的文化。

七、戲曲與廣場文化

近二十年來，中國社會文化生活的一大特色，就是廣場文化的興起。所謂廣場，即公共空間場所，廣場有大有小，但凡能聚集人群的一定規模的公共空間，皆可謂之為廣場。

有了廣場，就如影隨形的出現了廣場文化。廣場文化的內容廣泛，除開政

〔註98〕《大冶縣為禁戲賭釀命案》〔N〕，《中山日報》，1928 年 1 月 14 日。
〔註99〕湖北省文化廳關於「報送《湖北地方戲曲劇種普查報告》的函」（未刊稿），
 2017 年 6 月 30 日。

府組織的廣場活動外，城鎮民眾往往於閑暇時，自發聚集在形形色色的公共空間，開展各種形式的文化活動，這些活動通常具有公共性、社交性、集體性、自娛性。普遍於全國的廣場舞是當下廣場文化的典型代表，廣場戲曲也是其中之一。

（一）仙桃錢溝

仙桃錢溝皇朝家具城臨街而立，家具城與人行道之間形成池狀的廣場空間。2001 年起，一些荊州花鼓戲的戲迷在這裡聚集，自娛自樂，逐漸發展成當地著名的錢溝舞臺。為了確保錢溝舞臺的活動能有序進行，部分骨幹戲迷自發成立了民間性的城中老年文化活動中心，中心「沒有上級組織，沒有資金來源，也沒有在民政局備案」。每年從四月到十一月的晚上，愛好戲曲的民眾在這裡聚集，自發的演出人員和外地的戲班子來這裡演出，每場觀眾達到三五百人，多的時候達到千人。民眾親切的把錢溝稱為「仙桃的民眾樂園」。

圖 13　仙桃市城中老年文化活動中心呈述報告

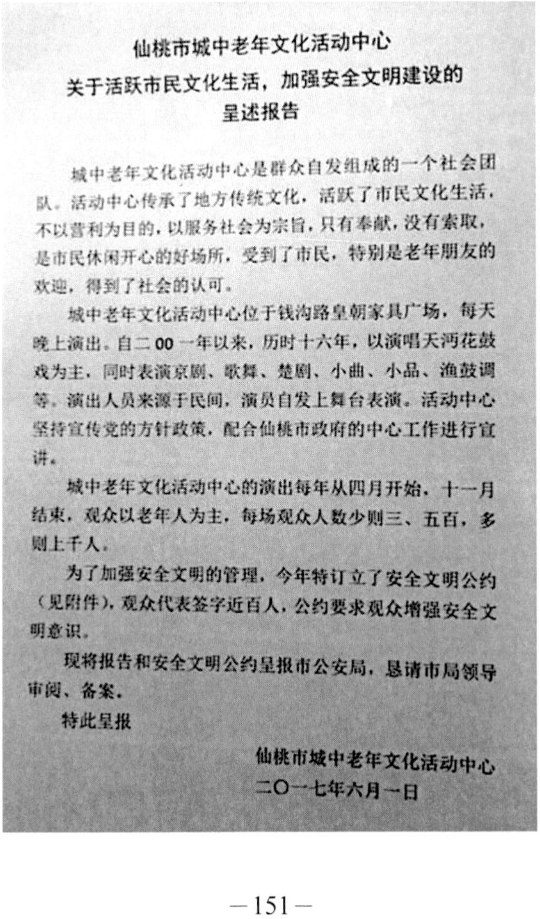

仙桃市城中老年文化活動中心
关于活跃市民文化生活，加强安全文明建设的
呈述报告

城中老年文化活动中心是群众自发组成的一个社会团队。活动中心传承了地方传统文化，活跃了市民文化生活，不以营利为目的，以服务社会为宗旨，只有奉献，没有索取，是市民休闲开心的好场所，受到了市民，特别是老年朋友的欢迎，得到了社会的认可。

城中老年文化活动中心位于钱沟路皇朝家具广场，每天晚上演出。自二00一年以来，历时十六年，以演唱天沔花鼓戏为主，同时表演京剧、歌舞、楚剧、小曲、小品、渔鼓调等，演出人员来源于民间，演员自发上舞台表演。活动中心坚持宣传党的方针政策，配合仙桃市政府的中心工作进行宣讲。

城中老年文化活动中心的演出每年从四月开始，十一月结束，观众以老年人为主，每场观众人数少则三、五百，多则上千人。

为了加强安全文明的管理，今年特订立了安全文明公约（见附件），观众代表签字近百人，公约要求观众增强安全文明意识。

现将报告和安全文明公约呈报市公安局，恳请市局领导审阅、备案。

特此呈报

仙桃市城中老年文化活动中心
二〇一七年六月一日

　　2018年6月21日，筆者前往錢溝採訪了仙桃城中老年活動中心的負責人杜治國。

　　杜治國：我姓杜，杜治國。

　　項目負責人：您一開始是怎麼組織這個事情的？

　　杜治國：剛開始我沒有參與。01年錢溝村的一個書記黃書記退了休。和幾個也是退休老幹部的老同志，經常在這裡一起拉胡琴，唱戲。當時的仙桃市副市長陳吉學，現在是湖北省民政廳的常務廳長。也隔三差五，來拉胡琴，加樂隊一起是9個人。慢慢的圍觀的觀眾越來越多。幾年以後，他叫我參加，我當時也是個觀眾，我是08年開始負責這個事。後來自己拿錢出來，拿的1萬塊錢，買演出的東西，這些東西都是沒有地方報銷的，都是自己掏錢，活動沒有資金來源。我負責以後，舞臺不斷的更新，設備不斷的更新。大概用掉了15萬塊錢，有一部分是靠我的關係組織來的，有一部分是自己拿出來，有一部分靠在場的觀眾捐款。捐一塊錢也給他記帳。然後我們公布，哪些人捐了款的。我們設了出納和會計，這一塊絕不能含糊，哪怕是買一塊錢的東西，都要有條子，我都會要簽字。會計和出納結帳。每年我們都要號召觀眾，捐一次款，基本上每次捐款是5000塊錢左右，作為舞臺演出的開支，觀眾非常支持。我們這裡是大家的事情大家辦，我只不過是大家的領頭人，是個班長，我們給大家提供這個休閒的場所，為民間藝人提供一個展示的平臺。我們依靠觀眾，但不依賴觀眾。有時候資金不夠，我們自己再想辦法。

圖14　仙桃市城中老年文化活動中心呈述報告

項目負責人：也就是說之前是沒有這個檯子的，是您把這個檯子建起來的？

杜治國：剛開始是一個小舞臺，前年又搞了一個，然後又換了一個新舞臺。這個新舞臺花了 2 萬多塊，這個舞臺呢是我找那個環球商業中心，說我給你們做一下廣告，你們給爹爹婆婆們贊助一下，為我們這個場所，贊助一下，所以他贊助了這個舞臺。

項目負責人：您原來的工作是做什麼？

杜治國：我 16 歲開始教書，教語文的，教了 15 年，民辦老師，35 塊錢的工資。81 年跳了槽，自己做生意，後來自己辦廠，廠子都交給孩子。孩子對我張羅錢溝舞臺非常支持，我老婆對我也非常支持。他們說你只要開心就行。

項目負責人：您原來很喜歡花鼓戲嗎？

杜治國：我不會唱，又不會聽，不會打。但是我愛參與這些公益活動。重在參與。但是我們感覺到自己有一種責任，有一種擔當。要對這些以爹爹婆婆們為主體的觀眾負責，所以沒資金，組織資金，想辦法把地方搞熱鬧，這就是一種擔當。我們受毛澤東時代的薰陶，一個人做點好事不難，難的是一輩子，所以說憑一時的熱情，事情是辦不好的。我們這是萬里長跑，就是比耐力，不能說，高興就搞，不高興就不搞，我們內部的這些人又不拿工資，又不拿補助，但是呢，但是有紀律，有事還要請假。

項目負責人：這是一個什麼樣的組織呢？

杜治國：沒有組織，沒有資金來源，也沒有民政局備案，是個三無的，群眾自發的一個組織。陳市長當市長的時候，還每年支持 5000 塊錢，作為開支。2010 年他調走，這筆錢就沒有了。有時城管還造成一些麻煩，把我們舞臺的板子弄走不許唱。

項目負責人：那最後怎麼解決呢？

杜治國：我就拿著話筒講，明天上午 8 點鐘集中，城管把我們的板子搞跑了，我們沒有錢去叫車子拉，我們自己扛，四個人抬板子，走四步歇三步。然後城管的晚上就給我打電話，說跟觀眾做一些解釋。明天給您送過來。但是，舞臺不許搭，需要批准，我說這舞臺非搭不可，你要什麼手續，我給你補充。後來，我們按正規渠道辦理了搭舞臺手續。

項目負責人：那這個舞臺是批准了搭建的？

杜治國：是批准了的，成了既定的事實。

項目負責人：聽說您這裡演出也沒有營業證，但是，已經成了既定的事實？

杜治國：社會影響大，因為老百姓喜歡看。因為我每天搞巡邏，負責安全，安全衛生。

項目負責人：您這裡的演出形式是怎樣的呢？

杜治國：只要是好的天氣，我們都會開戲。大多數是戲迷上臺清唱一些經典戲曲選段，也有彩裝上身的整臺大戲。因為我們是公益活動，都是免費對外開放的，所以大戲一般是有人來贊助或免費表演。

項目負責人：那您都不開點工資嗎？

杜治國：沒有工資的。

項目負責人：演出時打彩的錢都給演員？

杜治國：比如今晚，打彩的錢全部給演員，還不夠，還差一百多塊錢。我們自己添，自己想辦法。

項目負責人：錢溝舞臺一般是如何接戲？

杜治國：一般我們不出去接，都是人家找來。比如說去年來唱的黃梅戲。

項目負責人：那是什麼地方劇團的黃梅戲？

杜治國：黃梅縣的。他們也是民間劇團，不是專業劇團。來演出的武漢楚劇團，是青山的。也是民間的不是專業的。

項目負責人：為什麼要過來唱呢？

杜治國：第一個是為了擴大影響，第二個呢，他們也想在這裡，搞一點收入。

項目負責人：但是他們過來的收入能夠搞到嗎？

杜治國：那我們就不管了。我們一開始就說清楚了，我們自己是沒有工資給的，你們來唱一場戲能夠有多少錢我們不能夠保證，只能靠觀眾。贊助的多，你們就多一點，贊助的少，你們就少一點。我們這個場子總的一條就是不是以經營為目的，以服務為宗旨。

項目負責人：打彩多不多？

杜治國：昨天觀眾不多。觀眾只有一兩百觀眾。打彩都是自願，不勉強。

項目負責人：這裡一般唱什麼劇種？

杜治國：主要是楚劇，黃梅戲，也有唱京劇的，但是，仙桃的觀眾對京劇不感冒不歡迎。

項目負責人：漢劇有沒有？

杜治國：沒有。

項目負責人：主要是楚劇，黃梅戲？

杜治國：還有就是我們地方的花鼓戲受歡迎。

項目負責人：唱的是哪些劇目呢？

杜治國：他們自己定，一般是古裝戲，現代戲沒有。

項目負責人：您覺得這個舞臺起到的作用是什麼？

杜治國：這個場所我總結了四句話。

1. 傳承了傳統文化。

2. 體現了地方特色。

3. 豐富了市民的文化生活。

4. 和諧了社會氛圍。

我們經常跟大家說，心胸要放寬，有什麼事情要互相原諒，這麼多人不可能不發生摩擦，在這個場所，切莫要發生爭吵的現象，本身到這裡就是好玩開心的地方。摩托車電動車的鑰匙插著關掉都不行，一定要拔掉。包括老同志，有高血壓的，有冠心病的，有心臟病的，一有不舒服，趕緊和家人聯繫。我們跟觀眾簽了協議，觀眾公約。一旦有出現的問題，都是自己負責。我們本來就是好玩。

項目負責人：那這麼多觀眾，您怎麼簽呢？

杜治國：一百多個代表，代表簽字。

筆者幾年前採訪仙桃市非物質文化遺產保護中心辦公室主任夏玲玉，她也談及過錢溝舞臺。

夏玲玉：反正我們仙桃來說吧，這兩天天氣狀況不知道有沒有，但是一年四季365天接近三百多天有演出。

項目負責人：昨天去錢溝看到一個中心劇場。

夏玲玉：它是個中心地帶吧，無論演的什麼東西，都有好多好多人看。那個活動非常頻繁。九月份的時候，我們第五代皮影戲調研的時候，就在那裏。九月一號到十號，每天都是幾千的觀眾。

錢溝舞臺能在自發的狀態下堅持十六年，首先是因為這一形式滿足了民眾的需要。當我們採訪臺下的觀眾，幾乎大多數都會回答：「沒有他們唱戲，我們都不知道去哪裏。」「我們離不開這個小舞臺」，因此，他們自覺自願以自己的力量支撐起這一方舞臺。

項目負責人：這個打彩的話是怎樣的呢？

觀眾：群眾自發的。

項目負責人：演出的燈光呀，音響呀，服裝呀，都是誰來提供呢？

觀眾：服裝是他們自帶的，是演員自帶一個包就帶過來。電費開支和舞臺用的費用都是我們自己捐助。

項目負責人：打彩的錢怎麼分配呢？

觀眾：我們民間的人不管這個事，我們看戲的人不管這個事。我們看戲的人喜歡打彩就打彩。有些企業家打得多一些。這些企業家或者是愛好戲劇，或者是為了民間文化活動，就算不來看戲，也會打錢到這裡。一百、兩百或者一萬、二萬，所以我們這個活動的時間堅持了一二十年。

　　錢溝舞臺的運行也充分展示了民間的組織能力和智慧。一方面，錢溝舞臺是「大家的事情大家辦」，但卻又不流於純粹的自發，財務公開、觀眾代表簽署協議，保證了活動能持續展開，而不會因捐款去向黑箱、觀眾事故而中輟。以杜治國為首的來自民間的組織者更令人油然起敬，他們不拿報酬、不計辛苦，以服務為宗旨，也是錢溝舞臺能夠堅持下來的重要保障。

（二）郭河菜園村「天天樂票友戲劇票社」

　　仙桃郭河鎮素有花鼓戲之鄉的盛名，民眾對花鼓戲深為喜愛。該鎮菜園村有個「天天樂票友會」，以社長謝守喜家屋前的場院，每週一三五定期舉行票友的自娛自樂的活動，形成一個影響廣泛的戲曲公共空間。2019 年 5 月 7 日中午十二點許，筆者來到現場採訪。

　　夏守喜家是一棟一層兩間的平房。門前掛有「郭河鎮天天樂戲劇票社」的牌子。平房外有一塊場地，搭有草棚。草棚下散坐著四十多位村民，大多年齡在五十以上。場院一側坐有四名樂師，置放音響和一個竹殼熱水瓶。當我們來到場院，一位身穿舊軍裝的男子一手拿著話筒，一手持一支吸了半截的香煙，正在唱當地流行的花鼓戲。陪同我們來到現場的郭河花鼓戲劇團的團長廖明星、副團長王早陽以及郭河鎮初級中學的武思凡一頭鑽進樂隊，廖團長打起夾手（夾手是當地方言，指幾種樂器），王早陽拉起京胡，吳思凡敲起簡板。現場觀眾和樂隊成員毫不驚訝，看來是早已熟識。

　　「天天樂票友戲劇票社」的創辦人是謝守喜。1948 出生。自幼喜愛戲曲，京、漢、楚、花、皮都基本通曉。嗓音純正，二胡、京胡伴奏嫻熟，擊樂有模有樣。他辦「天天樂」主要是讓老人們有個休閒娛樂的場所，也可以傳承花鼓

戲。「天天樂」的音響和文武樂都是他自己出資購買，每週一三五從不間斷，從上午十一點到下午四點，現已堅持了四年。

圖15　謝守喜家平房門前

演出過程中，陪伴我們的郭河花鼓戲劇團的青年演員李豔霞加入進來。她一下場，票友頓時活躍起來，果然，專業演員舉手投足都是戲，眼神也嫵媚多情，一曲唱完，票友再三鼓掌，要求再來一個。周圍的村民大約得到消息，也陸續趕來。又一位因生孩子歇業數年的青年女演員陳雙桃也騎著摩托趕過來，在掌聲中也下場演出，整個活動達到高潮。

筆者一行在現場進行了採訪。

研究生黃樹強採訪郭河花鼓戲劇團副團長王早陽。

黃樹強：王老師你好，能不能簡單給我們介紹一下，這個戲曲廣場是怎麼樣形成的？

王早陽：這個廣場啊，是自由組成的，自娛自樂。

黃樹強：這個廣場的組織者是誰呢？

王早陽：是一個姓謝的，他主辦的，已經辦了四年了，這裡就相當於是一個花鼓戲戲迷的根據地。

黃樹強：每次活動的時間段是在什麼時候呀？

王早陽：每個禮拜的星期一，星期三，星期五，中午的 11 點到 12 點左右開始，一般活動到下午。

黃樹強：參與者跟表演者都是什麼人呢？

王早陽：他們都是自願的，沒有報酬的。

黃樹強：表演的場地就是固定在這個地方是吧？

王早陽：對對，是的，就是一直在這個地方。

研究生李環採訪郭河鎮初級中學教師武思凡時的介紹更為詳細。

李環：這個「天天樂」票友社是怎樣產生的啊？

武思凡：這個票友社的發起者叫謝守喜。他從仙桃回到郭河家鄉，仙桃經常在廣場上有戲迷自發唱花鼓戲，他經常參加，回來之後就給我講，想把郭河的花鼓戲帶動起來。

李環：謝先生人呢？

武思凡：他去通海口唱戲了

李環：那個時候他多大年紀？

武思凡：大概四年前，五十七八的樣子，後來就找到了這個地方。當地的領導很支持，我們三個人，一個出了 200 塊錢，就把這個房子租下來放東西，老謝會拉會打，我也會拉會打，老謝也會唱，現在唱的這個老頭還有那個婆婆也加入我們這裡來。大概主要成員有五六個，每週一、三、五都要來。

李環：正在唱的爺爺姓什麼？

武思凡：姓趙，他是我們花鼓戲的鼻祖單雲霞的侄兒，他們家族的人都喜歡唱戲，非常愛好。

李環：票社的活動誰負責呢？

武思凡：謝守喜呀，他當團長，負總責，這些音響都是他個人的，今天人來的還挺少的，還沒到時間，吃完飯之後照顧小孩的爺爺奶奶們都會來，這個場子可以坐很多人，他們不打牌，不做別的事情，就是聽戲娛樂一下。有時候音響沒有電池，設備壞了，要交電費，這些看戲的老太太老爺子們，就以打彩的形式，一個出 10 塊、20 塊，集中起來幾百塊錢，他們都非常情願。像我們這樣的劇社，周邊有很多個，張溝有一個，沔城有一個，通海口也有一個，監利縣城裏面也有，我們之間的交流比較多。

李環：這位爺爺如何稱呼呀？

武思凡：他是屠宰場的師傅。

汪師傅：我姓汪。

武思凡：他老人家蠻熱心，每次來我們這裡，帶頭捐款，找政府要錢，都蠻熱心。有時候燒水，提暖水瓶送過來給大家喝。

汪師傅：搞得很好，聽一下，看一下，又不打牌。

武思凡：現在很多老人都是空巢老人，孩子們不在家，在家裏抑鬱，自殺率很高，在這裡聽一下，看一下，心情很愉悅。有很多人從很遠的地方，十幾里路，20里，騎自行車、騎電動車，各種交通工具過來。你別看這些票友都是老頭子，在郭河鎮附近的影響還是挺大的，洪湖、監利都知道我們這個票社，洪湖的、監利的票友過來，和他們一起玩。

李環：您們在這四年間遇到過什麼困難？

武思凡：有，就是資金困難，設備樂器的問題，比如鑼鼓之類的。

李環：這個場地需要租金之類的嗎？

武思凡：屋主很支持我們，在大門口搭個棚子，我們唱完後樂器等東西都放在別人家裏，我們沒有賺錢，我們還付錢給別人。

研究生黃樹強採訪演員陳雙桃。

黃樹強：老師你好，剛剛看你騎摩托過來表演，想採訪一下您，怎麼稱呼您啊？

陳雙桃：陳慧芳（雙桃）。仙桃郭河當地人，42歲。

黃樹強：您今天來這邊表演是這邊請您過來的嗎？

陳雙桃：嗯，對，是的，他們說這邊有唱戲的活動，我就過來了。

黃樹強：您之前一直在從事唱戲這個行業嗎？

陳雙桃：是。

黃樹強：您從事這個行業多久了呀？

陳雙桃：嗯，差不多有十八年吧，嗯，應該有18年了。

黃樹強：您是不是一直在郭河這邊唱戲呢？

陳雙桃：額，是，但其實是斷斷續續的在唱戲，不是經常性的。

黃樹強：哦，那您的主業是做什麼的呀，還是這個是你的副業？

陳雙桃：就是平時在家帶孩子做家庭主婦，要是哪裏有唱戲，人家會打電話通知我讓我過來，如果我有空的話，就直接過來了。

黃樹強：您過來表演，有沒有一定的報酬呀，或者什麼補貼？

陳雙桃：呵呵，這個是自願的，就是做貢獻，沒有收費。

研究生李環和本科生孫炎晨採訪觀眾一。

李環：您怎麼稱呼？

陳正仁：陳正仁。

孫炎晨：您多大？

陳正仁：82。

李環：您是住這裡嗎？

陳正仁：街上的。你們錄這個有什麼作用？

李環：我們對天天樂票社很感興趣，採訪一下您，聽聽您的看法。

陳正仁：這個搞得比較好！

李環：您每天都過來吧？

陳正仁：每天都過來。

李環：您對花鼓戲很喜愛嗎？

陳正仁：不喜歡我就不會來。

李環：您一個人來的嗎？

陳正仁：一個人，我不愛牌，我只愛戲，我走過來的。

李環：您一般在這兒多久？

陳正仁：三個小時左右，我們老年人可以娛樂一下。

採訪觀眾二。

李環：請問，您的名字？

謝守普：謝守普。

李環：您多大年紀？

謝守普：72。

孫炎晨：您跟謝守喜是什麼關係？

謝守普：我們是同宗。我們老年人，就是要有一個安慰的地方，到這個地方聚會，感受欣賞文化遺產。

採訪觀眾三。

李環：奶奶，您叫什麼名字？

陳紅蘭：我叫陳紅蘭。

李環：您多大年紀了？

陳紅蘭：73。

李環：您經常來這邊看戲嗎？

陳紅蘭：經常過來。

李環：您住哪裏？

陳紅蘭：就住街上。

孫炎晨：您大概每天什麼時候過來？

陳紅蘭：中午吃完飯過來。

李環：您一般看一下午還是看一會就走？

陳紅蘭：看一下午。

李環：您從什麼時候開始過來看的？看了幾年了？

陳紅蘭：三四年了，票社開始的時候就過來看了。

採訪觀眾四

孫炎晨：奶奶您貴姓？

武鳳嬌：武鳳嬌。

孫炎晨：您多大了？

武鳳嬌：70歲。

孫炎晨：您每天都來這裡嗎？

武鳳嬌：每天都來。

李環：這裡人多的時候有多少人？

武鳳嬌：比現在要多些。

李環：有一兩百人嗎？

武鳳嬌：差不多。

李環：如果下雨怎麼辦呢？

武鳳嬌：我們有這個棚子。

李環：如果坐不下呢？

武鳳嬌：隔壁還有一個棚子，就去那邊唱。

錢溝舞臺與郭河「天天樂」票社是民眾在有限空間因地制宜創造的新型戲曲共享形式，它們並非孤例，而是如郭河武思凡老師所說，散佈於廣大鄉村都市。它們來自民間，服務於民間，在民間中生存，和民間生活交融在一起，以其公共性、開放性、自願性、集體性揭開湖北戲曲文化的嶄新一頁。

時令節日、酬神謝神、宗族活動、人生禮儀、人際交往、休閒娛樂，在鄉土社會，正是這些環節構成日常生活的主要內容，而這些內容都和戲曲有著密切的關係，因此，戲曲不僅是一種藝術形態，而且也是民眾的一種生活形態。

這種生活形態，從宋元，從明清，一直延伸到現在，表現出強勁的生命力，是民眾生活的密不可分的一部分。戲曲與生活，戲曲與文化，如此密切的融匯在一起，只有深入湖北民眾的戲曲生活，才能真正瞭解湖北文化，理解湖北人的生活和精神。